安徽师范大学中国语言文学（诗学）高峰学科资助出版

光明社科文库
·文学与艺术书系·

儿童文学教育

张公善 | 著

光明日报出版社

图书在版编目（CIP）数据

儿童文学教育 / 张公善著． -- 北京：光明日报出版社，2024.4
ISBN 978-7-5194-7930-5

Ⅰ.①儿… Ⅱ.①张… Ⅲ.①儿童文学—教学研究 Ⅳ.①I058

中国国家版本馆 CIP 数据核字（2024）第 087715 号

儿童文学教育
ERTONG WENXUE JIAOYU

著　　者：张公善	
责任编辑：刘兴华	责任校对：宋　悦　乔宇佳
封面设计：中联华文	责任印制：曹　净

出版发行：光明日报出版社
地　　址：北京市西城区永安路 106 号，100050
电　　话：010-63169890（咨询），010-63131930（邮购）
传　　真：010-63131930
网　　址：http://book.gmw.cn
E － mail：gmrbcbs@gmw.cn
法律顾问：北京市兰台律师事务所龚柳方律师
印　　刷：三河市华东印刷有限公司
装　　订：三河市华东印刷有限公司
本书如有破损、缺页、装订错误，请与本社联系调换，电话：010-63131930

开　　本：170mm×240mm	
字　　数：252 千字	印　　张：14.5
版　　次：2024 年 4 月第 1 版	印　　次：2024 年 4 月第 1 次印刷
书　　号：ISBN 978-7-5194-7930-5	
定　　价：89.00 元	

版权所有　　翻印必究

自 序

我与儿童文学的缘分起于2006年。这一年，安徽少年儿童出版社的同门正国兄邀请我撰写《文学大师的成才故事》一书的中国作家部分。编写这些现代著名作家的童年故事，我油然而生一种使命感，一定要传达出这些作家身上所透露出来的积极向上的精神。

2009年，正国兄再次邀请我和台湾云林科技大学的黄惠玲老师合作，翻译史蒂芬斯的名作《儿童小说中的语言与意识形态》。正是在翻译此书的过程中，我了解到除了大名鼎鼎的诺贝尔文学奖，世界上还有一个"小诺贝尔文学奖"，也就是"国际安徒生奖"。我忽然发现了一个新大陆，当时儿子正处于比较顽皮的年龄，我索性搜罗那些获得国际安徒生奖的作品，让儿子阅读以此来消耗他的精力，同时也希望借助这些作品来"教育"他，可谓一举两得。渐渐地，我又不满足于将这些作品只推荐给自己的孩子看，我还想着让更多的人能够阅读这些世界一流的儿童文学作品。

让我万万没有想到的是，为推广国际安徒生奖作品，我前后竟然耗了10年（2009—2018）。十年磨一剑。我团结了一百多名大学生，共同打造了三本国际安徒生奖系列导读书：《生活启蒙：国际安徒生奖获奖作家导读》（2015）、《生活图谱：国际安徒生奖获奖插画家绘本鉴赏》（2016）、《生活导航：国际安徒生奖中国提名者导读》（2018）。这一系列导读书与市场流行的诸多导读书的明显不同之处在于，它们始终贯穿着一个核心主题：珍爱生命—积极生活—感悟存在。也正是这一主题将国际安徒生奖推广活动与我个人的学术研究密切联系起来，使之成为我的"生活诗学"大厦的一个组成部分。这十年，我不仅阅读了大量的国际安徒生奖获奖作品，也阅读了大量的中外儿童文学理论著述。我逐渐形成了自己的儿童文学观念：儿童文学即关注儿童健康成长的一种文学样式，儿童文学的最大价值便在于对儿童进行生活启蒙。我将自己的儿童文学思考通通写进了上述三本书的前言和后记之中。

写作《儿童文学教育》，既是为了儿童文学课堂教学，也是对当下儿童文学界诸多问题的一种回应。就儿童文学创作来说，虽然我们有国际安徒生奖获得者，但总体而言，中文世界的儿童文学作品与世界一流儿童文学作品相比，还是显得有些小家子气。不仅如此，大量的儿童文学作品充斥着教育灌输，艺术性大打折扣，而其最大问题就是过于聚焦儿童性，以至于相对忽视成人性。就儿童文学理论界来说，我们也有国际格林奖获得者，足以显示中国儿童文学理论在世界上的影响力。但是近年来，儿童文学理论界也存在整个学术界的通病：理论主义甚嚣尘上。表面上，各种儿童文学理论著作借助于各种外来理论的包装，显得高大上，但实际上这些理论究竟有何价值呢？儿童文学理论究竟何为？这是迫切需要有识之士反思的大问题！

儿童文学的本体使命是什么？用文学的魔力来引领儿童进入成人世界。儿童文学理论也必须服务于这一使命。《儿童文学教育》意欲将儿童文学的"生活启蒙"功能贯彻到底，同时彰显儿童文学基本问题：儿童性与成人性的关系。本书讲的其实就是一个核心命题："儿童文学即关注儿童健康成长、融儿童性与成人性于一体的文学。""关注儿童健康成长"乃是儿童文学赖以存在的本体性所在，它就是儿童文学的"命根子"。"融儿童性与成人性于一体"乃是儿童文学不同于成人文学的最大特征，也就是儿童文学的独特性所在。只要不涉及色情暴力以及阴暗面，成人文学好像并非不能让儿童看。问题是，成人文学一般不会考虑儿童读者，而儿童文学则必须顾及儿童读者的感受。但是，仅仅顾及儿童读者的儿童文学作品，又会失去成人读者的参与。其实，世界一流的儿童文学作品都是老少咸宜。儿童文学之所以是儿童文学，其存在的合法性即在于其拥有"儿童性"。可是儿童必然要长大，因此，儿童文学又不能不为儿童的未来着想，这就需要儿童文学具备一种"成人性"。儿童文学的"成人性"不同于成人文学的"成人性"在于儿童文学的"成人性"必须在"儿童性"的统领之下。

本书相对现行儿童文学教材而言有如下优势：一是观念新。本书认为儿童性与成人性的关系问题是儿童文学的基本问题，进而强调儿童性与成人性的统一是儿童文学的最大特色。二是材料新。本教程力戒冗言说教，强调以作品说话，因而行文中多有结合中外优秀的儿童文学作品。三是力图与国际接轨。借鉴流行的国际儿童文学教材，但又保持中国儿童文学的若干民族特色。本教程还希望成为儿童文学教育的最简实用手册，各章附有讨论话题和书目推荐。

最后以一首小诗《绘本王国》作结，绘本王国就是我的童话王国，就是我心中永恒的梦想王国：

绘本王国

我想打造一个绘本王国。
里面到处都是精彩的绘本。
我要让这些绘本成为种子。
在所有的孩子身上发芽。
长出七彩童年。
结出幸福晚年。

我想打造一个绘本王国。
里面到处都是可爱的孩子。
我要让这些孩子成为种子。
在所有的大人身上发芽。
长出奇思妙想。
结出欢声笑语。

我要打造一个绘本王国。
里面到处都是精彩的绘本。
我要让这些绘本成为孩子。
到处跑。
跑到忙忙碌碌者的怀抱。
跑到全世界找朋友。

我要打造一个绘本王国。
里面到处都是可爱的孩子。
我要让这些孩子成为绘本。
一天就是一页。
每一页都有歌声。
每一页都有看不见的飞翔。

是为序。

2023-09-08
于芜湖龙窝湖畔

目 录
CONTENTS

绪论　儿童文学的基本问题与儿童文学教育 …………………………… 1

第一章　儿童文学的界定及意义 ………………………………………… 6
第一讲　追本溯源：儿童文学的界定 …………………………………… 6
第二讲　生活启蒙：儿童文学对于儿童的意义 ………………………… 11
第三讲　重建生活：儿童文学对于成人的意义 ………………………… 15
【讨论话题】 …………………………………………………………… 20
【推荐书目】 …………………………………………………………… 20

第二章　儿童文学的创作 ………………………………………………… 22
第四讲　童心的事业：儿童文学的创作 ………………………………… 22
第五讲　创造童年：儿童文学儿童作 …………………………………… 26
【讨论话题】 …………………………………………………………… 34
【推荐书目】 …………………………………………………………… 34

第三章　儿童文学的阅读与推广 ………………………………………… 35
第六讲　好故事塑造好人生：儿童文学的亲子阅读及策略 …………… 35
第七讲　让童心引领世界：儿童文学的推广 …………………………… 41
【讨论话题】 …………………………………………………………… 45
【推荐书目】 …………………………………………………………… 45

第四章　儿童诗歌 ··· 47
第八讲　天真之歌:儿童诗概要 ··· 47
第九讲　存在的家园:窗·道雄儿童诗赏析 ··· 52
【讨论话题】 ··· 60
【推荐书目】 ··· 60

第五章　儿童散文 ··· 61
第十讲　经验之歌:儿童散文概要 ··· 61
第十一讲　观人阅世悟道:龙应台《目送》赏析 ··· 65
【讨论话题】 ··· 70
【推荐书目】 ··· 71

第六章　儿童戏剧 ··· 72
第十二讲　预演生活:儿童戏剧概要 ··· 72
第十三讲　寻找幸福的梦之旅:梅特林克《青鸟》赏析 ··· 77
【讨论话题】 ··· 82
【推荐书目】 ··· 82

第七章　传统儿童文学 ··· 83
第十四讲　远古生活化石:传统儿童文学概要 ··· 83
第十五讲　神话即人话:古希腊神话与传说赏析 ··· 88
第十六讲　突围之道:佩罗童话赏析 ··· 92
【讨论话题】 ··· 97
【推荐书目】 ··· 97

第八章　现代幻想儿童文学 ··· 99
第十七讲　现代生活的影子文本:现代幻想类儿童文学概要 ··· 99
第十八讲　真实的梦境:卡罗尔《爱丽丝梦游仙境》赏析 ··· 103
第十九讲　践行大道:托尔金《霍比特人》赏析 ··· 108
【讨论话题】 ··· 113
【推荐书目】 ··· 113

第九章　儿童现实小说　115
第二十讲　生活教育最佳文本:儿童现实小说概要　115
第二十一讲　体面而坚强地活着:曹文轩《草房子》赏析　119
【讨论话题】　124
【推荐书目】　124

第十章　儿童历史小说　126
第二十二讲　岁月的回响:儿童历史小说概要　126
第二十三讲　牧歌时代的挽歌:怀尔德《大草原上的小木屋》赏析　130
【讨论话题】　135
【推荐书目】　135

第十一章　非虚构儿童文学　137
第二十四讲　事实之力:非虚构儿童文学概要　137
第二十五讲　心灵成长史:安妮《安妮日记》赏析　141
【讨论话题】　147
【推荐书目】　147

第十二章　现代图像文本(一):图画书　149
第二十六讲　幸福的种子:中外名家论图画书的意义　149
第二十七讲　生活图谱:图画书对于儿童的意义　154
第二十八讲　生活之镜:图画书对于成人的意义　159
第二十九讲　创造自己的童话:巴可维斯基《小小花国国王》赏析　163
【讨论话题】　168
【推荐书目】　168

第十三章　现代图像文本(二):儿童漫画和图像小说　170
第三十讲　图读时代:儿童漫画和图像小说概要　170
第三十一讲　童年之殇:舒尔茨《花生漫画(1999—2000)》赏析　175
【讨论话题】　180
【推荐书目】　180

第十四章　现代图像文本（三）：儿童动画与儿童电影 …… 182
　　第三十二讲　童真影像：儿童电影与儿童动画概要 …… 182
　　第三十三讲　现代之殇：宫崎骏《千与千寻》赏析 …… 187
　【讨论话题】 …… 191
　【推荐书目】 …… 192

结语　儿童文学的未来 …… 193

附录　论儿童文学的成人性 …… 195

后记 …… 214

绪论

儿童文学的基本问题与儿童文学教育

儿童文学一直处于一种尴尬境地。这种尴尬性不仅体现于儿童常常不买儿童文学的账,而且也体现于成人也不买儿童文学的账。更有甚者,儿童文学既有儿童性也有成人性,既纯粹自律又自由开放。儿童文学的基本问题就是儿童性与成人性之间的关系问题。正是这一关系的复杂性造就了儿童文学的尴尬性。不仅如此,这一基本问题也决定了儿童文学乃是儿童性与成人性融为一体的文学。

一、儿童性

众所周知,儿童文学的诞生乃是因为"儿童的被发现",即人类开始意识到儿童作为独立的个体而存在。由此,儿童理应拥有属于他们的文学。无论中西,儿童文学中绝大多数的作品其实都是成人所作。然而,儿童们常常不买作家的账,他们喜欢任何喜欢读的作品,而不问其是不是儿童文学。许多写给成人的作品,却渐渐被儿童占领了阅读的市场,比如《天路历程》《格列佛游记》等等。就此而言,儿童文学的命名对于儿童不能不说有些一厢情愿。

儿童喜欢读的文学作品与儿童文学作品之间不能画等号。正如一部成人文学作品并非所有的成人都喜欢、一部儿童文学作品也不可能所有儿童都喜欢。但我们却不能因为儿童不喜欢,读不懂,就将一些作品逐出儿童文学之外。这种完全以儿童阅读接受为主导的"泛儿童文学"观念,很显然不利于儿童阅读能力的提高以及儿童文学的发展。歌德说:"鉴赏力不是靠观赏中等作品而是要靠观赏最好作品才能培育成的。"而一些世界一流的儿童文学作品往往比较"高深",内蕴丰富。有的甚至成人都不一定一下就能看懂,更何况儿童呢?再说,儿童喜欢读,不一定非要懂。阅读儿童文学,对儿童来说最主要的功能是熏陶,即对儿童身心产生潜移默化的作用。就像春天里,我们带小孩到郊外踏青一样,小孩子可能认不出几种花草的名字,但那些花花草草对他们的陶冶却是实实在在的。

儿童文学既不能等同于儿童喜欢读的文学作品,也不能等同于"泛儿童文学观"所谓的"适合儿童阅读"或"可以给儿童阅读的文学作品"。从小到大,我们学的语文教科书中的文学作品都适合儿童阅读,否则也不会列入教材。如果将它们都列入所谓的"泛儿童文学"领地,也太泛滥了吧。更何况如果以"适合儿童"为标准来判断儿童文学,那么爱情成分较多的作品就肯定与儿童文学无缘了。而实际上,许许多多的儿童文学名著,尤其是童话,都有爱情的主题。还有,绝大多数的世界文学名著,以及中国现当代作家的绝大多数作品都可以给儿童阅读。以此观之,我们以适合儿童阅读为标准来编选作家的儿童文学全集,与编这些作家各自的全集又有多少区别呢?大同小异而已。这样的儿童文学全集又有何独特价值呢?

真正有价值的可能不是泛化的儿童文学,而是泛化儿童的文学阅读。在片面追求分数的教育体制下,儿童的阅读也往往功利化,即阅读总以提高成绩为目标。这严重妨碍了儿童的情商培育。文学艺术,尤其是儿童文学对于儿童的身心健康成长再怎么强调都不过分。我们理应给孩子提供各种各样的儿童文学作品,尤其是那些世界一流的儿童文学名著。在波兹曼所谓的"童年的消逝"的时代,我们有必要特别地捍卫儿童文学的纯粹性,即儿童文学之为儿童文学的"儿童性"。我们理应让儿童文学成为培育或滋养儿童性的最佳文学形式。

何谓"儿童性"?简言之,儿童性即儿童之为儿童的天性(本性)。鉴于成人也是从儿童长大,所以儿童性也可能部分地留存于成人身上。由此,我们不妨将儿童性界定为人性的一种表现形态,或者说一种生命存在状态,它典型地存在于儿童身上。举个例子,童心可谓儿童性的最大特征。但我们不能说童心专属于儿童,老人也会拥有童心。同样,有的儿童也表现出圆滑世故,俨然一个大人。捍卫儿童文学的纯粹性,就是要避免将儿童文学泛化,或将之成人化,这既是对儿童文学的尊重,也是对儿童成长的呵护。

呵护儿童成长,并不等于让他们总生活在真空之中,而应适当让他们了解到成人世界的风风雨雨以及复杂和荒谬。尤其在儿童越来越成人化的当今时代,引导儿童阅读一些他们可以读的成人文学作品大有裨益。哪些成人文学作品儿童可以读呢?除了那些渲染色情暴力和过于揭露社会阴暗面的作品之外,好像没有多少儿童绝对不可以读的成人文学作品。但就阅读的收获来说,那些经过时间检验的文学名著,可能更适合儿童阅读。阅读优秀的成人文学作品,对儿童来说,就等于"预习"成人生活。

二、成人性

儿童文学的尴尬,不仅与儿童的阅读密切相关,而且也和成人的阅读相关。许许多多的成人不愿意阅读儿童文学,他们潜意识里认为儿童文学是"小儿科"。实际上，儿童文学拥有双重隐含读者。如果一个儿童文学作家创作时内心只想着给儿童阅读，那么很大可能不会成为优秀的儿童文学作家。正如齐普斯所说的，"儿童文学是真正的民间文学，是为所有民众创作的文学，是男女老少都在阅读的文学"。[1] 拿绘本来说，这种特有的儿童文学类型天然适合于学龄前儿童的亲子阅读。小孩看图画，大人读文字。大人小孩各取所需，皆有所得。儿童文学可谓儿童走向成人的一座桥梁。在此意义上，儿童文学可以说是成"人"文学，即协助儿童成为一个真正的有主体意识的人的文学。因此，儿童文学也适合那些没有成熟（成人）的"大人们"。

要界定真正的儿童文学，既不能单纯从作者角度，也不能完全从读者角度。就作者来说，成人创作的儿童文学，肯定带有成人的烙印，即便那些童心满满的成人，也不一定就能很好地把童心用文字传达出来。更有分裂的作者，纯粹为教育儿童，违背修辞立其诚的古训，言不由衷，言行不一。而儿童自己创作的作品，也不一定就非得是儿童文学，很多中学生就喜欢写成人世界的故事。就读者来说，儿童的阅读爱好和欣赏能力，个体差异非常大，我们根本无法以他们的喜好或读懂程度来界定儿童文学。读不读得懂可能不是最重要的问题。最重要的是小孩子愿不愿意读，能不能读下去。我们小时候读的很多古诗，不都是半懂不懂吗？

可是问题并没有这么简单，因为儿童文学并非仅仅具备"儿童性"就已足够。儿童不是生活在真空之中，儿童生活在家庭、学校与社会交织成的大网之中。儿童的身边是大人，儿童也会成长为大人。因此，"成人性"也必然成为儿童文学的一个维度。儿童文学的儿童性经常被过于狭隘地理解，以至于让很多儿童文学变得幼稚不堪。我们认为当下儿童文学的最大问题便是太幼稚。天真不同于幼稚。幼稚说的其实是针对大人，因为儿童本身就是幼稚的存在。儿童幼稚的自然表现便是天真。所以天真与幼稚在儿童那里是一回事，但天真更有诗意也更好玩，而幼稚则让人感觉滑稽可笑。说儿童文学的幼稚性主要针对的问题有二：一是成人作者一厢情愿地过作天真；二是作品内容完全迎合儿童（一味幼稚化）。普鲁斯特在《驳圣伯夫》一书中早就提醒我们："对儿童丰富有益的并不是一本写得孩子气的书。"[2] 克服儿童文学的幼稚性的不二法宝便是增加儿童文学的"成人性"，让儿童文学真正老少皆宜。

---

[1] 齐普斯. 冲破魔法符咒：探索民间故事和童话故事的激进理论［M］. 舒伟，译. 合肥：安徽少年儿童出版社，2010：230.
[2] 普鲁斯特. 一天上午的回忆［M］. 王道乾，译. 上海：上海文化出版社，2000：294.

何为成人性？成人之为成人的本性，但并非成人固有。儿童文学的成人性可以分三个层次：to be an adult，儿童必将长大成人，必须面对成人世界的风雨；to be a human being，儿童也是人，也与大人一道分享着人性的优与劣，儿童文学旨在培育人性，成为合格的世界公民；to be a MAN，儿童是世界的未来，文明的未来，儿童必须担负传承文明的使命，因而儿童文学也应陶冶儿童以便使其成为大写的人，为社会为世界做贡献的人。着眼于儿童未来，成人性即召唤性。

儿童文学的儿童性与成人性的关系即是儿童文学的基本问题。关注儿童性的人可谓儿童本位论者，关注成人性的人可谓儿童发展论者。前者聚焦儿童文学对儿童当下维度的价值，后者强调儿童文学对儿童未来维度的意义。前者旨在让儿童成为好孩子，后者则更侧重让儿童将来成为好人。儿童文学的儿童性的核心即保养童真之心，为此儿童文学须坚持幻想性、游戏性及趣味性。儿童文学的成人性的核心是培育责任之心，为此儿童文学必须为儿童的未来负责任，也要让儿童逐渐为世界的美好而担负责任。关注儿童文学的儿童性就会强调儿童文学的纯粹性和自律性，而关注儿童文学的成人性自然会强调儿童文学的开放性和复杂性。伟大的儿童文学必然是兼备儿童性与成人性的作品，它们让儿童走向成人，让成人回归童真。

三、儿童文学教育

鉴于上述考虑，要想减少儿童文学的尴尬性，我们必须寻求儿童性与成人性的平衡点。儿童文学拥有纯粹性的同时，也应呼应时代拥有走向未来的开放性。正如儿童文学的成人性不能以牺牲儿童性为代价，儿童文学的开放性也绝不能以放弃儿童文学的学科性和纯粹性为代价。儿童文学的成人性并非与其儿童性水火不容，而恰恰是儿童性的必然要求。也就是说，儿童文学的成人性是儿童性的延伸。在此意义上，捍卫儿童文学的儿童性也就是意味着捍卫儿童文学的纯粹性。质言之，就儿童文学而言，儿童性至上，其成人性始终在儿童性的统领之下。

儿童文学基本问题的重新界定，必然给儿童文学带来一系列的新风貌。为此，我们决定开设一门融儿童性和成人性于一体的儿童文学课程。开设这门课程，主要是因为大众对儿童文学的两大错误观念。一是误解，人们普遍认为儿童文学是小儿科。高等院校通行的文学史教材几乎从不专门介绍儿童文学作品。现实生活中的大人们也很少主动阅读儿童文学作品。二是误用，儿童文学被视作教育工具。家长旨在给孩子作文提分，作者意在教育灌输，很多儿童文学作品沦为知识普及的工具。

  鉴于此，我们不仅仅需要一门儿童文学课程，更需要一门儿童文学教育的课程。儿童文学教育有三大目标：一是传播公正、民主、平等的儿童文学观念，强调儿童性与成人性的统一，此为"儿童文学"理念的教育；二是推荐各种体裁的最经典或最有代表性的中外儿童文学作品，强调思想性与生活性的统一，此为"儿童文学"作品的教育；三是探索如何利用儿童文学这一媒介来教育儿童和自我教育，强调理论与实践的统一，此为"儿童文学"实践的教育。

  我们可以用一句话概括何谓儿童文学教育：儿童文学教育就是以儿童文学为媒介来教育儿童和自我教育。儿童文学教育不是功利性的职业教育，而是一种整体生活教育。

第一章

儿童文学的界定及意义

第一讲 追本溯源：儿童文学的界定

在一个不把儿童当作儿童看的社会和时代，谈论儿童文学是没有意义的。所以，关于儿童文学何时诞生，无论中外都是从关注"儿童的发现"开始的。所谓"儿童的发现"，是说在人类历史上，儿童真正作为儿童身份被人类认可，"人类意识到儿童是独立的个人，具有与成人不同的生理状态和精神现象"。[①]

一、儿童的被发现以及儿童文学的诞生

在西方，儿童身份的独特性之所以被发现，实际上与"个人主义"的崛起密切相关。据阿利埃斯考证，人类历史上，在文艺复兴以前，每个人从属于一种血缘关系，不能完全独立于家庭之外。人们对孩子的态度还相当淡漠，孩子只被看成是家庭的后裔。文艺复兴时期，随着个人的凸显，个人与家庭的矛盾也不断冲突，结果是"家庭中心观念的淡化，个人力量得以加强"。同时，一种新的身体观念出现了，即"身体被看成是个人的所有物，而不是家庭的"。一旦意识到身体属于个体自己，个体知道它迟早会消亡，所以就想方设法在孩子身上延续下去。当现代核心家庭开始在15世纪的欧洲出现，儿童的养育问题也随之越来越受到重视。[②]

两位哲学家的著述对"儿童的发现"也起到了推波助澜的作用。一个是英国哲学家洛克，他在1693年出版了《关于教育的一些想法》，旨在如何将幼童训练成一个"道德人"。另一位哲学家卢梭在1757年创作的哲理小说《爱弥

[①] 蒋风. 外国儿童文学教程 [M]. 杭州：浙江大学出版社，2012：60.
[②] 阿利埃斯，杜比. 私人生活史Ⅲ 激情：文艺复兴 [M]. 杨家勒，等译. 哈尔滨：北方文艺出版社，2009：271-285.

儿》，副标题是"论教育"。与"道德人"不同，卢梭旨在将孩童培育成一个"自然人"。《爱弥儿》是世界文学中第一部赋予儿童主人公独立性的小说。卢梭认为："在万物的秩序中，人类有它的地位；在人生的秩序中，童年有它的地位；应当把成人看作成人，把孩子看作孩子。"①

西方儿童文学的诞生与儿童的被发现同时进行。至于何时诞生，有两种流行说法。保罗·阿扎尔把夏尔·佩罗看作是"为儿童书写的第一人"。② 诺德曼则认可最早的儿童文学是18世纪40年代早期英国的约翰·纽伯瑞出版的童书。③ 这两种观点主要着眼于专门为儿童写的书。其实在此期间，一些本来为成人写的书，却被儿童所热爱，比如塞万提斯的《堂吉诃德》（上卷1605年出版，下卷1615年出版），班杨的《天路历程》（第一部分1678年出版），此外还有笛福1719年出版的《鲁滨逊漂流记》，斯威夫特1726年出版的《格列佛游记》。这些当时为成人所写，后来却被儿童抢占阅读市场的书，究竟是不是儿童文学呢？如果认可它们是儿童文学，那么儿童文学的诞生至少提前到1605年。如果不认可其为儿童文学，那么我们又无法否认一个事实：现在这些书都被纳入儿童文学作品的范畴。这其实暴露了一对影响深远的矛盾：成人与儿童。儿童文学自始至终都被束缚于这一矛盾当中。

接下来我们看看中国"儿童的发现"。对此问题西方和海外学者与大陆学者之间有着重要分歧。Anne Behnke Kinney 编辑的英文论文集《中国的童年观》是第一本对中国历史从古代到现代不同领域有关儿童和童年观念的梳理和研究的著作。该作者本人的专著《早期中国的儿童及青年书写》认为，汉代是中国历史上"儿童发现"的一个重要时期。此外还有熊秉真英文专著《慈航：帝国晚期的儿童和童年》，白莉民英文专著《捏个好孩子：帝国晚期的中国儿童与他们的读本》，等等。在所有这些研究里，儿童的发现似乎都更早于中国的近现代。④ 然而，上述这些英文专著尚未真正引起中国大陆学者重视。目前中国的儿童文学界主要还是把五四新文化运动作为起点来论述儿童的发现以及儿童文学的诞生。

五四新文化运动不仅带来了"科学"和"民主"观念，更是一次人的解放运动，带来了人的觉醒意识，尤其是关于妇女和儿童的觉醒意识。当时中国儿

---

① 蒋风. 外国儿童文学教程[M]. 杭州：浙江大学出版社，2012：46.
② 阿扎尔. 书，儿童与成人[M]. 梅思繁，译. 长沙：湖南少年儿童出版社，2014：10.
③ 诺德曼，雷默. 儿童文学的乐趣[M]. 陈中美，译. 上海：少年儿童出版社，2008：129.
④ 徐兰君，安德鲁琼斯. 儿童的发现[M]. 北京：北京大学出版社，2011：6-8.

童文学与理论的出现与儿童问题密切相连，甚至关系到国民改造。正如郭沫若所云："儿童文学的提倡对于我国社会和国民，最是起死回春的特效药，不独职司儿童教育者所当注意，举凡一切文化运动家都应当别具只眼以相看待。今天的儿童便为明天的国民。"① 在美国实用主义哲学家杜威"儿童中心主义"教育观念的影响下，一些有识之士也开始了儿童文学理论的探索和创建。其中最值得我们关注的非周作人莫属。周作人的儿童文学观要点有：儿童文学以儿童为本位，不能沦为政治的附庸；儿童文学的创作者是那些保有"赤子之心"的人；儿童文学作为"正当的文学教育"其作用只在于满足、培养、指导儿童读者本能的兴趣和趣味，而且能唤起新的兴趣与趣味；最上乘最有趣的儿童文学是那些"无意思之意思的作品"。② 相比之下，同时代郑振铎的儿童文学观则非常重视教育功能。他认为儿童文学与普通文学很大不同之处在于儿童文学是"工具主义"的，儿童文学必须含有"道德训条"。同时他也关注儿童的趣味和嗜好，认为教授儿童文学时不能灌输式地明白说出其中的道德训条，而应"使故事自己去教训儿童"。③

周作人和郑振铎的儿童文学观可以作为五四时期儿童文学观的两极。让人痛心的是，中国后来的儿童文学的发展，周作人这一脉被大大冷落了，而郑振铎、郭沫若这一脉则被发扬光大。

二、儿童文学的特征

如果着眼于上述中外儿童文学的发展史，我们可以发现儿童文学不同于其他文学的重要特征至少有三个：教育性、趣味性和儿童性。

从儿童文学的内容着眼，教育性是其最大特征，关键问题在于教育什么（教育内容），教育谁（教育对象），以及怎么教育（教育手段）。

关于教育内容，最常见有三类：一是强势意识形态所宣扬的道德观念和价值标准，往往具有很强的时代性、民族性和政治性。二是人类文明进程中所积累起来的普遍的道德观念和价值标准，诸如真、善、美、自由、平等、博爱、民主等等。这类普适性的价值观超越阶级，超越种族，超越时空，具有顽强的生命力，不同时代不同地区的人，无论男女老少，都可以从中获取信心和力量。三是与如何过好生活密切相关的"生活教育"内容，它主要关注个体生活过程

---

① 方卫平. 中国儿童文学理论发展史 [M]. 上海：少年儿童出版社，2007：120.
② 方卫平. 中国儿童文学理论发展史 [M]. 上海：少年儿童出版社，2007：181-183；刘绪源. 中国儿童文学史略 [M]. 上海：少年儿童出版社，2013：24-27.
③ 方卫平. 中国儿童文学理论发展史 [M]. 上海：少年儿童出版社，2007：187.

中的一系列问题，诸如生死、爱情、工作、栖居、欲望等等，以及个体与他者、与自然、与社会等等之间的关系。

关于教育谁的问题。历来是以儿童为本位，即教育儿童。儿童与成人相比最为不同之处在于他们缺乏经验，所以成人对儿童应该承担两个义务：一是保护他们，二是教育他们。正是这些义务导致了儿童文学的发展。① 由此，儿童文学天然与成人密不可分，儿童文学也应当进入成人阅读的视野，而且势在必行。儿童文学绝大多数是成人写的，而且在儿童不识字的情况下都是父母和孩子一起读的，况且童年（童心）也并非儿童专有，童年（童心）也曾经属于成人，现在也可能还会在成人身上保留着。儿童和成人这样的概念不仅仅是用来以年龄大小来对人进行分类，它们还可以用来象征一种生命的存在样式，即儿童可以作为一种天真的诗意存在，而成人则是一种功利的现实存在。这也意味着儿童文学也可能潜在地给成人以思想启迪和自我教育。早在20世纪30年代前后，这一点已被关注。张圣瑜把儿童文学所展示的儿童境界看成是一种人生至境，会给成人读者以精神慰藉，在其《儿童文学研究》（1928）中他指出："成人赖有潜在之一点童心，感受儿童文学之暗示，消释不少暴戾之气，惨酷之事，烦闷之心。"②

关于怎么教育的问题，现在大家的共识是儿童文学的教育性理应是潜在的，而不是赤裸裸的说教和灌输。要让孩子在阅读的过程中，潜移默化地感受到其中的真善美。这就牵涉到儿童文学的另一特点：趣味性。

儿童文学的艺术性的起点和落脚点都应是趣味性。诺德曼、雷默认为乐趣"是关于文学最重要的事情"。③ 乐趣即乐于趣，因趣而乐。而趣可能有深浅之分，有味之趣才能让人乐之思之，甚至手舞足蹈。所以趣味说不仅强调趣，更要有余味在其中，而能觉察到趣中味，便会带来更大的快乐。一言以蔽之，乐趣乃是因为有趣味。那么为什么说儿童文学最大的艺术性是趣味性呢？因为趣味与儿童（童真）可谓异质同构。也就是说，趣味在儿童身上最为明显，儿童天然具有趣味，所谓"童趣"是有道理的。中国古代美学谈味、象、气、神、韵等颇为多见，谈"趣"则显得薄弱，直到宋代，严羽"兴趣"说才广受关注，而对趣最为重视的是明代。明代之所以对趣、对童趣如此聚焦，都是受到

---

① 诺德曼，雷默. 儿童文学的乐趣[M]. 陈中美，译. 上海：少年儿童出版社，2008：154-155.
② 方卫平. 中国儿童文学理论发展史[M]. 上海：少年儿童出版社，2007：255.
③ 诺德曼，雷默. 儿童文学的乐趣[M]. 陈中美，译. 上海：少年儿童出版社，2008：33.

李贽"童心说"的影响。所谓童心者,"绝假纯真,最初一念之本心也"①。总之,趣与儿童最为契合,趣之最者乃是童趣。

儿童文学最为本质的特点是儿童性。这种儿童性历来被主要聚焦于儿童中心主义、儿童本位、童心说,认为儿童文学世界是一个纯洁无瑕的乐土。这不过是成人对儿童美好时光的放大。戈尔丁《蝇王》中我们可以看见孩童世界的两极,既有天使也有恶魔。所以儿童文学的儿童性最主要的不是说儿童文学中儿童世界的纯洁,而是致力于关注儿童问题,以促进其健康成长,使其成为一个成熟的"大人"。这也意味着儿童文学的儿童性必然要求其具备一定程度的成人性。尤其在这样一个儿童越来越成人化的世界,儿童问题并不比成人问题少,甚至与成人问题相互纠缠在一起,比如福克斯小说《月光下的人》中成人婚姻的失败所造成的儿童的精神创伤问题。

关注儿童问题,儿童文学的主人公必然要有儿童。儿童文学的儿童性还体现在儿童视角。林海音《城南旧事》和萧红《呼兰河传》都是作者对过往生活的一种回忆,但却是从儿童的视角来写的,既显示了儿童的真善美,又批判了成人世界的假恶丑。不过我们要注意一类伪儿童视角。方方的小说《风景》就是以一个死去的婴儿视角叙事的,但该小说却不能作为儿童小说。儿童视角必须体现在作者的写作姿态上,即他知道自己写的是儿童文学作品,因而会主动以儿童视角来寻求表达方式和思考问题。这就是为什么优秀儿童文学作品都能贴近儿童生活而且语言生动形象的原因。此外,儿童文学的儿童性还体现在对儿童的天性的关注。儿童天性何在?虽然从人性角度,儿童与成人具有很多共性,但由于儿童来到这个世界上不长,因而总有些比成人更为明显的天性。儿童教育家陈琴鹤认为儿童从心理上来看最为重要的四大天性是:好动心、模仿心、好奇心和游戏心。②

综上所述,儿童文学潜在地具有丰富的思想内容,是适合所有人阅读的一种文学形态,它具有浓郁的教育性、趣味性,致力于儿童的健康成长,旨在让其成为一个拥有自我意识又自由开放的主体,为将来生活于复杂的成人世界做好前期准备。一句话,儿童文学即关注儿童健康成长的融儿童性与成人性于一体的一种文学样式。

---

① 叶朗. 中国美学史大纲[M]. 上海:上海人民出版社,1985:336.
② 陈琴鹤. 儿童心理及教育儿童之方法[M]. 合肥:安徽教育出版社,1992:369-376.

第二讲　生活启蒙：儿童文学对于儿童的意义

阅读儿童文学是儿童健康成长必不可少的辅助手段。阅读儿童文学可以帮助儿童更全面地认识并适应社会生活，促进儿童成为自己生活的主人，并能逐渐意识到生活所可能拥有的意义维度。儿童文学对于儿童的意义体现在如下三大方面：

一、社会化

世界著名的童话研究者齐普斯以下两段话，说出了儿童的社会化以及儿童文学对于儿童社会化的重要意义：

"一个国家的文化水平和质量，仰赖于让年轻人融入该社会的社会化过程——该过程使年轻人接受适宜的社会规范与价值标准，以利社会政治系统正常运作及保障该社会的持续性。"[1]

"儿童文学是真正的民间文学，是为所有民众创作的文学，是男女老少都在阅读的文学，它对于儿童的社会化具有极其重要的作用，特别对于发展孩子们的批判性和富有想象力的阅读能力具有非常重要的作用。"[2]

然而儿童文学对于儿童社会化的作用，目前仍然面临一些困境。从阅读群体来说，社会化最重要的一个年龄段（即中学生）对儿童文学的阅读远远不及小学生和学龄前儿童。中学阶段是"三观"（世界观、人生观、价值观）开始成型时期，如果在这一阶段能够辅以优秀的儿童文学作品，对人的成长将会大有裨益。但在"智商"重于"情商"的应试教育大环境下，儿童文学的辅助作用之薄弱可想而知。从阅读内容来看，许多劣质儿童文学作品强行灌输主流意识形态观念，对儿童思想的控制过紧。更为严重的一个问题是在这个网络视频时代，手机、电脑及平板等数字设备正在抢占越来越多的儿童消费者，让很多自控力不强的儿童沉迷于游戏的虚幻世界或者恶俗的文本、视频之中不能自拔。

---

[1] 转引自史蒂芬斯. 儿童小说中的语言与意识形态［M］. 张公善，黄惠玲，译. 合肥：安徽少年儿童出版社，2010：1.

[2] 齐普斯. 冲破魔法符咒：探索民间故事和童话故事的激进理论［M］. 舒伟，译. 合肥：安徽少年儿童出版社，2010：230.

成人文学也可以促进儿童的社会化，但可能充斥着色情暴力或者过于阴暗。儿童文学相对而言更加温和安全。儿童文学是通过话语中暗含的"社会规范和价值标准"来对其阅读者进行春风化雨般的陶冶，既能让其在不知不觉之中了解到社会生活所必须遵循的规则，同时也可以培养阅读者的批判眼光。史蒂芬斯对此进行了专门的研究。他指出，儿童文学的话语中被注入了较多的意识形态，主要有三类：一是文本所流露出来的作者的社会、政治或道德方面的观念与信仰；二是文本里暗含的未经作者审视的观念；三是语言之中包含的权力争斗，它是社会权力冲突在文本语言中的表现。[①] 儿童在阅读儿童文学作品的时候，他们会不可避免地受到影响，如果他们认同其中的人物角色，便会被人物的言行举止所感染，如果他们能够跳出这种认同式的阅读模式，能够发现其中不同的声音，那么就更会发展出自己对这个世界的看法，也更加有助于其主体性的形成。

　　儿童文学的"入世"教育更加滋养心灵。阿德勒说："我们必须使儿童的生活不太悲苦，我们必须预防他过早地学习到存在的阴暗面，我们也必须给他体验生存的欢乐的可能性。"[②] 然而世界的运转却自有其残酷的游戏规则。洛克在其名著《关于教育的一些想法》中则认为"对社会的唯一的防卫，就是彻底地了解它"，所以他告诫那些培育幼儿的家长们要在其"涉身人世之前，向他展示真实的社会"。[③] 儿童文学可以对涉世未深的孩子们进行很好的"入世"教育，让他们初步意识到世界的复杂性。这就是儿童文学为什么要进行社会批判的意义所在。罗大里《洋葱头历险记》《假话国历险记》是对社会专制的颠覆，涅斯特林格《狗来了》中有对现代教育枯燥无聊的嘲讽，施密特《猫女米妮》有对伪善的慈善家的揭露，等等。凡是社会中不合理不公正的现象，我们都能够在儿童文学中发现其存在的影子。但绝大多数的儿童文学对世界阴暗面的描绘的背后都高悬着作者温柔善良的心。其中无不暗含着一种幸福的承诺：只要坚持，只要努力争取，结局都会美好。

　　总之，儿童社会化的目标不仅仅是一名合格的社会公民，更是拥有开放胸襟的世界公民，既能适应本民族的社会生活，也能直面多民族共存的多元文化生活。

[①] 史蒂芬斯. 儿童小说中的语言与意识形态［M］. 张公善，黄惠玲，译. 合肥：安徽少年儿童出版社，2010：10.
[②] 阿德勒. 理解人性［M］. 陈太胜，陈文颖，译. 北京：国际文化出版公司，2000：126.
[③] 洛克. 教育片论［M］. 熊春文，译. 上海：上海世纪出版集团，2005：166-167.

二、主体化

儿童的社会化和主体化实际上密不可分，是同一进程的两个维度，一个着眼于外在现实世界，一个关注个体心灵世界的成长。所谓主体性，依据麦考伦的说法即"个体拥有的私人身份，它使个体的自我区别于其他自我，在与其他自我并存的社会中占有一席之地，使个体能够深思熟虑且行为谨慎"。①

主体性的形成意味着儿童已经具备走向成人世界的条件。麦考伦认为"主体性是青少年小说所关注的本质问题"。② 特瑞兹也认为"在儿童文学中，获取主体位置显得尤为重要，因为在我们的文化中儿童通常缺乏主体性。儿童文学最重要的功能之一就是刻画一些拥有了主体性的儿童"。③ 史蒂芬斯对儿童的主体性也倍加关注，他竭力反对那些对儿童进行单一意识形态灌输的儿童文学，进而倡导一种批判式的阅读模式，而非流行的认同式模式，后者容易导致阅读者被操控。他希望儿童文学中的意识形态应该具有多元文化空间，以便培养儿童独立而清醒的主体性。

儿童文学是如何促进儿童的主体化的呢？首先要成为自己。蒿根的《保守秘密》，瓦德尔的《弗兰琪的故事》都是旨在让儿童主人公成为自己，清醒地意识到自己作为一个个体而存在，而不是听命于他人。即使是最亲近的人也不能代替自己做决定。在伯德克尔的《西拉斯与黑马》中，小主人公甚至可以过一种独立自主的生活。然而只有当一个主体意识到自我存在，并同时意识到他人也是一个独立的个体的时候，主体性才真正形成。主体性暗含主体间性，即主体与他者之间的交往互动。主体性不是唯我独尊，而是坚持自我抉择的同时也尊重他者的选择。麦考伦通过对大量青少年小说的考察，强调对话在主体建构中的巨大作用。④ 可以预见的是，当儿童阅读《了不起的 M. C. 希金斯》《旷野迷踪》这样的小说时，一开始会对其中人物之间的对立冲突印象深刻，可是随着故事的发展，他们又会发现人与人之间的隔阂在减少，变得相互靠近并友好起来。更有甚者，如果他们有能力深入到文本的结构中去，他们会发觉文本的

---

① 麦考伦. 青少年小说中的身份认同观念：对话主义建构主体性 [M]. 李英，译. 合肥：安徽少年儿童出版社，2010：1.

② 麦考伦. 青少年小说中的身份认同观念：对话主义建构主体性 [M]. 李英，译. 合肥：安徽少年儿童出版社，2010：1.

③ 特瑞兹. 唤醒睡美人：儿童小说中的女性主义声音 [M]. 李丽，译. 合肥：安徽少年儿童出版社，2010：30.

④ 麦考伦. 青少年小说中的身份认同观念：对话主义建构主体性 [M]. 李英，译. 合肥：安徽少年儿童出版社，2010：8.

话语本身就暗含着多重声音的存在。

总之,儿童在阅读的过程中,很自然地体验到做自己主人的快乐,久而久之,也会促进自我意识的觉醒,同时儿童文学中各种关系的冲突与和解,以及话语中的各种对话技巧,也会培养儿童读者的对话意识,进而促进其主体性的形成。

三、生活启蒙

儿童文学对儿童最为本体的意义是生活启蒙。此处本体意味着儿童文学存在的最大使命,即儿童文学之所以存在,乃是为了让儿童更好地生活。海德格尔认为,"此在的存在是操心,操心包括实际性(被抛)、生存(筹划)与沉沦"①。而操心从时间的角度来说,每一次绽出都是"整体地到时",既有已经被抛入世界的实际存在,又有向未来敞开的可能存在,还有当下所沉沦其中的日常存在。我把被抛的存在作为日常生活的形而下维度,强调其生命性;把可能存在作为形而上维度,强调其对日常生活的超越性,对未知存在的探寻。生活启蒙可以通过上述三个维度体现出来:让儿童敬畏生命,积极生活,勇于探索未知的存在。

敬畏生命。儿童文学,尤其是童话,完全是一个泛生命的王国。动物、植物、山水甚至器具都往往被赋予神奇的生命。儿童文学的泛生命化会对阅读者产生潜移默化的影响,他们可能会变得特别热爱生命,对身边的生命温柔对待,甚至也会善待器具。儿童文学中的生命伦理常常遭遇到一种悖论,即珍爱生命与杀戮生命往往同时存在。这似乎与施韦泽倡导的敬畏生命伦理背道而驰,后者认为:"善是保存生命,促进生命,使可发展的生命实现其最高的价值。恶则是毁灭生命,伤害生命,压制生命的发展。这是必然的、普遍的、绝对的伦理原理。"②

法国儿童文学家吉约的小说《格里什卡和他的熊》很能说明问题。格里什卡的父亲为同伴报仇,在禁猎季徒手打死一只熊,遭到巫士诬告被迫只身远走他乡。格里什卡打猎时救了一只熊崽,小熊成了圣物,所有的人都喜欢,可下一个狩猎季却要按照习俗将其杀死。于是格里什卡带着他的熊逃回大山,和熊生活一起。父亲回乡组织搜寻儿子,逃难中格里什卡跌入陷阱,小熊不惜中箭引诱人来救格里什卡。小说跌宕起伏,反映了人类与大自然相处中的一些悖论,

---

① 海德格尔. 存在与时间[M]. 陈嘉映, 王庆节, 译. 北京: 三联书店, 1999: 325.
② 施韦泽. 敬畏生命[M]. 陈泽环, 译. 上海: 上海社会科学院出版社, 2003: 9.

既敬畏又凶残。只有天真的儿童天然具备怜爱之心，而无视陈规陋习。在儿童文学之中，不管是人类还是生物，往往都被分成两类：善良和邪恶。而且最终的结局往往都是善良战胜邪恶。所谓生命伦理并不是意味着善待每一个生命存在，而是在敬畏生命的同时，呵护那些更加美好或弱小的生命。

积极生活。无论什么样的大难当前，无论多少坎坷横在前头，无论命运多么起伏不定，也许有脆弱不堪的情节，也许有消极遁世的主角，但儿童文学的主导精神必定是积极向上的。奥台尔的小说《蓝色的海豚岛》为我们设计了一个绝无仅有的情境。为了海獭皮，岛上印第安人遭外人血洗，岛上人弃岛而去，一个十二岁姑娘在弟弟被野狗咬死后孤身一人生活在荒岛上。小说主要写女孩如何独自求生，从一种对抗式生存慢慢变成一种较为和谐的生存，与周围的各种动物温情相处。对人类的渴望最终又让她回到文明社会。这篇小说形象生动地揭示了绝境中积极向上的生存意志。积极生活可谓儿童文学之于儿童最有意义的观念，尤其是在当今这样一个充满竞争、压力重重又人口过剩资源缺乏的地球上。

探索未知存在。儿童处于生命的春天，充满无尽的可能性。儿童文学中对未知世界的永无尽头的探索，对生活中各种可能性的展示，都会极大地激起儿童天性中的好奇和幻想。姆咪谷系列呈现的童话世界妙趣横生，奇遇纷至沓来。杨松把一种冒险的生活书写得淋漓尽致。虽说"存在是绝对冒险"，[①] 但长大的我们却大都渴望安定的生活。冒险是勇敢者的事业，冒险拓宽了生活的时空，种种奇遇也都色彩斑斓。正是杨松们放飞了儿童的想象，也慰藉了成人心灵深处的向往。对未知存在的探索与感悟，也会让人形成一种存在意识，进而对当下人生的意义产生兴趣。

综上所述，儿童文学之于儿童的意义就在于：社会化、主体化和生活启蒙。社会化和主体化是儿童成长的两个相反方向的过程，一是向外发展，一是向内发展。而生活启蒙是儿童在社会化和主体化过程中逐渐形成的对生活的总体观念。

第三讲　重建生活：儿童文学对于成人的意义

成人阅读儿童文学的意义常常被人忽视。如果说儿童当中有很多成人化的

[①] 海德格尔. 林中路 [M]. 孙周兴，译. 上海：上海译文出版社，1997：284.

小大人，那么成人中也有许多幼稚化的大孩子。即便那些拥有丰富生活经验和较多社会知识的年满18岁的成人，尤其是那些家有儿女的人，儿童文学也能对其发挥巨大的作用。

一、亲子阅读 共同成长

成人在阅读作品的过程中，往往主动探索儿童文学的思想魅力，会受到不同程度的感染和启发。同时因为孩子的好问与反驳而形成的互动对话，也会让成人更好地了解儿童的内心世界。由此，亲子阅读可谓一种思想和情感的分享方式。成人如果经常阅读儿童文学，内心也会变得纯净美好，变得温柔慈悲。这也有助于成人摆脱常有的粗暴教育方式。

一般情况下，成人阅读儿童文学多半是为了亲子阅读或是教育孩子。他们一开始可能只是帮不会认字的孩子读，但可能会很快发现自己在阅读的过程中也颇有收获。巴西作家德瓦斯康塞洛斯的《我亲爱的甜橙树》便是这样一本值得家长关注的童书。五岁男孩泽泽家境贫寒，敏感而喜恶作剧，却在遇到"老葡"之后，因为备受温柔呵护而变得温顺起来。阅读此书，无论你是小孩还是大人，都会从中获得温暖和力量。

此书是作者在48岁时对童年岁月的缅怀之作，也是对曾经美好事物的祭奠。从来没有哪本童书像这本书这样聚焦温柔对儿童成长的意义。作者甚至把温柔作为生活的核心，认为"没有温柔的生活毫无意义"[①]。然而实际生活中，大人很容易会把自己面对生活的压抑和不满，发泄到儿童身上。泽泽不就是因为家人过度的打骂，竟然滋生一种自杀的念头吗？然而泽泽是幸运的，他的身边一直都不缺少呵护他的人，姐姐格格、埃德蒙多伯伯、丁丁娜奶奶，尤其是后来结识的忘年交老葡。姐姐给的是亲情的温暖，伯伯给的是思想的启蒙，奶奶给的是慈祥的疼爱，而老葡则将温柔的呵护体现到极致，他细心地观察着泽泽，倾听泽泽的心声，并能让泽泽不安的心在自由自在的放牧中得到舒展。

总而言之，优秀的儿童文学作品，都把儿童的健康成长作为其核心，所以成人阅读的时候，不仅能够获得许多教育儿童的思想观念，更有甚者，成人也可以从中得到自我教育。

二、审美出游 慰藉心灵

童心统领着儿童文学世界。成人阅读儿童文学会有一种特殊的感觉，仿佛

---

① 德瓦斯康塞洛斯. 我亲爱的甜橙树［M］. 蔚玲，译. 北京：天天出版社，2010：263.

时光倒流，回归到童年时代的无忧无虑。阅读儿童文学，可谓一次心灵的放风和疗伤，是一次超越日常生活的审美出游。

贝特尔海姆1976年出版的《童话魅力的价值：童话故事的意义和重要性》影响深远。他认为童话故事可以为孩子们的心理成长和心理调节提供有价值的工具。而用童话来对成人进行心理疗伤，维雷娜·卡斯特颇有影响，其所著《童话的心理分析》的主题就是"童话在心理治疗历程中的意义"。她认为，"童话是以象征的语言表现人类的存在问题"，而童话中的象征则是"说中了我们个人的存在问题，同时指出这也是集体中普遍的存在问题"。"有些冲突我们无法用言语表达，往往只是心里感到不快，但在童话象征中我们可以找到其意象。"鉴于此，我们可以通过找到与心理疾病的人有密切关联的象征意象，来对其进行针对性的治疗。[①]

如今，在世界范围，"读书疗法"日益受到人们的重视。[②] 毫无疑问，每个成人都可以从优秀的儿童文学作品中获得丰富的营养，来滋润受伤或疲惫的心灵。

如果你的工作压力过大，不妨抽点时间读读宁静优美、充满温情的童书作品，如《夏洛的网》《我是跑马场的老板》等等。如果你沉迷于功名利禄，因为不够理想而焦虑不堪以致失眠多梦，建议你读读塞尔登的《时代广场的蟋蟀》（1961纽伯瑞银奖）。一只乡下蟋蟀因为贪吃爬进野餐篮，被带到繁华的时代广场，又被报摊小男孩收留，开始了一段新生活。它结交了新朋友猫和老鼠，无意间闯了不少祸。它真诚待人，勇于承担，对自己言行负责，终于凭音乐天赋赢得盛名。疲于演奏的它突然决定回到遥远的家乡。小蟋蟀演绎了一段非凡的生命故事，功成名就可能很多人都会遇到，但巅峰时刻退隐乡下可能极其罕见。大自然的舞台，自由地歌唱，不为名利，把生命的赐予发挥到极致。

如果你爱情受挫，甚至对生活绝望，我建议你看看反映男孩女孩之间纯洁友情的作品比如《约瑟芬娜》三部曲。也可以看看一些青春故事，钱伯斯《来自无人地带的明信片》可谓典型。二战时英国军人贾克在荷兰受重伤。荷兰姑娘吉楚在自己家中为贾克护理疗伤，后为躲避德军一起逃到哥哥好友戴格家的农场。二人相依相伴像夫妻一样一起生活，不久贾克心脏病发猝死。多年后贾克在英国的孙子来荷兰探望吉楚。两条线索交替进行。战争年代的爱情，总让

---

① 卡斯特. 童话的心理分析 [M]. 林敏雅, 译. 北京：三联书店, 2010: 引言1-4.
② 亨特. 理解儿童文学 [M]. 郭建玲, 周慧玲, 代冬梅, 译. 上海：少年儿童出版社, 2010: 328.

17

人隐隐作痛，不论是吉楚对贾克的一见钟情又痛失所爱，还是贾克在英国的原配妻子莎拉孤独的漫长守望。时空转变，爱情永在。莎拉永不停止地寄给贾克孙子的那些明信片其实是在内心寄给远在他国的丈夫贾克。然而孙子们时代的爱情却另有风景，爱情已不再是神话，更似流行歌曲，各种风格交错在一起，世俗、享乐、自由，却少了传统的永生永世与沧海桑田。这本小说把历史和当今世界联系起来，既引领我们守望坚贞的爱情，也让我们的心灵厚实起来。

如果你觉得生活平淡而无聊，思想僵化毫无创意，那么我建议你读读那些奇幻名作，诸如托尔金《魔戒》三部曲、刘易斯《纳尼亚传奇》系列、上桥菜穗子守护者系列等鸿篇巨制。你也可以读读梅喜的《变身》。该书中能通灵的14岁女孩劳拉为解救被死魂灵布拉克打上"烙印"的弟弟杰科，去级长"女巫"卡莱尔家寻求帮助。在卡莱尔及其母亲、祖母三代女巫的帮助下，劳拉成功变身为女巫，最终战胜布拉克。小说中的人物都在不断变身。小说借用拯救被魔法附体的受害者的童话元素，却将背景置于现代都市，串联成人世界的爱恨变幻以及生存艰辛。凡此种种，都会让处于平淡无奇生活中的人体验到无限的创意和深不可及的奇幻。

总之，儿童文学是一座丰富多彩的宝藏，其对成人心灵的慰藉作用还没有受到足够的重视，因为成人往往只是借助成人文学作品来休闲和放松。

三、反观异化 重建生活

奥尼尔说："儿童引导成人。"[1] 如果我们相信"阅读本身就是一剂具有'改变生活'之功能的'特效药'"[2]，那么儿童文学也会让成人反观自身生活，反思成人世界的异化，进而改变或重建生活。

儿童文学何以能让成人反思现实？因为儿童文学潜在地具有复杂性和批判性。"儿童文学虽然出自成人想象的纯真视角，但呈现的并不一定就是单纯的世界。"[3] 其根本原因在于世界从来就是复杂的，只不过人类对这种复杂性的认识越来越清醒而已。再纯粹的儿童文学所反映的内容也必定与复杂的现实有着千丝万缕的联系。即便是童话，似乎与现实无关，但童话所建造的乌托邦却有着强大的功能：它是"对平庸的日常生活的一种批判性和象征性的反映，并且颠

---

[1] 刘海平，徐锡祥. 奥尼尔论戏剧 [M]. 北京：大众文艺出版社，1999：52.
[2] 亨特. 理解儿童文学 [M]. 郭建玲，周慧玲，代冬梅，译. 上海：少年儿童出版社，2010：329.
[3] 诺德曼，雷默. 儿童文学的乐趣 [M]. 陈中美，译. 上海：少年儿童出版社，2008：341.

覆了对理性的滥用"。① 童话研究专家齐普斯继承上述布洛赫的思想，坚信童话"反映僵化的现实，并提出能够改变我们生活的想象之道"，他甚至认为"我们的生活是由民间故事和童话故事所塑造的"。② 由此看来，儿童文学可以让成人读者读到儿童读者所看不懂或没有意识到的对现实生活的批判性反思，尤其是那些哲理性很强的儿童文学作品，比如《小王子》，其内容丰富复杂，可以给成人很多生活智慧。③

斯宾塞·约翰逊《谁动了我的奶酪》是以儿童文学的形式来写的一篇哲理故事。本书核心思想便是：变化总在发生，我们要能预见变化，追踪变化，尽快地适应变化，进而改变自己，随着变化而变化，最终做到享受变化。毫无疑问，此书对那些生活中突遭变故的人（比如遭遇亲人离世、交通事故、离婚风波等等）是一剂强心针。因为在一个"一切坚固的东西都烟消云散了"的现代世界里，我们不能再像古代人那样生活了。直面事实，正视当下是走出困境的第一步。但此书给人的感觉，仿佛我们都像是一些毫无主见的人，在迷宫里乱撞，碰运气一般。而且本书过于强调外在的变化，仿佛我们都是生活在他律的世界里，受控于外在的变化。我们不是掌控自己的人，也没有自己的蓝图，我们无非是随世界而变的陀螺，外在世界一变化，我们也随着转了起来。

此书更是在颂扬一种简单的生活。作者有意将人与鼠拿来对比，意在反讽。现代人精于分析利害算计得失，总是把简单的问题复杂化。而老鼠只是靠本能生活，生活对于它们来说太简单了，吃和逃就是最重要的事情，所以它们靠的就是敏锐直觉和迅速行动。此书无疑是在讽刺那些故步自封精于算计的现代人。与其大量地浪费时间分析算计，还不如直接去实验去行动。但人毕竟不同于老鼠。如果说作者是在倡导简单生活，那就绝不是要把自己降低到动物的水平（就像书中老鼠们那样纯粹只是为了奶酪），而是确定好自己真正想要的东西，然后心无旁骛地去寻找，自得其乐又能想着让别人快乐（就像唧唧所做的那样，奶酪其实已并不重要）。当我们有一天忽然明白离成功越近往往离幸福越远的时候，也许就更能明白：人生最重要的就是享受并珍惜对于奶酪的不断找寻的旅途及其旅伴。

---

① 齐普斯. 冲破魔法符咒：探索民间故事和童话故事的激进理论［M］. 舒伟, 译. 合肥：安徽少年儿童出版社, 2010：174.
② 齐普斯. 作为神话的童话/作为童话的神话［M］. 赵霞, 译. 上海：少年儿童出版社, 2008：157；齐普斯. 冲破魔法符咒：探索民间故事和童话故事的激进理论［M］. 舒伟, 译. 合肥：安徽少年儿童出版社, 2010：10.
③ 张公善. 小说与生活［M］. 芜湖：安徽师范大学出版社, 2012：79-89.

优秀的儿童文学作品都会暗含丰富的思想宝藏，都会或多或少给成人改造自己生活的思想启迪。更为重要的是，如果成人能够把自己的日常生活打理好，使其富于真善美，那么其影响将更大。这一点，歌德早就告诫过我们："生活本身里每天出现的极丑陋的场面太多了，即使看不见，也可以听见，就连对于儿童，人们也无须过分担心一部书或剧本对儿童的影响。我已说过，日常生活比一部最有影响的书所起的教育作用更大。"①

作为儿童文学的解读者甚至批评者，成人可以通过自己的引导更好地发挥儿童文学的启蒙作用，并在与儿童的对话中共同成长。成人阅读儿童文学作品也可以让自己从日常生活中脱离出来，从而体验成人世界里所缺乏的童真童趣。更有甚者，儿童文学因其丰富的思想意蕴，也能让成人读者反观自身重建生活。

作为解读者、体验者以及践行者，这就是儿童文学赋予成人的使命所在。

【讨论话题】

话题1：儿童文学与死亡主题。

微电影：2010奥斯卡最佳动画短片《老太与死神》。

图画书：伊娃·艾瑞克森《爷爷变成幽灵》或艾布鲁赫《当鸭子遇见死神》。

话题2：儿童文学与隐含读者。

微电影：《头朝下的生活》（2013奥斯卡最佳动画短片提名）。

绘本：布莱克《小怪兽》或艾斯《在森林里》。

理论：诺德曼《隐藏的成人：定义儿童文学》。

【推荐书目】

KIEFER, HEPLER, HICKMAN：Huck's Children's Literature [M]. New York：McGraw Hill, 2004.

LYNCH-BROWN, TOMLINSON, SHORT. Essentials of Children's Literature [M]. Boston：Pearson Edition, 2011.（此书中文译本：林文韵、施沛妤译《儿童文学理论与应用》，台北：心理出版社，2009。）

阿扎尔. 书，儿童与成人 [M]. 梅思繁，译. 长沙：湖南少年儿童出版社，2014.

史密斯. 欢欣岁月 [M]. 梅思繁，译. 长沙：湖南少年儿童出版社，2014.

---

① 爱克曼. 歌德谈话录 [M]. 朱光潜，译. 北京：人民文学出版社，1978：219.

诺德曼，雷默. 儿童文学的乐趣［M］. 陈中美，译. 上海：少年儿童出版社，2008.

诺德曼. 隐藏的成人：定义儿童文学［M］. 徐文丽，译. 北京：中国社会科学出版社，2014.

亨特. 批评、理论与儿童文学［M］. 韩雨苇，译. 上海：华东师范大学出版社，2019.

杜明城. 儿童文学的边陲、版图与疆界［M］. 台北：书林出版有限公司，2017.

方卫平，王昆建. 儿童文学教程［M］. 北京：高等教育出版社，2016.

方卫平. 儿童文学教程［M］. 上海：复旦大学出版社，2019.

黄云生. 儿童文学教程（第二版）［M］. 杭州：浙江大学出版社，2021.

蒋风. 新编儿童文学教程［M］. 杭州：浙江大学出版社，2013.

蒋风. 中国儿童文学史［M］. 上海：华东师范大学出版社，2018.

林文宝，等. 儿童文学［M］. 台北：空大出版社，1993.

刘绪源. 中国儿童文学史略［M］. 上海：少年儿童出版社，2013.

梅杰. 重写中国儿童文学史［M］. 北京：中国大百科全书出版社，2022.

王泉根. 儿童文学教程［M］. 北京：北京师范大学出版社，2009.

王泉根. 民国时期的儿童文学研究［M］. 太原：希望出版社，2020.

韦苇. 世界儿童文学史［M］. 合肥：安徽教育出版社，2015.

朱自强. 儿童文学概论［M］. 上海：华东师范大学出版社，2021.

第二章

儿童文学的创作

第四讲　童心的事业：儿童文学的创作

儿童文学本身就是童心的事业。儿童文学的创作更是童心创造童心的事业，是拥有童心的人创作童真文字的事业。此可谓儿童文学的童心至上原则。童心照耀童心，童心呵护童心。无论成人作者还是儿童作者，真正创作出优秀儿童文学作品的其实是一颗太阳般光照万物的童心。

一、WHY

我们为什么要创作儿童文学呢？这个问题也是儿童文学的意义问题。前两讲我们已经从双重视角透视了儿童文学的意义，所论较为宏阔。此处，我们仍然从双重视角来透视一下儿童文学创作对于个体的重要价值。

首先，对于儿童来说，创作儿童文学作品，其实就是在创作自己。儿童在创作儿童文学的时候，其实是在储存记忆创作未来，是在培育自己锻炼自己，直至将自己打造成一个负责任的"大人"。在儿童的成长过程中，有两种要素至关重要。一是创造童年记忆。众所周知，童年创伤是导致成人不幸福的源头之一。为了儿童的健康成长，成人理应为他们创造温馨的童年记忆，同时也应鼓励儿童自己写下自己的童真记忆。儿童可以通过各种形成进行创作。上学路上以及睡前即兴编故事；用手机录视频讲故事；茶余饭后讲故事；等等。由此可见，儿童创作本质上是在创作童年记忆。即便是苦难的童年，儿童进行创作也能超越苦难。安妮不就是通过《安妮日记》超越了暗无天日的困顿和苦难吗？二是培育想象力和创作力。沈从文自述小时候逃学被罚跪，头脑却总在想象，因而锻炼了他的想象力。他写道：

"由于最容易神往到种种屋外东西上去，反而常把处罚的痛苦忘掉，处罚的时间忘掉，直到被唤起以后为止，我就从不曾在被处罚中感觉过小小冤屈。那不是冤屈。我应该感谢那种处罚，使我无法同自然接近时，给我一个练习想象的机会。"①

想象力是无价之宝，想象力是伸向所有未知世界的钻头。要让想象力凝聚，就得需要创作力。创造性在古希腊时期也被称作诗性表现。创造就是从无到有的过程。想象在此起到至关重要的作用。我在中学阶段就自觉进行文学创作（写诗、写小说等等），虽然没有发表过一篇作品，但这毫无疑问保养了我的想象力和创作力。我也鼓励自己的孩子创作作品。我现在还保存着儿子在小学时创作的小说《御刀五人行》的打印稿。

其次就成人来说，创作儿童文学作品，是保留童心并呵护童心的一种方式。保留童心意味着成人通过作品回味童年体验童真。成人的世界充满着功利性，当他们和孩子一起编故事，当他们主动为孩子创作，就会体验到现实生活中所缺少的非功利性的童真之心。成人为儿童创作时，他们的心也会变得无限温柔。我写给儿子的诗歌，如《圣诞老人来我家》②《无所适从：给贝贝》③ 等等，总是难以掩饰浓浓的怜爱之情。呵护童心不仅仅是对儿童温柔以待，更是为了儿童而对世界的不公进行批判。因此成人创作儿童文学时往往能高屋建瓴地批评生活。大人是过来人，往往具备孩子所缺乏的理性高度，把自己对生活的批判性认识融入文字之中。比如黑柳彻子的《窗边的小豆豆》其实是对教育的反思与批判。因为儿子被罚站一个月，我创作的诗歌《我的太阳》，也是对一种压抑的教育方式提出如下批判："鹦鹉从不反驳/机器绝少歌唱"④。成人创作儿童文学也是亲子互动共同成长的一种方式。有孩子的大人在创作过程中，会观察自己的孩子，久而久之，会更加理解儿童，从而走向更加合情合理的亲子世界。

二、WHO

谁在创作儿童文学？现状是成人乃儿童文学创作主力军。不过，这种状况正在发生改变。21世纪以来，特别是最近十年，随着网络的发展，尤其是智能设备的普及，越来越多的儿童以各种形式开始了文学创作实践。越来越多的大人们开始意识到儿童创作的力量。越来越多的儿童作者的作品陆续出版。可以毫不夸张地说，"儿童文学儿童作"的时代正在来临。儿童文学正在进入一个真

---

① 沈从文. 从文自传［M］. 北京：人民文学出版社，2017：11.
② 张公善. 植物生活［M］. 南昌：百花洲文艺出版社，2019：134.
③ 张公善. 整体诗学［M］. 广州：世界图书出版广东有限公司，2016：163.
④ 张公善. 整体诗学［M］. 广州：世界图书出版广东有限公司，2016：176.

正的互动对话阶段。成人可以从儿童创作的文本中吸纳创意和意见。儿童也可以从成人创作的儿童文学作品中汲取智慧。

　　儿童文学究竟为谁创作？儿童文学就是教育儿童的文学，当下这种观念仍然普遍流行。成人总想着利用作品来教育儿童。殊不知问题重重的成人更需要教育。如果成人在创作儿童文学作品时，首先想到的不是教育小孩子而是教育自己，首先反思自身所存在的问题而不是儿童的问题，那么作品可能更有意义，其读者群就更广泛。儿童作者存在的普遍问题是其在创作时往往受到作文思维影响，写一些与自己生活可能毫无联系的"高大上"作品。儿童应该勇于为自己创作，写出自己的生命状态和成长体验。

三、WHAT

　　创作什么样的儿童文学作品？我们可以从体裁和题材来进行考虑。

　　我将儿童文学体裁分为八类：诗歌、散文、戏剧、传统儿童文学（神话、传说、寓言、民间故事、民间童话等）、现代幻想文学（现代童话、科幻、奇幻、玄幻等等）、小说（历史小说和现实小说）、非虚构（人物传记、花草虫鱼科普等等）、现代图像文本（图画书、漫画、儿童电影、动画片等等）。新手可以从选择自己最擅长的体裁入手。能手则可以不断拓展自己的创作领地。

　　除了体裁，题材也是创作儿童文学作品事先要考虑的要素。从所写内容主导场所或背景出发，我将儿童文学的题材分为四类：家庭、校园、社会、幻想世界。这四类场所并非截然分开，往往相互纠缠。张之路的《第三军团》，故事场所主要穿梭于家庭、校园和社会。涅斯特林格《黄瓜国王》则穿梭于上述四大场所。从地下室逃出来的黄瓜国王让家庭纷争不断。爸爸和弟弟尼克把它当国王养着，爷爷、妈妈、姐姐和"我"都无比反感。爸爸听信黄瓜国王的口头承诺，希望借机改善生活境遇，便答应协助它消灭地下室叛变的臣民。"我"深入地下室考察却发现那些臣民勤劳善良正在为新生活拼搏。阴谋流产，尼克在夜色中将骂骂咧咧的国王悄悄送走，临别还被抓伤。突发事件带来连锁反应，其间穿插对学校及家庭教育的单调呆板独断的反思，同时以儿童之眼透视了世界的复杂。最让人心生怜爱的是尼克，他喜欢黄瓜国王，可当他到地下室时又喜欢臣民的孩子。儿童的同情心往往分不清是非善恶，也许正因此才让人无限怀念并感慨。

　　熟能生巧。创作儿童文学作品时，创作者应该选择自己最熟悉的体裁最熟知的题材，这样才能避免隔靴搔痒乃至大而无当之弊。就成人作者来说，理应关注自身问题以及妨碍儿童健康成长的一切不利因素。就儿童作者来说，聚焦自己所处年龄阶段的喜怒哀乐，努力体验成长过程中的酸甜苦辣，写出自己的亲身感受和理解最为重要，而不是写一些空洞的大题材。

四、HOW

如何创作儿童文学？这是如何表达的问题，也是儿童文学以何种面貌呈现给读者的问题。按常规，我们可以在内容和形式两方面进行努力。

内容上主题意识非常重要。复杂与单纯，黑暗与光明，善与恶，都是需要创作者细心考量的矛盾要素，避免简单的二元对立思维是让儿童文学具备丰富性的不二法宝。不管怎样，积极向上与幸福承诺，永远都值得作为儿童文学的纯正格调。优秀儿童文学的主题无不聚焦三大维度：珍爱生命—积极生活—感悟存在。创作儿童文学在内容上还必须要善待儿童性与成人性的关系。儿童性统治着儿童文学。为此，作品内容尽量追求故事性、想象性和趣味性。作者心里一定要有儿童，不要渲染色情暴力，不要过于阴暗消极。儿童性并不拒绝成人性。儿童文学也在召唤儿童成为一个合格公民甚至是一个大写的人。为此，儿童文学创作者心里也必须关注儿童的未来发展。作家对现实世界的复杂性乃至阴暗面的适度呈现，可以帮助儿童认识世界理解世界。曹文轩《草房子》和林海音《城南旧事》形神皆似，都以一个小主角串联起身边的各色人生，都是一样的充满离别的忧伤的故事。《草房子》可能更渲染些，可读性更强，幽默与忧伤之间的张力让忧伤更忧伤，也让美好更美好。

儿童文学在形式上遵循乐趣至上原则。秦文君妙笔生花，匠心独运，其《男生贾里全传》《女生贾梅全传》可谓炮打双灯，一下照亮了20世纪90年代的中学生活。借助一对龙凤胎，一男一女两个视角，以贾氏家庭为透视镜，观照贾里贾梅各个同学及其家庭乃至社会万象，没有刻意的思想灌输，没有居高临下的家长作风，也没有过于净化的儿童世界。一个个小故事串联出的长篇小说，有光亮的语言，灵动、智慧、幽默；有波折的情节，起承转合常有意外；有感染力的故事，积淀着真善美的生活故事，不知不觉熏陶着读者的心灵。形式上儿童文学还遵循创意结构的原则。马查多《蓝锈人劳尔》便是构思妙绝之作。小男孩忽然发现身上生有蓝色锈斑，苦恼不堪。寻求解脱的过程，也是他从对周围不义行为忍气吞声的小男孩到大胆发声揭露恶行的小男人的转变过程。在生活面前，一味委曲求全长久郁闷遂成锈人，毫无生机活力。如果能尽其所能勇于抗争，生活中的不合理不公正可能就会有所改观。抗争地生活着，人也会光彩照人。但抗争不是打架和争斗，抗争不做无谓的牺牲。抗争是一种不愿沉沦的姿态，是向命运说不的决心，是存在感的源泉。

我曾经审读过大约四百万字的儿童原创童话大赛作品,总体来看,好作品凤毛麟角,很多作品套路很深,似曾相识,就是不精彩不精致。审读结束后我总结了好童话乃至好的儿童文学作品至少包含如下五个元素:

一是谋篇要有功夫。起承转合一开始就得全盘规划,而不是散乱地堆积一个个故事情节。

二是想象要有格调和境界。很多作品幻想层出不穷,可就是浅俗、刻意、传统、小家子气,格调和境界与作品的主题密不可分。时代要求作品从形式到内容都务必讲究现代性。

三是叙事逻辑一定遵从所写对象的身份和角色以及时代特征。很多作品写动物,其实是在写人,把动物写成人是童话惯用手法,但必须两全其美而不是两败俱伤。

四是民族性很重要。全球化让童话创作越来越变得同质化,从主题到写法,很多童话相互借鉴,导致童话的世界性突出而民族性单薄。其实厚重的童话作品一定做到了世界性与民族性的完美统一。

五是好故事胜于一切说教。好故事自有使命,很多作品失败都源于教育的插播,就像插入的广告一样令人生厌。

第五讲　创造童年:儿童文学儿童作

众所周知,目前绝大多数的儿童文学作品是由成人创作。这一点曾经饱受那些质疑儿童文学合法性的人的诟病。他们认为,不存在真正的儿童文学,因为成人无法创造出真正的儿童文学。罗斯可谓代表,他认为"儿童小说是不可能的",因为它依赖于一种不可能性,即"存在于成人与儿童之间的关系的不可能性","儿童小说把儿童排除在它的写作过程之外,让他们做局外人,同时又不以为耻地以吸引儿童为目标"。[①] 这种观念相当极端,但的确反映了一个问题:既然是儿童文学,儿童的创作为什么那么少呢?

一、迎接儿童文学儿童作的时代

如果我们把儿童文学(Children's Literature)这个词进行分解,它至少包含

[①] 莫里斯. 你只年轻两回:儿童文学与电影 [M]. 张浩月, 译. 上海:少年儿童出版社, 2008:98.

三个方面：关注儿童的文学（literature on children），即儿童生活作为核心内容的文学；服务儿童的文学（literature for children），即适合儿童阅读以利其健康成长的文学；来自儿童的文学（literature from children），即儿童自己创作的文学。长久以来，关注儿童、服务儿童的文学一直备受重视，而来自儿童的文学则遭到忽视。

何以如此呢？我想，其中有两个流行观念在作祟：

第一，儿童文学是教育儿童的文学。这种观念导致儿童文学长期以来由成人来创作，并且在创作的过程中融入各种教育内容。儿童文学的教育性从儿童文学诞生伊始就存在，而且一直受到成人的重视。在中国，从五四时期的郭沫若、郑振铎、叶圣陶等人，到新中国成立后的陈伯吹、贺宜、鲁兵等人，再到新时期的曹文轩等人。我们看到，无论是儿童文学理论工作者，还是儿童文学创作者，中国儿童文学的教育功能一直都被稳稳地控制着。更有甚者，儿童文学的这种教育功能被片面地放在教育儿童身上。难道成人就不需要教育了吗？

第二，儿童以学习为主，教育以考试为主，作文以高分为主。中国的教育自古以来就有浓厚的功利色彩，古代文人谁不希望在"十年寒窗苦"之后，"一朝天下闻"呢？当今中国，我们一直都在呼吁进行素质教育，也的确在教育的过程中体现了素质教育，但事实是，国家选拔人才，各用人单位选拔员工都仍然以考试为主要手段。在这种情况下，应试教育就仍然不可避免地成为各级教育工作者的重大目标了。应试教育的"三大战役"（小升初、中考、高考）一次又一次地给学生们加紧了他们头上的"紧箍咒"。繁重的课业压力下，中学生已经没有多少业余时间可供阅读自己喜欢的课外书，遑论写自己想写的东西呢？更值得反思的是，中小学生写文章也被赋予了浓浓的功利色彩，作文是为了在考试中拿高分。于是，孩子们不敢写自己的心里话，而纷纷写四平八稳又能得高分的文章。各种作文辅导班应运而生，同时，高分为目的的高考作文模式也应运而生。作文成了考试的工具，因而其文学性大大被遮蔽和萎缩了。儿童要进行儿童文学的创作，就必须破除应试作文的思维，而把写作看成是个人生活的需要。

然而，最近十年我们欣喜地发现了一些新的趋势。随着中小学生智能手机用户的激增，越来越多的儿童们以各种形式开始了文学创作的实践。他们在自己的微信、微博、QQ空间上写校园故事，写成长的烦恼和快乐，写对于这个世界的认识，写对未来世界的渴望及幻想，写他们的读书心得，等等。鉴于长期以来，儿童文学创作中绝对的不平衡现象，我觉得我们应该密切关注这股潮流，因为我们正在进入一个"儿童文学儿童作"的时代。

27

面对这只生猛的创作队伍，成人如何引导？是禁止还是鼓励。老师和家长可能怕影响学习，会对其有所控制，甚至打压。中小学生背负着升学的压力，过着枯燥乏味甚至备受委屈的学习生活。他们适当放松，写写心情日记，完全可以起到疏解压力的作用，还可以锻炼文字的表达能力。相关儿童文学刊物，是否能够拿出足够的篇幅，尽可能多地发表中小学生的文章，而不是每期就那么几篇"新苗"？是不是可以办一些电子期刊、纸质期刊来专门发表儿童创作的文学作品呢？我们的出版业是不是像当年出版郁秀《花季雨季》那样去更多地关注一些无名的少年作品呢？

从阅读的角度，这支生力军势必会给成人作家带来不同的声音。儿童会真实地表达自己阅读的体会，会有感而发地批判或喜欢某个作家。儿童文学批评从来就没有儿童的份。这种现状可能有望得到改观。其实，钱伯斯对儿童的批评能力早就给予了高度的重视，在其指导阅读的理论著作《说来听听》中明确提出一个重要观点：儿童就是评论家。实际上，在日常生活中以及个人的各种网络空间里，现在的儿童对其所阅读的作品也经常评头品足，只是没有受到足够的重视罢了。

二、儿童作者的优越性

我们之所以呼唤儿童创作儿童文学，主要因为这是一件一举两得的事情，即儿童既创作了属于自己的文学作品，同时也创造了自己的童年记忆。联合国《儿童权利公约》规定，儿童系指18岁以下的任何人。这意味着，18岁是成人的标志。在此，我把走进社会谋生独立作为成人的标志。儿童文学在某种意义上就是为儿童进入社会做准备。

所谓"儿童作者"，即处于童年或离童年最近的尚未走入社会的作者。幼儿园小朋友，中小学生，在校大学生，乃至没有走出校园的研究生，都可以成为儿童文学的儿童作者。成人作者的优势在于提供成人世界的图景，儿童作者的优势则在于提供童年景观。当然，这并不意味着成人作者写童年不精彩，也不意味着儿童作者写社会没有意义。儿童作者的优势往往令成人作者望尘莫及。为什么很多成人写的儿童文学作品幼稚可笑，就是因为刻意做作，因而不自然。儿童身上的幼稚，是本源性的，因而天真无邪。具体而言，儿童作者创作儿童文学作品的优越性至少体现在如下三方面：

（一）更本真，少刻意。儿童是儿童生活的亲历者，喜怒哀乐都是自然地流露，乃至无所顾忌。不像成人作者写作时还隔着一段回忆的时空。回忆就是过滤，而且经常美化。年少多愁善感，为赋新词强说愁。换一个角度看，这正是儿童的天真之处乃至可爱之处。而对于他们亲身经历的痛苦，可能没有人比儿童本人的感受更加刻骨铭心，尤其是亲人离世给他们带来的阵痛。我在编辑公众号文章的时候，经常被一些儿童作者的文字所感染，甚至落泪。《等等小尾巴》便是这样一篇读来让人心痛的伤逝散文，开头三段如下：

> 等等的手就在那里垂下，小尾巴想要过去握住那冰冻的变形的手，但是却挣不开那群紧紧抱住她的大人们，小尾巴哭道："等等，你再也不会等我了！"
>
> 等等走路真的很快，小尾巴跟不上，只有当小尾巴噘着嘴巴喊累了的时候等等才会停下来，伸出手牵着小尾巴。小尾巴问等等为什么手上有一层厚厚的皮，等等说是因为年纪大了，新皮长出来不容易，小尾巴不信，说："等我以后给等等买最好的护手霜，就不怕了。"小尾巴一点也不觉得等等老了，等等还要一直陪着自己长大哩，哪能轻易老去。每次小尾巴这么说等等都会特别开心，他相信小尾巴会的。
>
> 等等就这样不管去哪背后总是会跟着一条小尾巴，每个人都知道等等有一条小尾巴。可是有一天小尾巴不在等等身后了，原来小尾巴已经到了初中，一个星期才可以回一次家。所以每个星期五的下午等等都会在家等小尾巴回来，做很多小尾巴爱吃的菜，只要小尾巴在家，等等就在家陪着小尾巴。可是有一天等等不在家，小尾巴在村里找了一圈也没有看到等等，小尾巴就坐在家门口一直哭，傍晚叔叔来接小尾巴说等等生病了，小尾巴应该去看看等等。躺在病床上的等等真的好虚弱，小尾巴忍不住哭道："等等，这是你第一次不等我回家。"等等叫小尾巴不可以哭，以后他都会在家里等着小尾巴的。后来，小尾巴才知道那次差点就再也见不到等等了。不过，从这回以后，等等再也没有失信过，每次都在家等着小尾巴。①

整篇文章字里行间充盈着浓浓的父女情。父亲在世时的温情，父亲离去时无法排遣的痛苦，都如海浪一般冲刷着读者的内心。

儿童作者的作品，对于儿童读者来说，毫无心理距离。大人嘴里的大道理在这里往往是通过儿童自己的亲身体验而感受到的，因而少了刻意的灌输，多了亲和，也更有说服力。

（二）更单纯，少复杂。成人往往将简单的事情复杂化。儿童则恰恰相反，

---

① 朱小丽. 等等小尾巴［EB/OL］. 儿童文学与生活启蒙，2018-05-18.

将复杂的事情简单化。我编辑的公众号收集了不少学龄前儿童的童言稚语。学龄前儿童尚处于人之初状态,他们以一双毫无杂质的眼睛打量世界。他们的一些童言稚语本身就是诗。比如四岁男孩博哥和妈妈谈论生死的语录。妈妈扫墓时说及对外公的思恋,博哥便开始了他的诗意创作了:

> 博哥问:妈妈,那我那时在哪里呢?
> 妈妈回答:傻瓜,妈妈那时都还是小孩子,你还不知道在哪里呢!
> 博哥又问:那妈妈,你摘过野果吗?
> 妈妈又回(疑惑中):当然摘过啊!
> 博哥再问:那妈妈,你下河捉过鱼吗?
> 妈妈再回(更疑惑):当然捉过啊!
> 博哥继续:
> 妈妈,你摘野果的时候,我就在果子里;
> 你下河捉鱼的时候,我就在小河里;
> 你牵牛去吃草的时候,我就在风里……
> 你无论做什么,我都在你身边,只是你还不知道而已。
> 因为我在你的心里开了一个小洞,装了一扇门,然后住了进去。
> 等你长大了,
> 我就从小洞里钻了出来跳到你的肚子里去,
> 最后呢,你就把我拉出来啦!
> 我就一直在你身边被你看得见啦!
> 所以,那些"小天使早就在天上选择妈妈"的传说都是真的咯?①

读了博哥的上述即兴发挥,谁能否认他其实就是在写诗呢?如果说学龄前儿童是人之初的代表,那么从小学生到大学生,他们离社会的大门越来越近,在世经验也逐渐变得丰富。他们创作的儿童文学作品,总体而言比经历社会熔炉烤炼过的成人创作的儿童文学作品还是单纯得多。虽有忧伤,但更多的是生活的美好,是满溢的对于活着的幸福的流露。请看《风中的香气》开头两段:

> 沉静的金色铺满老屋前的穗子上,原本金黄的穗子更是耀眼,轻轻拨开头上垂下的叶子,沾上一股清香,美好的画莫过于此,外婆拉着盲眼的大姨,拉根小板凳,缓缓地剥豆子,姨爹们抽着烟,父母挽着手走在新修

---

① 钟燕. 博哥语录[EB/OL]. 儿童文学与生活启蒙, 2019-04-26.

好的路上，这般静谧的香，轻笼在整个老屋的空中。

只漫过脚踝的溪水如你的笑，树叶间跳动的光如你奔跑来时急促的心跳。伴着歌声的路上，你们脸上的红晕托起如日照般的温暖，这时，我们都一样，都是等待郊游的少男少女，在溪间搭一条石路，走到河汀上，哥哥背着外婆，溪水打湿了每个人的裤脚，也不知是溪水还是汗水，轻挂在额头。你打水，我洗菜，你搭炉灶，我烧柴。吹来一阵轻轻的风，混着溪水的清澈，扑面而来，像是浸泡在香气里。天慢慢暗下来，只是篝火和笑声亮起了一小片只属于我们的天。①

这篇散文用灵动的文字再现了山野乡居生活的闲适与浪漫。其主旨用该文最后一段的话来说就是："生活从来都有美好，因为你们一直在身旁。乡间的风，路上的尘，与家人们在一起的时光，只是欢笑，伴着充满香气的暖风，只愿同你们走在这泥泞却美好的路上……"

（三）更是鲜活的成长档案。即便儿童作者创作的作品没有发表，这些作品也有意义。它们可谓是另类成长档案，记录着作者思想进步的过程，也收藏着作者成长过程中的快乐和忧伤。不能不说这是一笔宝贵的精神财富。从儿子三岁开始，我一直坚持在圣诞节给他买礼物，同时写一封简短的"圣诞老人"的信夹在礼物里面。他考上大学那年，我仍然在平安夜前夕将礼物寄给他。可能是远离家乡，这次儿子深有感触，当晚写了一篇文章《圣诞记忆》，回顾了从幼儿园开始的圣诞记忆，感谢我们给了他"一个从小到大的美好记忆"。②殊不知，他写下的这篇文章也定格了一份温馨的记忆。读罢让我倍感荣幸，仿佛多年付出终于得到回报一样。全文如下：

圣诞老人今年也没有缺席。

大约从幼儿园起，圣诞节就成了我翘首以盼的日子。圣诞节张灯结彩，老师在窗户上贴满了白胡子老爷爷，我们也得到了美味的糖果。当时还不明白所以然，只是在回去的路上，跟我母亲说，圣诞老人是个可以满足我愿望的大好人！

后来上了小学，听说圣诞老人是从烟囱里面爬进来然后把礼物塞进袜子里，袜子越大礼物越多。当时就很紧张，因为家里并没有烟囱给老爷爷

---

① 霭露. 风中的香气 [EB/OL]. 儿童文学与生活启蒙，2018-09-14.
② 张博远. 圣诞记忆 [EB/OL]. 儿童文学与生活启蒙，2020-12-26.

钻进来，甚至萌发了回外婆家过圣诞节的愿望，只为了给圣诞老人一个烟囱。解决不了只能找父亲哭诉，他摸摸头告诉我，每个国家的圣诞老人都是不一样的，咱们国家是从窗户爬进来的。于是拿了我爸一只最大的袜子，反复叮嘱窗户不能锁，乖乖睡觉。第二天早上起来，果然收到了一满袜子的好吃的，还发现了一张小便签，上面是正楷的小字。字都认不全的我哪会在意，埋头加入与零食斗争的队伍中去了。父亲就会帮我把纸条收集起来，在我上床睡觉的时候，念给我听。

后来我长大了些，听到同学在学校议论父母亲送给自己的圣诞礼物，开始怀疑这一切是不是我父母的"阴谋"。父亲一直用草书写文章，便签条上都是正楷，但人的字体是可以变的。意识到这个问题，我最终还是发现了蛛丝马迹。趁他去上课，我在书房里翻箱倒柜，找到了我爸读博士的笔记，端端正正的小楷立在本子上。仿佛抓到了天大的把柄，一天在自行车后座，我"质问"他，是不是一直都在骗我，根本就没有圣诞老人存在？他一边哼哧哼哧蹬车，一边跟我说："只要你相信圣诞老人，圣诞老人就会一直存在。老爸是圣诞老人的使者，有什么问题和愿望告诉老爸就可以啦！"

问了几次之后便没有再问。但每年的平安夜前夕，我都会花时间收拾房间，早早上床睡觉，等着第二天早上起来领取圣诞老人的馈赠。而圣诞老人的礼物也出现在了不同的地方，不再局限于床头，还出现在床底下、书柜里、客厅沙发的枕头后面、阳台的洗衣机上。

伴随着我的长大，对零食的兴趣逐渐减弱，而对里面的小纸条越来越在意。纸条上会认真陈列我上一年的得与失，也总是能给我指引，告诉我如何成为更好的自己。一行一行的字迹是一点又一点的期盼，写在纸上，刻在心里。往后，每年圣诞节的早晨，我都会翻出纸条，在早餐的时候给父母念出圣诞老人的信，而那些好吃的则变成了快乐，分享给了我的小伙伴们。

今年，刚成年的我，离开家乡去无锡求学。前几天，我就在想今年圣诞老人会不会跨越太湖，来给我送好吃的、给我指引呢？果不其然，周二顺丰就提醒我有一个来自芜湖的快递，问父亲的时候他还跟我玩文字游戏。拿到手是个装橘子的箱子，掂了掂不像是橘子的重量，就猜到是什么了。回去一拆，这么多年我喜欢吃啥父亲真的是摸得清清楚楚。可能是很久没回家了，有点想家，看信的时候眼睛有些难受。

感谢父母给我一个能从小到大的美好记忆。

最后用一首父亲的诗《圣诞老人来我家》来结尾,也希望全世界的小朋友都能拥有美好的圣诞记忆:

大约从贝贝上幼儿园开始
每年平安夜
圣诞老人都会来我家
给贝贝带来意想不到的惊喜
我也一直珍藏圣诞老人
写给贝贝的每一封信
最初贝贝总忽闪着亮晶晶的大眼睛
让我细说圣诞老人的故事
枕着甜美的童话面带微笑
渴望圣诞老人从天而降
上小学时有一次圣诞节放学
贝贝气呼呼地责问我
同学都说没有圣诞老人
都说圣诞老人是老爸
你是不是在骗人
其实我知道这一天迟早要来
但我一直在拖延
贝贝心中那个圣诞老人的梦
但我无法抵挡现实非梦之人
我顽固地坚守阵地
我说你心里有就有
圣诞老人就一定存在
老爸还不够格
但老爸可以成为圣诞使者
毕竟全世界那么多小朋友
圣诞老人一个人忙不过来
问了几次之后
贝贝再也不问
他依然在每个平安夜
把房间整理整理
静候圣诞老人的礼物

　　　　　我依然在每个圣诞节
　　　　　收藏好圣诞老人的信
　　　　　希望来我家的圣诞老人
　　　　　一直守护贝贝成长
　　　　　希望这个圣诞老人
　　　　　还会守护贝贝的贝贝
　　　　　直到地老天荒

【讨论话题】

话题：儿童文学与拟人化的动物。

微电影：2016年奥斯卡最佳动画短片《熊的故事》。

绘本：史塔克《怪物史莱克》。

理论：罗大里《幻想的文法》。

【推荐书目】

罗大里. 幻想的文法［M］. 向菲，译. 北京：中国少年儿童出版社，2014.

吉尔. 写作力［M］. 陈中美，钱飏，译. 南宁：接力出版社，2017.

斯沃. 我是一支爱写作的铅笔［M］. 汪小英，译. 北京：北京联合出版公司，2015.

安武林. 儿童文学作家的趣味写作课［M］. 杭州：浙江教育出版社，2018.

董宏猷. 董宏猷给孩子的写作课［M］. 武汉：武汉大学出版社，2019.

郝广才. 写作教练在你家［M］. 北京：新星出版社，2018.

金波. 金波给孩子的写作课［M］. 武汉：武汉大学出版社，2019.

吴然. 吴然给孩子的写作课［M］. 武汉：武汉大学出版社，2019.

徐鲁. 徐鲁给孩子的写作课［M］. 武汉：武汉大学出版社，2019.

张祖庆. 光影中的创意写作46节电影作文课［M］. 南昌：二十一世纪出版社，2018.

赵丽宏. 赵丽宏给孩子的写作课［M］. 武汉：武汉大学出版社，2019.

第三章

儿童文学的阅读与推广

第六讲　好故事塑造好人生：儿童文学的亲子阅读及策略

儿童文学再有意义，如果我们不去读，也是白搭。阅读让儿童文学拥有实实在在的意义。儿童文学的阅读重镇在哪里？在家庭。儿童是没有独立的人，因而家庭是儿童走向未来的根据地。本讲重点叙述儿童文学阅读在家庭之内的施展，即亲子阅读。

一、阅读儿童文学的意义

首先我们从个体读者的角度，探讨一下阅读儿童文学的意义。无论是儿童还是成人，当我们阅读优秀儿童文学作品时，至少有三大收获：

储存好故事。就儿童文学而言，好故事必备两种元素——有趣、有营养。有趣才好读，才能引人入胜，让人欲罢不能。有营养才能让大人小孩都能各取所需。李奥尼是智慧型图画书大师，每部图画书都给人以思想冲击。《田鼠阿佛》是本人至爱。四个小老鼠为很快到来的冬天整日整夜忙活着，唯有阿佛在一旁静坐着。老鼠们不停责备阿佛不工作。阿佛每次回答都很古怪，它说它也在工作，它在收集太阳光、收集色彩、收集词语。冬天到了，老鼠一家躲进石头洞穴，一开始它们其乐融融，一边吃一边说故事，可是渐渐地它们的储备耗尽了。阿佛应邀上场呈上它的精神大餐，让寒冷中的小老鼠们重又感受到温暖的阳光、生命的色彩和四季的赞歌。众鼠鼓掌致敬，忽然发现秘密似的对阿佛说："你是一位诗人。"阿佛羞涩回应："我知道！"这本图画书不是教我们好吃懒做、坐享其成，而是希望我们在功利的日常中保持一份纯粹的诗意，在物质匮乏的日子里，它会滋养我们。成为诗人，就要像阿佛那样，置之度外。当我把这个绘本英文版读给儿子听，他也非常喜欢，读到最后一页，儿子看着图画中脸红的小老鼠，嘴角流露出意味丰富的微笑，至今还刻在我的脑海里。我和儿子都津津乐道的好故事还有：《怪物史莱克》《出卖笑的孩子》《埃米尔擒贼记》《我是跑马场的老板》等等。

邂逅好老师。好老师也必备两项素质——有智慧、有方法。好老师绝不仅仅是知识的传播者，更是智慧的启迪者。好老师也绝非死板教训，而总是能因材施教、循循善诱、春风化雨。儿童文学中的好老师不胜枚举。完全可以说，每一部优秀的儿童文学作品，都会有一个好老师。我们有太多的作品批判资本主义制度的贫富不均，但克里斯蒂安·鲁滨逊《市场街最后一站》这本绘本却淡化贫富差距，反而呈现出穷人的优雅又不失尊严的生活。绘本描绘小杰和奶奶从教堂出来搭乘公车去市场街的所见所闻所想。每当小杰有对现状不满的想法时，奶奶总是像个智者一样应答，从而让小杰转换思路进而体验到不一样的欢乐。绘本虽然并没有太多的细节值得小朋友去发现，但也构思巧妙颇有功力。颜色的搭配很用心，也颇有张力。五颜六色象征着生活的丰富多彩，灰色、淡蓝色以及浅绿色背景也暗示着生活的忧伤，而橙红色（尤其是封面）以及金黄色却是主色调，这使得整部绘本忧而不伤，又让人备感温暖。奶奶和小杰的着装打扮也颇具匠心。作品没有美化苦难，却又让人温暖，是不可多得的绘本精品。小杰的奶奶不仅仅启迪了小杰，也启迪了所有读者：欢乐与贫富无关。其他好老师还有：《世界上最大的房子》中的蜗牛爸爸，《窗边的小豆豆》中的小林校长，《我亲爱的甜橙树》中的老葡，《小王子》中的狐狸，等等。

遇见好朋友。好朋友了解你，温暖你，给你力量，促你进步。好朋友是另一个自己。在现实中，这样优秀的好朋友可能并不多见，但在优秀的儿童文学作品中，却灿若群星。当身边的海鸥整天只在乎吃，查德巴赫《海鸥乔纳森》中的海鸥乔纳森却不甘平凡，热爱飞翔，不断挑战极限，渴望将潜力发挥到完美境界。即便被嘲笑甚至放逐，乔纳森依然热衷自由与卓越，最终活成自己向往的样子。然而，心无旁骛追求卓越的乔纳森也逐渐被后世神话化。越来越多的年轻海鸥们沉浸于空虚无聊，束缚于仪式与思想，纠结于琐碎之事，毫无追求卓越之心。这便是现实。海鸥乔纳森象征着渴望伟大的心灵。它点燃并温暖着每一个不愿浑浑噩噩过一辈的倔强灵魂。毫无疑问，海鸥乔纳森是每一位努力追求卓越的人的好朋友。《小小花国国王》中的国王是追求幸福者的好朋友，《迟到大王》中的小男孩是总是不被理解总是不让辩解的顽皮者的好朋友，《蓝色的海豚岛》中的十二岁姑娘以及《安妮日记》中的安妮是置身绝境却永不放弃者的好朋友，《夏洛的网》中的蜘蛛是心存善良乐于助人者的好朋友，等等。

总之，阅读儿童文学对于个体的意义，便是：找到自己的故事，让好故事武装你；找到自己的良师，让好老师启迪你；找到自己的知音，让好朋友陪伴你。

鉴于现实中阅读儿童文学普遍存在的功利性（为某种目的如提高作文分数等）、强迫性（学校强迫必读书，家长下死任务阅读某本书等）和被动性（孩子或家长听从各类专家推荐等等），我们强调阅读儿童文学的三大原则是：非功利性原则，为充实而阅读；非强迫性原则，为快乐而阅读；非被动性原则，为自由而阅读。

二、亲子阅读的潜在意义

何谓亲子阅读？顾名思义，亲子阅读即亲人（主要是父母）与孩子一起阅读，可以分为两种形式：亲读子听（同时共读一本书）；亲伴子读（同时各读各的书，不一定都读儿童文学）。此处我们所谓亲子阅读侧重亲子共在一个时空，共读一本儿童文学作品。亲子阅读的潜在意义可以有三：

共在互惠。亲与子共在一个时空。此时阅读即陪伴。亲子阅读的最大好处可谓共同成长。我们陪孩子成长，孩子陪我们老去。父母的榜样作用也会潜移默化地影响孩子，孩子长大后也很可能效仿父母，让亲子阅读一代代传承下去。

储存家庭记忆。在一个人的生命中，成功和记忆的关系值得我们反思。有的家长从孩子一出生开始就瞄准重点高校作为培养目标，因而可能忽视了孩子的天性培育。急功近利的成功会被记忆拖累，因为孩子缺少的是功课之外的成长记忆。家庭的温馨记忆可谓幸福源泉，实践亲子阅读，尤其是父母共同参与，便是储存家庭温馨记忆。

好书就是好老师。亲子阅读优秀儿童文学作品，便是在字里行间聆听好老师的教诲。亲人是孩子的启蒙老师，但往往过于主观性乃至片面性。好的儿童文学作品是孩子的启蒙导师。沉浸于不同作家的优秀作品中，儿童的思想视野会变得更开阔。好的儿童文学作品也是家长的生活教练，不仅协助家长重建更加和谐的生活，也能指导其更有效地教育孩子。

三、亲子阅读的实践途径

我们如何实践亲子阅读呢？可以从以下几方面着手：

硬件准备：

1. 家庭一定要有放书的空间（公用书房，个人书柜）。家庭藏书必不可少。酒肉香比不上好书香。有藏书的家才是有文化底蕴的家。书香之家走出来的孩子就自然具备书香之气。

2. 阅读的空间一定要舒适。客厅或书房皆可。可以来一杯清茶或咖啡。背景轻音乐也会让人身心更加放松。

3. 书是最好的礼物。让买书成为常态。

4. 适应电子阅读时代，善待电子产品，让其协助孩子更热爱阅读。不少家长图省事，总是用电子设备替代亲子阅读，殊不知，亲子阅读不是任务，不只是让孩子阅读，更多的是亲子的陪伴。

实践路径：

1. 时间的选择宜采取固定加零散的模式。家长可以每天或每周固定一个时间段（如每天晚睡前或每周末抽出一段时间）。零散时间就是孩子想什么时候阅读，如果条件允许，家长都应该配合。

2. 空间不应拘束于自己家里，也可以去公园、图书馆等等。

3. 亲子阅读过程中不要剥夺小孩发现的权利和乐趣，不要总是提问孩子，要善待孩子的问题。

4. 建立阅读档案。每阅读一本书都要记下来，既是以备往后回忆，同时也是促进孩子阅读的一种激励机制。

选书建议：

1. 警惕名人专家推荐。因为专家往往有偏爱，可能受人之托做广告进行商业营销，再者专家阅读领域也有限。

2. 慎用分级阅读书目。不要盲从各类分级阅读篇目，因为每个孩子的认知能力都不一样，且每个孩子都有无限潜力。

3. 最好是眼观六路耳听八方。有心的家长都是搜书高手。一个稳妥的办法就是关注身边朋友经过实践检验的亲子书单。

4. 选择国内外大奖书系是最可靠、最有价值，也最省力的选书方式。以下是中外著名儿童文学奖简介：

中国著名儿童文学奖简介

陈伯吹儿童文学奖：1981年，陈伯吹先生将自己积蓄的稿费五万五千元捐献出来，设立了"儿童文学园丁奖"，每年评奖一次，意在鼓励儿童文学创作。1988年，此奖改名为"陈伯吹儿童文学奖"。

全国优秀儿童文学奖：中国作协于1986年设立。同茅盾文学奖、鲁迅文学奖一样，中国具有最高荣誉的文学大奖之一。

宋庆龄儿童文学奖：设立于1986年，是少年儿童文学评选中最高规模奖项之一。2005年后，该奖项并入中国作协主办的"全国优秀儿童文学奖"。

冰心儿童文学奖：1990年设立，分小说、散文、童话、幼儿文学等类别,与宋庆龄儿童文学奖、陈伯吹儿童文学奖、全国优秀儿童文学奖并称国内四大儿童文学奖。

丰子恺儿童图画书奖:2009年首届,两年评选一次:一个国际级的华文儿童图画书奖。由致力推广儿童阅读与亲子共读的陈一心家族基金会发起,在丰子恺先生的女儿丰一吟女士的支持和允许下,该奖以丰子恺命名。

信谊图画书奖:2010年首届,每年评选一次。信谊基金会是台湾最早从事推广学前教育的专业教育机构。1987春,创设"信谊幼儿文学奖"。

外国著名儿童文学奖简介

国际安徒生奖:国际少年儿童读物联盟(International Board on Books for Young People,简称IBBY)于1956年设立此奖。每两年评选一次,以奖励世界范围内优秀的儿童图书作家和插图画家。

纽伯瑞儿童文学奖:1922年由美国图书馆学会的分支机构——美国图书馆儿童服务学会创设。每年颁发一次,专门奖励上一年度出版的英语儿童文学优秀作品。

林格伦儿童文学奖:瑞典政府2002年为纪念当年去世的瑞典儿童文学作家林格伦女士而设立的儿童文学奖项,旨在奖励全世界为繁荣儿童文学而做出贡献的作家和机构。每年颁发一次,奖金为500万瑞典克朗。

德国青少年文学奖:德国联邦政府自1956年起定期颁发,是德国最具影响力的童书及青少年评鉴奖项。共设立四种奖项:最佳绘本、最佳童书、最佳青少年文学及最佳专业类书籍。

英国卡内基文学奖:成立于1937年,是英国图书馆联盟为纪念苏格兰慈善家安德鲁·卡内基而设立的奖项。

英国格林威大奖:英国图书馆学会于1955年创设,为纪念十九世纪的儿童插画家凯特·格林威(Greenaway),设有"年度最杰出的儿童插画家""最佳推荐奖"及"荣誉奖"。英国儿童绘本的最高荣誉。

凯迪克图画书奖:1937年创立,奖给美国当年出版的最优秀儿童图画书的创作者。每年年初颁奖。以19世纪英国插图画家伦道夫·凯迪克的名字命名。

意大利博洛尼亚国际童书展童书奖:1964年创办,全球最大的少儿出版物博览会。1966年设立"博洛尼亚国际儿童书展最佳童书奖",旨在奖励图片和编辑设计最好的图书。1967年,专门设置插图展览区。1997年开设新媒体和游戏软件等特色奖项。

四、亲子阅读的误区及策略

亲子阅读的常见误区主要有三个：功利、强制以及要求能读懂。

功利性阅读说白了就是为作文、为考试阅读。功利性的亲子阅读敌视课外书阅读，导致往往偏重科学性与知识性而忽视艺术性与想象性。久而久之，孩子的左右脑发展严重不平衡。只看课本或与课本相关书籍而不广泛阅读的人，很可能是真正输在起跑线上的人。教育不是任务。我们应该对孩子终生负责，让他们身心健康地升入理想学校并最终顺利进入社会。针对功利性亲子阅读，我们的策略是转功利为陶冶。读书如游山玩水，旨在陶冶孩子的自由心灵。

强制性阅读即限定时间、规定任务，甚至规定必读经典。童年有限，快乐无价。家长理应转变强制态度，让孩子充分享受快乐阅读的魅力。我儿子六年级时痴迷《龙族》。我当时非常反感。每一部《龙族》对我来说都厚得离谱。而且我也不能确定其价值所在。所以就人为打压，坚决制止孩子阅读。后来我发现孩子竟然偷偷去新华书店阅读最新《龙族》，甚至还偷偷买回一本藏起来。我忽然意识到，既然孩子如此喜欢，那又何必剥夺其阅读的乐趣呢。他上了初中后，我还主动给他买回来全套《龙族》，并询问其阅读最后一部的感受。让我惊奇的是他有着自己清醒的判断标准，而并非我想当然地认为他只是读着好玩。

亲子阅读的第三误区是以为阅读一定要以读得懂为前提。殊不知任何一部优秀的艺术作品都意蕴丰富，对其解读往往也非一日之功。我们应该将读得懂转变为懂得读。只要愿意读就一定有潜在的收获。见多识广，读多明辨。垃圾文学和经典文学，没有比较就没有高下之分。大人要有立场，要努力提供绿色文学，万万不可粗暴地剥夺孩子阅读那些大人自认为是"垃圾文学"的作品的权利。我儿子在上小学的时候，有一段时间特别迷一本叫《飒漫画》的杂志。他说班上小朋友都喜欢，于是不断用零花钱买回家看。我翻了几本，发现内容有色情暴力倾向，觉得不能让孩子过多阅读。于是我利用孩子的心理弱点，在他想买的时候和他签了一个协约，说是最后一次购买。同时，我积极为孩子搜集并购买更优秀更有趣的儿童文学作品。他很快就忘了这本漫画，并迷上了其他书。让孩子懂得主动读书，将对其终生有益。

第七讲　让童心引领世界：儿童文学的推广

如果说儿童文学的亲子阅读主要阵地是家庭，那么儿童文学的推广则面向社会乃至面向世界。如果说亲子阅读致力于小家庭的和谐及自家孩子的健康成长，那么儿童文学推广则致力于改进全社会的儿童文学意识，而面向世界推广本民族优秀儿童文学作品，更是树立民族形象传播文明之火的善举。

一、儿童文学的推广之理论思考

（一）WHY（儿童文学推广的意义何在？）

推广优秀的儿童文学作品，利己利他又利国利世界。

利己：推广之前，推广者肯定要对推广的作品有充分认识，知道其独特的价值。而推广过程中，推广者也会不断反思作品的意蕴和魅力，以便提高推广的效果。由此观之，推广儿童文学对于个体而言至少有三大好处。它可以提高理解力，尤其是解读力，对作品的个性解读往往更深入人心。鉴定作品优劣的过程也是不断在增强判断力的过程。推广作品也同时在感受与体悟作品的艺术魅力，这对培育审美力大有裨益。

利他：梭罗说："多少人在读了一本书之后，开始了他生活的新纪元。"虽然此话现在看来可能有些夸大。但在我们的生命中，的确有些儿童文学作品让人刻骨铭心，同时又能馈赠人生智慧和前进动力。推荐一本好的儿童文学作品相当于给他人推荐了一位人生启蒙导师。宫崎骏曾在自传中用整章篇幅讲述了孩童时代读到吉野源三郎的《你想活出怎样的人生》一书对他的影响。年逾古稀的宫崎骏还从这本书中得到灵感，开始创作一部同名电影，希望作为礼物送给孙子。[1]

利国利世界：少年强则国强。儿童是国家的未来，也是世界的未来。儿童文学对于民族或国家的意义常常被夸大，曹文轩曾经甚至认为"儿童文学承担着塑造未来民族性格的天职"。[2] 他后来改变了这一说法，转而强调儿童文学

---

[1] 吉野源三郎. 你想活出怎样的人生 [M]. 史诗, 译. 海口：南海出版公司, 2021: 腰封.
[2] 王泉根. 中国新时期儿童文学研究 [M]. 石家庄：河北少年儿童出版社, 2004: 9.

"为人类提供良好的人性基础"。① 良好的人性基础上成长起来的人便是一个更加和谐开放的人。由此观之,儿童文学可以协助儿童健康成长。而一个健康的人不仅利国也利世界。

(二) WHO (谁来推广?)

不同的推广者关注点不同,因而其推广的作品也千差万别。不同层次的推广者,也往往决定其推广的力度、广度和深度。

国家层面(官方):推广力度最大。通过选用儿童文学进入教材,通过颁布中小学生必读书目(其中很多儿童文学)来推广。主流意识形态浓郁,开放性不足,常常有删减或缩写。

专业人士(社会):最有权威。儿童文学作家、儿童文学研究者和推广人、图书策划人、出版社营销人员等等,他们的推广有深度有广度,尤其是通过出版系列产品,如新蕾出版社的国际大奖系列,安徽少年儿童出版社的国际安徒生奖系列等等。

老师(学校):老师往往贯彻上级指定任务,比如寒暑假推荐阅读书目。不过好老师都有私人订制书单,他们会把最优秀的童书推荐给学生。

家长(家庭):家长之间互相推荐好书,这往往是亲子阅读经验的分享,值得重视。

儿童:儿童之间互相推荐自己喜欢的书。一般来说,儿童的理解能力不如成人,但儿童有着非常灵敏的直觉,而且儿童天性自然。儿童向大人推荐自己喜欢的好书,也应得到大人的重视。我在推广国际安徒生奖作家作品时就吸纳了儿子的一些推荐篇目。

(三) WHAT (推广什么?)

在推广的作品的内容上,我们既强调优秀至上,也重视个体性和开放性原则。

优秀至上原则:何谓优秀?儿童文学的优秀标准,在此强调四点。一是纯正性。曹文轩非常强调"体面"。我们在此强调品味一定要正。正即正派、公正、正义、正直等等。二是故事性。好故事拥有意义、滋养人性且超越功利。阿伦特说"人生就是一个故事。"好人生就是好故事,好故事也可以成就好人生。三是趣味性。童趣呼唤趣味。趣味保养童趣。四是想象性。想象力意味着创造力。想象是飞向未知世界的翅膀。

---

① 曹文轩. 中国最优秀的儿童文学,就是国际水平的儿童文学 [EB/OL]. 央视网,2016-04-12.

个体性原则：推广自己至爱的儿童文学作品。

开放性原则：民族性和世界性统一，既要推广本民族最优秀的作品（如全国性的儿童文学奖系列），又要推广世界一流儿童文学作品（如国际大奖系列）。

（四）HOW（如何推广？）

随着网络媒介的发展，推广儿童文学的渠道也越来越多元，形式也越来越多样。

推广媒介：可以是线上，如利用网络平台（各大网站），利用自媒体（公众号、短视频等等）；也可以是线下，既可以在公共场所（学校、班级、图书馆、公园等等），也可以在私人场所举办各种推广活动。

推广形式：策划专题书展；特定图书分享沙龙；集思广益编制书单；策划系列图书出版；邀请名家谈阅读；等等。

二、儿童文学的推广之实践个案：国际安徒生奖系列导读丛书

说来惭愧，从求学到工作，我根本就没有"儿童文学"的观念。直到有了孩子，我才开始意识到要买些童书准备着将来给他读。而我对"优秀儿童文学"的标准有所意识则是在孩子读小学阶段。当时孩子的班主任安排了一个图书交换阅读的活动，每一个月左右换一次。儿子大开眼界。他读书特别快，而且读一本书，常常一口气读完。他带回家的书，五花八门。有的书很俗，有的书很油滑，有的书很暴力，虽然我也试图制止他去阅读，但都无济于事。直到这个时候，我才意识到要买一些更好的童书了。因为他识字不多，我就买一些有拼音注释的书，主要是一些世界著名的儿童文学作品，如《列那狐的故事》《爱丽丝漫游奇境记》《木偶奇遇记》等等。但这也远不能满足他的阅读需要。恰在此时，2009年秋天，我开始接手安徽少儿出版社《儿童小说中的语言与意识形态》一书的翻译任务。在翻译这本书的过程中，我才真正了解到儿童文学的魅力，也第一次知道世界上还有一个被誉为"小诺贝尔文学奖"的"国际安徒生奖"。

国际安徒生奖由国际少年儿童读物联盟（IBBY）于1956年设立，丹麦女王玛格丽特二世赞助，是当今全球最有影响的儿童文学奖。最初只授予在世的作家，从1965年起，也授予优秀的插图画家。每两年评选一次，奖励世界范围内优秀的儿童图书作家和插图画家。获奖者将被授予一枚金质奖章和一张奖状。国际安徒生奖可谓儿童文学界的最高荣誉，因而被誉为"小诺贝尔文学奖"。

从此，我开始真正关注儿童文学，不断地购买那些我认为是世界一流的儿童文学作品，也开始搜集国内外出版的国际安徒生奖获奖作家的作品。我的理

念是：一定要以世界上最优秀的童书来占领儿童的阅读视野，来武装他们的头脑，而不是以大人自己的兴趣爱好和想法来武断地干涉他们的阅读对象。

一开始我只是想把国际安徒生奖中的作家作品做一个推广，这就是2015年出版的《生活启蒙：国际安徒生奖获奖作家导读》。可是后来越来越觉得有必要将获得国际安徒生奖的画家的优秀图画书也推广一下，这就是2016出版的《生活图谱：国际安徒生获奖插画家绘本鉴赏》。2016年曹文轩荣获国际安徒生奖之后，我觉得这是中国儿童文学走向世界的一大标志，也是借以宣传推广国际安徒生奖的一大契机。曹文轩其实早在2004年就已提名此奖。某种意义上，国际安徒生奖中国提名者代表了中国儿童文学的创作水平，也是中国儿童文学走向世界的先锋。如将这些提名者集中在一起，按照前面两本书的体例，再编一书可谓一举两得，既展示了中国原创儿童文学的创作水平，又与前两本形成一个完整的国际安徒生奖作品导读系列。于是又有了《生活导航：国际安徒生奖中国提名者导读》（2018）。三本国际安徒生奖导读，前前后后跨越10年。这项并非我研究领域的儿童文学推广活动，消耗了我的大量精力和时间，以致我"生活诗学"系列另外一本关于日常生活的诗学书稿只能一拖再拖。尽管如此，我觉得为儿童文学推广花费再多的时间都值得。

我预先确立本系列导读鲜明的导读理念：

生活性：密切联系生活，关注生活中的种种问题；

思想性：善于提炼作品中的生活智慧和人生哲理；

故事性：善于用三言两语讲述原著故事情节来辅助解读；

可读性：注意表达的流畅，有一定文采；

拓展性：适当联想和纵横拓展，使文章精致又丰满。

我同时也预设了本系列导读的读者群：

不知道如何解读一篇作品思想主题的人；

对儿童文学不太了解，低估儿童文学意义的人，尤其是中小学生的家长们；

渴望了解自我、认识社会的儿童们；

深陷各种困境想得到思想启示和鼓舞的成人们；

所有关心儿童成长、热爱和关注儿童文学的人。

更值得一提的是，我为了更好地达到推广的目的，就采取了自己确定篇目然后找学生来写导读文章的师生合作推广模式。这种模式可谓一举两得，不仅可以让我有足够的时间来整理相关资料和反思一些基本理论问题，而且学生的参与本身就意味着我在推广。我希望每一个人都能把其中的一篇作品推广给身边的人们。星星之火，可以燎原。他们都非常认真，不厌其烦地修改补充，一般都要修改五到六遍。为了全书思想的整体性，我往往要对文章标题重新拟定，对内容也会大刀阔斧地删减，为了突出主题和表达顺畅，我甚至也会调整段落顺序、添加几句哲理性的总结或拓展性文字。毫无疑问，这些文字被"无情"地打上了我个人思想的烙印。我只有一个目的：让这些出自不同作者的文章，在更加接近原著精神的同时又拥有内在的思想统一性，即珍爱生命—积极生活—感悟存在。这就是三本导读书名都有"生活"两个字的原因：我们希望用最为纯粹且具有世界一流水平的儿童文学作品，来捍卫儿童文学的"纯粹性"和"儿童性"；同时，我们也一以贯之地通过一系列的主题解读，标举儿童文学所应具有的潜移默化的"生活教育"功能。

纵然，市场上有很多导读书，但大多蜻蜓点水，而且没有主题意识，更没有相对集中的主题意识。我们这三本国际安徒生奖系列导读书，则具有其突出的优越性：一是深入作品具体解读其所蕴含的与生活密切相关的主题，这就使得我们的导读不仅仅是文本导读，更是一种生活导航；二是我们聚焦的作家或画家都荣获了国际安徒生奖（提名奖），这保证了我们导读的作品均具备世界一流水准。

莫提默·艾德勒和查理·范多伦在其经典著作《如何阅读一本书》中说过，主题阅读是最高级的阅读层次。作品的主题常常被作者隐藏起来，即便那些一读就能明显感觉到主题的作品，我们要想将主题具体解读出来，也并非易事。这往往需要我们不断翻阅作品，潜入作者的内心世界，甚至回溯作者的创作过程。我们希望这一系列导读书，能够起到一个榜样作用，有效地辅助青少年朋友以及那些不知道如何解读一部作品的人，去阅读并解读一本自己喜爱的作品。

【讨论话题】

话题：儿童不宜阅读哪些书（作品）？

微电影：2000年奥斯卡最佳动画短片《父女情深》。

绘本：乔伊斯著、布鲁姆绘《神奇飞书》。

理论：钱伯斯《打造儿童阅读环境》《说来听听》。

【推荐书目】

吉尔. 阅读力［M］. 岳坤，译. 南宁：接力出版社，2017.

崔利斯. 朗读手册［M］. 梅莉，译. 北京：新星出版社，2016.

艾德勒，范多伦. 如何阅读一本书［M］. 郝明义，朱衣，译. 北京：商务印书馆，2004.

米勒. 书语者［M］. 关睿，石东，译. 乌鲁木齐：新疆青少年出版社，2016.

纱尔朵. 读书会的75个阅读作战法［M］. 周姚萍，译. 北京：北京联合出版有限公司，2018.

钱伯斯. 打造儿童阅读环境［M］. 许慧贞，译．北京：北京联合出版公司，2016.

钱伯斯. 说来听听［M］. 蔡宜容，译．北京：北京联合出版公司，2016.

林文宝. 林文宝谈儿童阅读［M］. 上海：复旦大学出版社，2019.

彭懿. 世界儿童文学阅读与经典［M］. 南宁：接力出版社，2011.

张公善. 生活导航：国际安徒生奖中国提名者导读［M］. 芜湖：安徽师范大学出版社，2018.

张公善. 生活启蒙：国际安徒生奖获奖作家导读［M］. 芜湖：安徽师范大学出版社，2015.

张公善. 生活图谱：国际安徒生奖获奖插画家绘本鉴赏［M］. 芜湖：安徽师范大学出版社，2016.

第四章

儿童诗歌

第八讲 天真之歌：儿童诗概要

威廉·布莱克诗集《天真与经验之歌》有一个副标题：表现人类灵魂的两个对立状态。如果说"天真之歌"代表儿童，那么"经验之歌"则代表成人。就各种儿童文学体裁而言，我更愿意将儿童诗歌作为天真之歌，因为儿童诗歌最能体现童心的天真无邪。

一、儿童诗的界定

对于儿童诗，中外学者的理解明显不同。中国学者普遍将儿歌与儿童诗并列，而外国学者则倾向于将儿歌作为儿童诗的一种形式。个人倾向于将儿歌归入儿童诗。理由有二：一是就文学体裁来说诗歌就有一种，二是儿歌朗朗上口、分行排列，不管怎么说也都具备诗的形式。

何谓儿童诗？这个问题到现在仍然没有形成共识。诺德曼、雷默所著《儿童文学的乐趣》有段话依然代表当今儿童文学界对于"儿童诗"的一大困惑："人们依然很少关注儿童诗区别于其他诗歌的方面，即儿童诗到底是什么，以及它们作为'儿童诗'有什么功能。"[1] 该书也没有对"儿童诗"作出明确界定，只是更强调诗歌给读者带来的乐趣，进而倡导以一种游戏的态度去体验诗歌，"通常以文字本身变得有趣的方式来释放快乐"。[2] 不过，乐趣并不能区别儿童诗与成人诗，因为乐趣对于诺德曼来说是所有文学的核心因素。由此，诺德曼也承认其所论的儿童诗并非专门写给儿童的，也包括那些儿童能体会到其中乐

---

[1] 诺德曼，雷曼. 儿童文学的乐趣 [M]. 陈中美，译. 上海：少年儿童出版社，2008：408.

[2] 诺德曼，雷曼. 儿童文学的乐趣 [M]. 陈中美，译. 上海：少年儿童出版社，2008：417.

趣的为成人而写的诗。①

中国学者颇为重视儿童诗的"儿童性"，普遍认为"儿童诗"即是"儿童的诗"。蒋风指出儿童诗作为"儿童的诗"，"从内容到形式不能不考虑到儿童在心理上和教育上的要求"。② 方卫平、王昆建主编的《儿童文学教程》直接将儿童诗界定为"为儿童创作的，符合儿童的心理和审美特点"的诗歌。③ 黄云生主编的《儿童文学教程》对儿童诗的界定可以作为中国学者的态度："儿童诗是切合少年儿童的心理特点，适合他们阅读、吟诵，为他们所理解、欣赏、喜爱的诗歌。"④ 不过这种界定并没有涉及儿童诗对于儿童的功用。

《哈克儿童文学》提供了另外一条界定儿童诗的线索，即："除了它针对有益于孩子的生活维度表达意见之外，儿童诗与成人诗的区别不大。它的语言应该是诗意的，其内容必须直接吸引孩子。"⑤ 这个界定相对而言，比较全面公正，既包含了儿童诗的意义，也包含了儿童诗的内容和形式的要求。在此基础上，我们认为：儿童诗即契合儿童天性、聚焦儿童生活且有益于儿童成长的诗歌。"契合儿童天性"是对儿童诗在形式上的要求，"聚焦儿童生活"是儿童诗在内容上的规定，有直接的聚焦（直接反映儿童生活），也有间接的聚焦（有益于儿童生活），"有益于儿童成长"则是儿童诗的功能。

二、儿童诗的分类

我们综合多方观点，将儿童诗大致分为十种：

儿歌："儿歌是以年龄较小的幼儿为对象，既具有儿童的年龄特征，又具有民歌的艺术风格，为儿童所喜闻乐见的一种可吟可唱的简短诗歌。"⑥ 总体而言，儿歌是献给幼儿的语言礼物，浅显易懂，富有韵律，朗朗上口。

抒情诗：抒发儿童内心的情感，以及抒发与儿童成长密切相关的情感，前者多为儿童视角，后者多为成人视角。韦娅的《伤心》从儿童视角抒发了离异家庭孩子内心的痛苦："妈妈在一封信里站着/远远望我/却不肯靠近//她是否知

---

① 诺德曼，雷曼. 儿童文学的乐趣［M］. 陈中美，译. 上海：少年儿童出版社，2008：409.
② 蒋风. 新编儿童文学教程［M］. 杭州：浙江大学出版社，2013：105.
③ 方卫平，王昆建. 儿童文学教程［M］. 北京：高等教育出版社，2009：111.
④ 黄云生. 儿童文学教程［M］. 杭州：浙江大学出版社，1996：66.
⑤ KIEFER，HEPLER. Hickman：Charlotte Huck's Children's Literature（Ninth Edition）［M］. New York：McGraw-Hill Companies，2007：410.
⑥ 蒋风. 新编儿童文学教程［M］. 杭州：浙江大学出版社，2013：74.

道/把我像小饼干一样/分给爸爸/我有多伤心呢"。① 王立春的《母亲花》则是从大人（母亲）视角表达了初为人母对孩子无尽的爱："我舒展开满身的花瓣/不颤动也不惊慌/盈盈的目光覆盖着/你和世界/宁静而满足/孩子/我是因你茂盛的/母亲花。"②

叙事诗：写人记事，其中故事较强的可称作故事诗。

童话诗：以诗的形式来讲童话。普希金《渔夫和金鱼的故事》是对贪得无厌者的警醒。③ 米斯特拉尔《小红帽》则是对传统童话《小红帽》的改写，突出了小红帽的勇敢。④

寓言诗：诗体的寓言，强调故事背后的寓意。克雷洛夫和拉封丹的寓言诗世界闻名。克雷洛夫的《天鹅、狗鱼和大虾》意在说明："一个集体如果不能协作，/办事情绝不会有好的效果，/不仅搞不成功，/还会受尽折磨。"⑤ 拉封丹的《两头公牛和一只青蛙》则启示我们："大人物的愚蠢行为，/历来总是给小人物造成灾难。"⑥

讽刺诗：对儿童生活中的某些不良言行进行提示和批评，善意而温和。希尔弗斯坦的《自私小孩的祈祷》是对自私小孩的绝妙讽诫："现在我要躺下睡觉，/真诚地向我的主祷告，/如果我在醒来前死去，/求主让我的玩具都坏掉。/这样别的孩子就再不能碰它们……/阿门！"⑦ 雷丁的《你们每天容忍这些嚷嚷》讽刺成人整天生活在各种噪声之中，却不能忍受孩子们偶尔发出的"咩——"。⑧

谜语诗：用诗的形式来打谜语。托尔金的《霍比特人》中霍比特人在黑暗地洞里和咕噜比赛猜谜语，它们说的就是谜语诗。咕噜最后出的那个著名谜语是："能把一切都吞下：/飞鸟、走兽、树与花；/啃生铁，咬精钢；/嚼碎硬石当食粮；/杀国王，毁城墙，打倒高山成齑粉。"⑨

科学诗：以诗歌的形式所写的科学文艺作品。高士其写过很多科普童话，也写过不少科学诗，如《天的进行曲》《我们的土壤妈妈》《空气》《水的故事》

---

① 谭旭东. 儿童诗歌精选 [M]. 北京：人民文学出版社，2012：96.
② 谭旭东. 儿童诗歌精选 [M]. 北京：人民文学出版社，2012：96.
③ 米尔恩，等. 童诗精选 [M]. 任溶溶，等译. 武汉：湖北少年儿童出版社，2011：37.
④ 米尔恩，等. 童诗精选 [M]. 任溶溶，等译. 武汉：湖北少年儿童出版社，2011：260.
⑤ 米尔恩，等. 童诗精选 [M]. 任溶溶，等译. 武汉：湖北少年儿童出版社，2011：50.
⑥ 拉封丹. 拉封丹寓言 [M]. 李玉民，译. 北京：光明日报出版社，2007：39.
⑦ 米尔恩，等. 童诗精选 [M]. 任溶溶，等译. 武汉：湖北少年儿童出版社，2011：227.
⑧ 米尔恩，等. 童诗精选 [M]. 任溶溶，等译. 武汉：湖北少年儿童出版社，2011：121.
⑨ 托尔金. 霍比特人 [M]. 吴刚，译. 上海：上海人民出版社，2013：87.

等等。

散文诗：介于诗歌和散文之间。泰戈尔《纸船》《恶邮差》《花的学校》《告别》都是从儿童视角而写的散文诗精品。

朗诵诗：适合于少儿朗诵，注重口语化。

三、儿童诗的特征

侧重点不同，对儿童诗特征的理解也就不同。我们关注的重点是儿童诗"契合儿童天性"的一面，由此，强调儿童诗以下三大特征，即纯真情怀、泛生命化以及巧思妙想。

纯真情怀：儿童诗以儿童视角透视儿童的心灵世界或以大人视角呈现对儿童的怜爱情怀，所思、所感、所伤都打上了纯真的烙印。天真无邪，甜蜜与光明，爱与美，无不像星星一样闪烁在字里行间。

金波《笑的花朵》："冬天，我把笑播撒在山野，/寒风扬起尘土把它掩埋，/又有白雪把它覆盖。"春天到了，"我的笑"发芽开花，它开放的是野菊花，是风铃花，是九里香，可谓色声味俱全。诗人最后写道："我希望有许多许多人，/来采撷这山野的花，/把快乐带回家。"① 金波的儿童诗总是闪耀着爱与美的光芒，总让人感受到美好和温馨。再看这首《让太阳长上翅膀》，诗人通过想象让太阳长一对翅膀，抒发一颗奉献之心："长翅膀的太阳是我们的心/好把光和热送给所有的人。"②

儿童诗的纯真性与其意象选取密切相关。儿童对于人世经验不足，他们的世界里更多的是对大自然的观察和想象（幻想），以及对儿童现实生活的感受。这些意象因为从涉世之初的儿童之眼出发，更加纯粹本真。王宜振《小丫的话是红的辣的》写的是一个十四岁胳臂上戴两道杠的小丫的"泼辣"可爱，读来让人心生欣喜，仿佛吃了辣椒一般上瘾。"小丫的话是一串一串的/像结着的辣椒/一串一串的/辣椒是红的辣的/小丫的话是红的辣的"，"她的话/是通红的辣椒/时间长了/觉得它似乎不可缺少/少了它/我们的生活/就少了一种味道"③。日本诗人西条八十《膝盖，你这个小东西》看似写膝盖，实际上抒发对儿童一步一步走向未来的憧憬："膝盖，你这个小东西，小东西/给我做伴，每天离不开你。/真是太辛苦了你，小东西。/是的，不管什么时候，/一步，一步，/一

---

① 金波. 推开窗子看见你 [M]. 武汉：长江少年儿童出版社，2016：146.
② 金波. 推开窗子看见你 [M]. 武汉：长江少年儿童出版社，2016：249.
③ 谭旭东. 儿童诗歌精选 [M]. 北京：人民文学出版社，2012：60.

步比一步有力气。"① 英国作家劳伦斯的《赤脚跑着的婴儿》也有异曲同工之美，充满怜爱和希望："这婴儿会向我奔来，我希望/就像掠过池水的风影，/雪白的双脚站在我膝上，/我伸出双手去抚摸他们——/像清晨丁香花般凉爽干净，/像新开的牡丹花柔滑坚挺。"②

泛生命化：儿童的世界本身就是泛生命化的世界，儿童诗更是将其表现得淋漓尽致，万事万物皆有生命。

圣野对季节的拟人化抒写让人印象深刻，比如《春娃娃》和《秋姑姑》。《春娃娃》前半段对春娃娃的介绍颇为传神，只是后半段开始"说教"，有些让人皱眉。相比之下《秋姑姑》虽然不及写春娃娃那样铺排，但却纯粹多了，完全是对秋天的诗意拟人化的描摹。"秋姑姑啊/忙着呢/——她给所有的/箩筐和麻袋/都装上了/饱满的粒子/沉甸甸的果子/果子爱嘟着嘴巴/提个意见说：/箩筐太小/装不下！"③

不仅仅季节可以拟人化，气象物候，山川河海，乃至无生命的存在，都可以被诗人赋予生命，变得神气活现。郁旭峰《太阳花》将太阳比喻为花，"它是最美的花儿/一盛开/世界就明亮起来/流淌芬芳"。④ 李宏声《春天的歌》更是奇特，以一种另类诗意抒发冬去春来的感受："雪花流泪的时候/绿就笑了/其实它们都很开心/还有风儿/也不再感冒/只打了个喷嚏/冬天就已经失效/一切就都恢复了热闹"。⑤ 一读之下，春天的生命气息就会迎面扑来。金子美玲的《石片儿》写一块从石材店里飞出来落到路上水洼里的石片儿。诗人满怀温柔地提醒光着脚放学回家的孩子要注意："水洼里的石片儿/正生着气呢"。⑥

巧思妙想：儿童诗特别讲究创造性的表达，趣味无穷的意象和富有创意的想象。

王宜振的儿童诗中的意象总是让人意想不到，《小树变成一只鸟》中的联想有些让人措手不及却又如此贴切："小雨点/蹦蹦跳/小树洗洗澡/长出一身绿羽毛/哈哈哈，真有趣/小树变成一只鸟。"李德明的《苹果里的星星》《橘子里的月牙儿》都是针对水果的特性而展开的创意想象。唐德亮的《年轮》是对大树

---

① 米尔恩，等. 童诗精选［M］. 任溶溶，等译. 武汉：湖北少年儿童出版社，2011：7.
② 米尔恩，等. 童诗精选［M］. 任溶溶，等译. 武汉：湖北少年儿童出版社，2011：166.
③ 谭旭东. 儿童诗歌精选［M］. 北京：人民文学出版社，2012：13.
④ 谭旭东. 儿童诗歌精选［M］. 北京：人民文学出版社，2012：45.
⑤ 谭旭东. 儿童诗歌精选［M］. 北京：人民文学出版社，2012：113.
⑥ 金子美玲. 金子美玲全集：美丽的城堡［M］. 阎先会，译. 北京：中国戏剧出版社，2012：151.

的赞歌，也是挽歌，将年轮与唱片联想到一起，令人叫绝。"让大树贮藏更多的年轮吧/让大树录制更多的歌曲/有了它们，才有/山的苍翠/鸟的奏鸣/大地的生机"。①

儿童诗中的巧思妙想多为各种意象（甚至风马牛不相及的意象）之间的创意并联。让人在并联的意象之间揣摩其中的相似性。塞弗尔特《水井小鹅》，不仅将水井和小鹅并联起来，还将小鹅与蒲公英并联起来："一群小鹅跟跟跄跄，/迅跑在春天的草地上。//你若从高处俯视它们，/仿佛一片盛开的蒲公英。"②

儿童诗中巧思妙想最让人流连忘返的是由一个意象牵引出一个意象群，甚至建构出一个神奇的故事。那些对事物成因的幻想，在儿童诗中独树一帜，可以极大地激发儿童的想象力和创造力。金子美玲的《日月贝》《向日葵》便是对日月贝和向日葵的幻想。向日葵是太阳公公的黄金车轮，是太阳公公一次急转弯摔跤后生气丢到下界的。日月贝是怎么来的呢？"黄昏时消失的太阳，和/黎明时消失的月亮/在大海的深处/相遇了//某一天/一个渔夫在海边/捡到一个红黄相间的/日月贝"。③

第九讲　存在的家园：窗·道雄儿童诗赏析

窗·道雄（1909—2014），日本著名童谣诗人，1994年荣获国际安徒生奖。窗·道雄的童谣深入浅出，气韵生动，很好地颠覆了儿童文学乃小儿科的成见。儿童文学的尊严绝不仅仅是为了儿童，而恰恰是老少咸宜，正如窗·道雄所说的："孩子'为之迷醉的诗'与大人'为之迷醉的诗'，在本质上并无不同。"④

一、窗·道雄儿童诗的形式之道

诗人的形象思维往往大于逻辑思维，这就是为什么很多诗歌形象生动却往往不易被人读懂的原因。诗人遵循的是一种情感逻辑。在现实表象之下突显一

---

① 谭旭东. 儿童诗歌精选［M］. 北京：人民文学出版社，2012：100.
② 米尔恩，等. 童诗精选［M］. 任溶溶，等译. 武汉：湖北少年儿童出版社，2011：109.
③ 金子美玲. 金子美玲全集：美丽的城堡［M］. 阎先会，译. 北京：中国戏剧出版社，2012：18.
④ 窗·道雄. 山羊的信：窗·道雄诗集［M］. 吴菲，译. 北京：北京联合出版公司，2020：225.

种主观真实性。窗·道雄的思维始终以"存在"为导向。这在他早年的《鸟愁》中即露端倪。一个存在物在他的眼中既是又在。所谓"是",即一物作为其自身而存在。窗·道雄肯定一切存在都有其存在价值,于是对于任何存在而言,做自己就是再好不过的事。是自己而非他者,肯定自己而非妄想成为他者。《小象》中长着长长鼻子的小象,不但喜欢自己的长鼻子,也喜欢妈妈的长鼻子,并以之为荣。《小熊》中那只春天醒来的熊意识到自己是熊时也情不自禁感叹"对了 我是熊啊/太好啦"。[1] 窗·道雄的思维总是聚焦于一物的"是",进而描摹其"在",即作为某物自身而存在的状态。此时此刻,窗·道雄最拿手的思维模式是将某物放置在一个更大的时间与空间的背景之中。这就是远小近大的透视法。窗·道雄也称自己的诗是"远近法的诗"。[2]《第一颗星》中傍晚出现的第一颗星,被放到宇宙背景之中,成了"宇宙的眼睛",凝视着凝视星星的"我"。[3] 远近法不仅仅是空间的,也是时间的。《麻雀》以当下叽叽喳喳开始,继而追问"从多久以前开始",再设想叽叽喳喳是对"以不听劝著称的"人类苦口婆心的教导。[4]《知了》也是如此。[5] 窗·道雄总习惯于将当下放回时间的大背景之中,将过去当下未来融为一体。

窗·道雄诗歌的语言极其朴素简单,正是应了"大道至简"的观念。他思的是"存在"之道,那么表达自然就像"存在"一样自在率真直截了当。他努力追求的是以一种前所未有的语言赋予其所写对象最本真的存在。简言之,语言印有存在自身特有的标志,存在也于语言的叙述中真正到场。窗·道雄的诗歌可谓海德格尔"语言是存在的家园"这句名言的最佳注脚。为了描摹存在的最切近最本己的状态,他最大限度地放弃了现存语言的确定性,转而倾向于语言本身的可能性,甚至于直接拟声拟形,以呈现物本身在大自然之中自由自在的声情色貌。《窗》中"卜"字形象地揭示出诗人探头窗外的内心情状。即便

---

[1] 窗·道雄. 山羊的信: 窗·道雄诗集[M]. 吴菲,译. 北京:北京联合出版公司,2020:52.
[2] 窗·道雄. 山羊的信: 窗·道雄诗集[M]. 吴菲,译. 北京:北京联合出版公司,2020:222.
[3] 窗·道雄. 山羊的信: 窗·道雄诗集[M]. 吴菲,译. 北京:北京联合出版公司,2020:213.
[4] 窗·道雄. 山羊的信: 窗·道雄诗集[M]. 吴菲,译. 北京:北京联合出版公司,2020:128.
[5] 窗·道雄. 山羊的信: 窗·道雄诗集[M]. 吴菲,译. 北京:北京联合出版公司,2020:129.

因为自己是小不点而感觉"颓丧",还是忍不住把头伸出想告诉世界"道雄在这儿呢"。① 此诗传神地解释了窗·道雄这个名字的意味。窗·道雄诗歌中的拟声词数不胜数。这绝不仅仅是受到其仰慕的白秋的影响,更是其抵达事物存在本来面目的金钥匙。写春天的诗很多,但窗·道雄《噗噜噗噜的春天》总让人百读不厌满口溢香。② 其秘诀就在于拟声词的运用,让人一读之下就仿佛身临其境感受到春天万物复苏时生机勃勃的盎然景象。

二、窗·道雄儿童诗的思想之道③

一只蚂蚁

凝视一只蚂蚁
我常常想
轻轻说声道歉
对这小小的存在

生命属于任何生物
无论大还是小
不同仅仅在于
生命容器的尺寸
而我碰巧是如此荒唐
如此巨大的大

这首《一只蚂蚁》可以作为透视窗·道雄儿童诗的窗口。通过它,我们可以发现诗人内心拥有的三个主导理念:毫无偏见地赞美生命;满怀忧伤地批判人类;形而上地感悟存在。

---

① 窗·道雄. 山羊的信:窗·道雄诗集[M]. 吴菲,译. 北京:北京联合出版公司,2020:12.
② 窗·道雄. 山羊的信:窗·道雄诗集[M]. 吴菲,译. 北京:北京联合出版公司,2020:47.
③ 张公善. 生活启蒙:国际安徒生奖获奖作家导读[M]. 合肥:安徽师范大学出版社,2015:164.(此处有删节)

（一）毫无偏见地赞美生命

窗·道雄对于自然界万事万物，大到高山大河，小到蚂蚁蝴蝶，常常以一种静谧而智慧的旁观者形象出现。每首诗中，我们都能感觉到一位充满童心的人，以一双无限好奇的眼睛在细细打量人类早已熟视无睹的世界。请看这首广为流传的童谣《小象》：

"小象
小象，
你的鼻子可真长。"
"当然长啦，
我妈妈鼻子也很长。"

"小象
小象，
告诉我你喜欢谁。"
"我喜欢妈咪，
我最最喜欢她。"

这首儿歌早已通过动画片《蜡笔小新》传遍了全世界。小象，刚刚来到世界，他肯定会遇到不同的生物。当有谁说他鼻子长的时候，他也许不知道其中的含义，可能是调侃他拿他逗乐，也可能是夸奖他。如果联想到《木偶奇遇记》中匹诺曹因为说谎致使鼻子变长的故事时，说者很可能是在调侃它。但这只小象完全沉浸在新生的欢乐之中。他对自己鼻子长很骄傲，没有丝毫戒心，而且还想告诉其他人他妈妈鼻子也很长，生怕别人不知道似的。如此来读，倍感童心之无邪纯真。此诗传递的另一层意思是天下最为温暖的母爱。虽然没有看到妈妈如何如何好，但从小象斩钉截铁饱含深情的话语里，读者分明能够体会到无限温馨的母爱。它让每一位读者内心都可能感到柔软和温情。

在窗·道雄眼里，一切都是那么明亮美好，充满谐趣和逗乐。打嗝、放屁，这类经常让人难堪的生理现象，却被他写进诗歌。他的诗真正印证了黑格尔所谓的"存在即合理"。请看《了不起的屁》：

屁 真了不起
出来的时候

都规规矩矩 打招呼
"你好"
"再见"……

用全世界
不管哪里 谁都
懂的语言……
了不起
真是 了不起

　　我们曾在塞林格《麦田里的守望者》中看到写屁的情节，那是叛逆者眼里的屁。而在窗·道雄的《了不起的屁》里，屁却温和多了，像一位绅士，更像是一位天真的儿童，根本不知道自己是不是不被人认可。

　　大自然中的所有生物，都拥有生命。而那些没有生命的东西，也被窗·道雄赋予了神奇的童趣和拟人化的创意。人类远古时期，天地万物都是有生命的，而且往往都有神灵居于其中。古人思维是一种诗性思维，而诗与儿童天然接近。维柯说："诗的最崇高的工作就是赋予感觉和情欲于本无感觉的事物。儿童的特点就在把无生命的事物拿到手里，和它们交谈，仿佛它们就是些有生命的人。"① 正是这种儿童视角，使得窗·道雄的诗歌保存着最为本真的世界。

　　（二）满怀忧伤地批判人类

　　当窗·道雄凝视一只蚂蚁，并想向它道歉的时候，他的内心无疑是在发出无声的呐喊：人类必须认识到自己的荒唐与狂妄自大。人类首先必须认识到自己的残暴。在安徒生奖受奖辞中，他说：

　　"我永远对保护世间万物生存的大自然报以感激，它遵从万物各自的法则，不分高低贵贱。但事实上个体的生存，甚至国家的生存经常受到威胁；而人类生命以外的活生生的生命，每天都被大规模地灭绝。你们知道，那大规模的毁灭就是成年人所为。"②

　　正是人类的残暴，使得动物们离人越来越远，越来越不相信人类。请看这首《动物们》：

---

① 维柯. 新科学［M］. 朱光潜，译. 北京：人民文学出版社，2008：97.
② 莱普曼，等. 长满书的大树［M］. 黑马，译. 武汉：湖北少年儿童出版社，2012：262-263.

何时开始 怎么回事
境况变成这样？
当我们看它们
它们却背对着我们
转而面朝其他方向

现在它们远远站着
就像彩虹远离我们

动物们为什么会如此不理我们呢？因为一种戒心已经在它们心中根深蒂固。诗人想必痛彻心扉，像彩虹一样美好的动物们，现在却只能可望而不可即。

人类的荒唐与狂妄自大，还体现在人类的知识和思想体系之中。众所周知，人类文明的进程中，知识（书籍）曾经被认为是进步的阶梯，思想也被认为是最为强大的力量。可是，人类如果不把眼光从理论转向活生生的现实世界，或者理论如果不把现实生活作为出发点或归宿，那么人类就会陷入一种困境。当窗·道雄在《斑马》诗中说他"待在一只/他自己/做的笼子里"的时候，诗人想必也是在提醒整个人类。人类何尝不是把自己关在自己做的笼子里呢？人类曾经不是被各种各样的牢笼囚禁着吗，比如语言的、制度的、理论的、思想的牢笼等等。请看这首《先有蛋吗》：

先有蛋还是 先有鸡
与其论这个理不如明明白白说
先有的是蛋
先有的是鸡

是猫
是蚯蚓
是松树
是天
是地
是人类

物为先

物始终 是前辈
　　不管什么时候
　　相比起我们的理论

人类的进步，学术的繁荣，当然离不开争论。但从中，我们也能发现理论的荒唐或专制。窗·道雄这首诗意在拿一个永恒的争论话题（先有蛋还是先有鸡）来调侃理论。与其无休无止地争论空洞的理论，不如把眼睛转向实在的世界，转向物。

（三）形而上地感悟存在

窗·道雄心中有一种毫无偏见的生命观，他把生命当作是寄居在一个容器的存在形式。就生命本身来说，不论贵贱，无分尊卑，都一样值得赞美。这充分体现了施韦泽的"敬畏生命"观念。然而窗·道雄比施韦泽更进一步。请看这首《美景》：

　　水流
　　静躺绵延

　　绿树
　　站立挺拔

　　远山坐起来
　　绵延
　　挺拔

　　这和平的静谧
　　便是我们的家
　　所有所有生灵的家

窗·道雄超拔于俗世众生，静静欣赏存在本身的美丽。非生命的存在，在这首诗中成了生命存在的家园。然而，他并没有严格区分非生命和生命，他也没有把人类太当回事，甚至把人类列入"物"之群体中。这和庄子《齐物论》

中"天地与我并生，而万物与我为一"相似。① 和庄子一样，窗·道雄把人和天、地及万物相提并论。不同之处在于，庄子将它们统一于"道"。它们都是由"道"而生。而窗·道雄则将它们统统归为"物"。

万事万物从存在的角度来说，是一样的、平等的。由此，人类不应该自认为了不起，高于其他存在，而应与他物共同存在。窗·道雄较为彻底地颠覆了"人类中心主义"，又保持了人类的特性。下面这首《我在这里》可谓绝妙地表达了诗人对存在的感悟：

　　当我在这里
　　其他的不管什么，都不可能
　　遮蔽我
　　都不可能，也在这里

　　如果一头象在这里
　　那就只有那头象在
　　如果是一粒豆在这里
　　那就只有那粒豆在

　　啊，在这个地球上
　　一切存在都如此受到
　　自然的护佑
　　不管何物　无论何处

　　正是这"存在"本身啊
　　最为美轮美奂

这首诗与《一只蚂蚁》异曲同工，全面而深刻地表达出窗·道雄的内心世界。一方面，他强调每一种存在都有其独特性，不论是人类，是有生命的"一头象"，还是没有生命的"一粒豆"。当他们作为自己存在的时候，其他任何存在都不能取而代之，都不能遮住他们的美丽。他把人类和动物、无生命之物，并列在一起，让人类与其他一切存在物共同存在。另一方面，所有不同的存在

---

① 傅云龙，陆钦．老子·庄子［M］．北京：华夏出版社，2000：106．

又都是平等的，他们都在分享"存在"的秘密和光辉。

窗·道雄诗歌是呵护存在的歌谣，借以歌颂那些美好的存在，批判那些危害其他存在的存在，主要是批判荒唐而自大的人类。在此意义上，他又与海德格尔不谋而合，后者认为："人是存在的看护者。"① 总之，人本来就是一物，人应以物为先，不要自以为了不起而凌驾于其他物，而应该与他物共同存在；人又是独特的物，是拥有童心的人，是存在的呵护者，让其他物存在，让它们作为其所是的物而存在。

【讨论话题】

话题：儿童诗的成人性体现在哪里？
绘本1：宫泽贤治诗，山村浩二绘《不畏风雨》。
绘本2：谷川俊太郎诗，冈本义朗绘《活着》。
理论：王宜振《现代诗歌教育普及读本》。

【推荐书目】

理论类：

丁云. 儿童天生就是诗人：儿童诗的欣赏与教学［M］. 北京：北京师范大学出版社，2011.

蒋风. 蒋风爷爷教你学写诗［M］. 杭州：浙江工商大学出版社，2018.

金波. 金波论儿童诗［M］. 北京：海豚出版社，2014.

王宜振. 现代诗歌教育普及读本（全两册）［M］. 西安：西安电子科技大学出版社，2016.

诗歌类：

曹文轩. 中国当代儿童文学名家名作精选集（彩绘版）诗歌卷：诗与少年［M］. 上海：少年儿童出版社，2017.

王宜振. 外国经典童诗诵读100首［M］. 西安：西安电子科技大学出版社，2018.

王宜振. 中国经典童诗诵读100首［M］. 西安：西安电子科技大学出版社，2018.

韦苇，谭旭东. 世界金典儿童诗集（外国卷+中国卷）［M］. 福州：海峡出版发行集团，福建少年儿童出版社，2011.

---

① 海德格尔. 关于人道主义的书信［M］. 熊伟，译. 上海：上海三联书店，1996：374.

第五章

儿童散文

第十讲　经验之歌：儿童散文概要

散文这种文体中西都有，但中西对待儿童散文的态度却有些不同。西方儿童文学教材没有儿童散文这一说法，更别说单列一章谈儿童散文。中国儿童文学教材则普遍都有对儿童散文的专门介绍。中国文学语境中，散文是四大文学体裁之一。儿童散文可谓中国儿童文学民族性的一大体现。

一、散文性即日常性

中西文明传统对散文的界定共同之处在于：从形式上看，形式自由，不用押韵，而诗歌则讲究韵律；从内容上看，主要侧重日常生活中的个体感悟，而诗歌则侧重书写非凡及让人景仰之大事。

当我们说散文性即日常性时，意味着散文在形式上具备日常生活的散漫、平凡、琐碎，内容上与日常生活密切相关，甚至有时也像日常生活一样枯燥乏味。这是中外散文共性所暗含的一个推论。形式自由散漫，书写日常生活感悟，散文的这两大特征正是"日常性"的具体表现。不仅如此，将散文性界定为日常性，也是与诗歌相比较的结果。与散文性相对的诗性（诗意）通常被界定为"艺术性"，意味着对日常生活（现实生活）的审美超越。

从柏拉图到海德格尔，西方文明有一个传统，即将诗性等同于艺术性。这绝不仅仅是就二者"从无到有"的创造性而言，更因为诗和艺术一样都是对现实生活的一种超越。而这种超越性的最大特征，便是以一种浓缩的整体性达到对散漫无序的日常生活经验的想象性重塑。艺术的这种超越性，集中体现于歌德如下两段话：

现实生活必须既提供诗的机缘，又提供诗的材料。一个特殊具体的情境通过诗人的处理，就变成带有普遍性和诗意的东西……不要说现实生活没有诗意。诗人的本领，正在于他有足够的智慧，能从惯见的平凡事物中见出引人入胜的一个侧面。必须由现实生活提供作诗的动机，这就是要表现的要点，也就是诗的真正核心；但是据此来熔铸成一个优美的生气灌注的整体，这就是诗人的事了。①

艺术要通过一种完整体向世界说话。但这种完整体不是它在自然中所能找到的，而是它自己的心智的果实，或者说，是一种丰产的神圣的精神灌注生气的结果。②

诗性意味着超越日常，诗性意味着艺术性。散文性则是贴近现实生活的日常性。这样说倒不是否定散文对日常生活的超越性。散文作为一种艺术当然也具备对日常的超越性。将散文性界定为日常性主要是从方法论而言，即散文更多地是以描述日常生活来超越日常生活，而诗歌则更多的是通过对日常生活的想象性变形来超越日常生活。在此意义上，散文的真实是客观真实，而诗歌的真实更多的是主观真实。当然这也不能截然对立地理解。实际上诗歌和散文往往相互借鉴彼此共存。散文诗便是集诗歌与散文二者精髓于一身的一种文体。

如果考虑到西方散文的新纪元是在文艺复兴时期，是在日常生活被人文主义者备受重视的时代，我们就会更加确信散文的日常性特质。散文形式灵活自由，有时难免汪洋恣肆，显得散乱无序，甚至如流水账一样枯燥无味。但散文也有其美好一面。优秀的散文都非常讲究行文的脉络，精心布局，尽可能地做到形散而神不散。

二、儿童散文的界定

蒋风认为，"作为散文大家族中的一员，儿童散文是指那些写给儿童并适合他们阅读的，包括记人、叙事、写景、状物、抒情、议论等篇幅短小、文情并茂的一类文章"③。这个界定有将儿童散文狭窄化之嫌，因为很多儿童散文也同时是写给成人（尤其是父母乃至各类教育工作者）看的，比如林海音的《教子无方》，孙云晓的《你是一只小鸟》。现行儿童文学教材普遍将"儿童文学"理解为以儿童为读者对象，不能不说有些偏颇。儿童文学的"儿童性"主要在于关注儿童成长。儿童散文当然也不例外。

---

① 爱克曼. 歌德谈话录［M］. 朱光潜, 译. 北京：人民文学出版社, 1978：6-7.
② 爱克曼. 歌德谈话录［M］. 朱光潜, 译. 北京：人民文学出版社, 1978：137.
③ 蒋风. 新编儿童文学教程［M］. 杭州：浙江大学出版社, 2013：170.

我们将散文区别于其他文体的独特性界定为"日常性",由此,散文的独特性就必然与日常生活密切相关。儿童散文的核心就是儿童的日常生活。儿童日常生活的主要场所有四个:家庭、学校(幼儿园)、社会环境以及自然环境。凡是聚焦儿童日常生活,有益于儿童成长的散文皆属于儿童散文。儿童散文在陶冶情操的同时,也在叙事说理抒情中将健康积极的人生观世界观价值观向阅读者渗透。如果说儿童诗是天真之歌,那么儿童散文则是经验之歌。如果说儿童诗最能体现儿童文学儿童性的特征,那么儿童散文最能体现儿童文学成人性的特征。因为儿童散文不像儿童诗那样善用意象和象征来传达思想,儿童散文更多的是用明白晓畅的语言引导儿童如何做人如何生活,同时也提醒大人如何教育儿童如何以身作则为儿童做榜样,其宗旨都在呼唤儿童成为"大人"。以此观之,儿童散文的意义主要是分享各种与儿童成长相关的经验,以及儿童在日常生活中所见所闻所感的经验。

儿童散文可以有广义和狭义之分。狭义的儿童散文,即聚焦儿童生活,既有儿童性又有成人性,既有思想性又有艺术性的散文。广义的儿童散文则是指适合儿童阅读,有利于儿童长成大人的一切非小说、戏剧和诗歌的文章。儿童散文可以根据写作目的分为叙事散文、抒情散文和说理散文三大类,也可以根据儿童日常生活的场所分为家庭(亲情)散文、校园散文、社会(人情世故)散文以及自然(写景状物)散文。我们可以丰子恺的散文为例。《儿女》是家庭亲情散文,《甘美的回味》是校园散文,他回忆童年时代熟悉的一些人物的散文如《王囡囡》可谓社会散文,《春》则是自然散文。[①] 这些分类并非孑然独立,往往相互融合,只是侧重点不同。

三、儿童散文的特征

我们侧重于儿童散文的功能,强调儿童散文的三大特征:陶冶审美情操(审美性)、关注儿童成长(儿童性)和兴发人生感悟(成人性)。

陶冶审美情操。儿童散文的最大魅力来自语言。儿童散文的语言不像在诗歌中如美玉那般蕴藉,而是如锦缎一般按照一定的节奏铺展开来,更有甚者,它往往还能冲击儿童读者的全部感官(尤其是视听和想象力),让其身临其境欲罢不能。儿童散文的语言一定得有审美冲击力,既能给读者美感,也能给读者以力度,最终融合成一股温暖的潮水。

视觉冲击:请看冯骥才的《黄山绝壁松》:"它们站立在所有人迹罕至的地

[①] 丰子恺. 丰子恺儿童文学全集:儿童散文卷[M]. 北京:海豚出版社,2012.

方。那些荒峰野岭的极顶，那些下临万丈的悬崖峭壁，那些凶险莫测的绝境，常常可以看到三两棵甚至只有一棵孤松，十分夺目地立在那里。它们彼此姿态各异，也神情各异，或英武，或肃穆，或孤傲，或寂寞。远远望着它们，会心生敬意；但它们只有站在这些高不可攀的地方，才能真正看到天地的浩荡与博大。"①

听觉冲击：董天柚的《听雷》以心灵之耳听出一片广阔的雷少年的天地："从遥远的地平线，美少年来了。由于攀山越岭，飞沟过涧，他的足音宛若颠簸的巨轮的轰鸣，多么恢宏，多么豪壮，多么雄健，多么热烈！他窥见了这边的焦渴与酷热了，便加紧了脚步，奔突而来，又一个冲刺，猛地拥住这一方默然的天空。"②

想象力冲击：毛云尔《会飞的石头》冲击读者的是那不可一世的想象力。吴然认为"给孩子们写的散文，更需要展开想象的翅膀而飞翔"，这篇散文打动我们的正是"童年的我"一种固执的想象。③"这是一块会飞的石头。面对依旧笨重、粗糙与丑陋的石头，我在心中开始悄悄滋生虔诚与敬意。它只不过将飞翔的翅膀暂时收敛起来，就像稻谷的种子、黄豆的种子和绿豆的种子一样，将碧绿的叶与鲜艳的花暂时收藏起来，等挨过了冬季，便在阳光下面，在微风下面，在细雨下面，接二连三地吐露出来。"④

关注儿童成长。按照海德格尔对此在人的生存论结构方面的分析，人是被抛入的存在，人被抛入日常生活，人在日常生活中有所顿悟，进而筹划未来的实存。可见，人生的最大舞台便是日常生活。对于儿童来说，日常生活更是他们走向成人的最重要的学校。每个人的童年的遭遇很可能会影响到其待人处物的态度。

林海音儿童散文充满着温柔又悲悯的情趣，从中为人父母者可以吸纳许多教育儿童的智慧。《教子无方》其实是教子有方，那就是顺应儿童天性，让儿童自由自在成长，尤其是保养"童年乐趣"。大人首先要站在儿童角度，和孩子相处时也要充满童心。林海音的家庭生活散文无不充满着喜剧风格，读来满口溢香。《鸭的喜剧》可做代表，写的就是自己与孩子（被她称为"丑小鸭"）相处的家庭日常。虽然火气冒上来收敛不住，但看着被骂的孩子们的情状，林海音往往把持不住。她写道："怒气消了，怒容还挂在脸上，我们对绷着脸。但是

---

① 吴然. 吴然教你读散文[M]. 北京：外语教学与研究出版社，2011：148.
② 季羡林，等. 七色书简：彩绘版[M]. 上海：少年儿童出版社，2017：121.
③ 吴然. 吴然教你读散文[M]. 北京：外语教学与研究出版社，2011：131.
④ 吴然. 吴然教你读散文[M]. 北京：外语教学与研究出版社，2011：126.

孩子挨了骂的样子，实在令人发噱，我努力抑制住几乎可以发出的狂笑，把头转过去不看他们，或者用一张报纸遮住了脸，立刻把噘着的嘴唇松开来。"最终的结果"我真忍不住地笑了起来，孩子们恐怕也早就想笑了吧，我们笑成一堆，好像在看滑稽电影"。① 心中有爱有童心，才会如此随性又开心。

儿童散文最能让读者获益的是如何处理儿童成长过程中的问题。孙云晓是青少年问题专家，他的很多散文都充满智慧。《你是一只小鸟》写的是如何回应一个想放弃高考与语文老师生活在一起的高三女生的往事。孙云晓的回应文字温暖贴心："我相信你的感情是纯洁的，我也相信你的语文老师是一位好老师。在你这个年龄产生这样的情感。不仅是正常的，甚至是令人感动的。不过，我劝你心动不要行动。生活就像蓝天，而你是一只小鸟，小鸟只有展翅飞翔，才知道世界有多么辽阔。如果你连飞都不曾体验，或许有一天你会后悔。"②

兴发人生感悟。大人总希望把自己的人生经验告诉给涉世未深的儿童。儿童散文，尤其是成人视角的儿童散文，总是充满人生感悟。梅子涵《他也会是你》通过讲述两个与校园和书有关的故事，引出作者对小朋友们的期待："人的一生总是由某一条路上走来、往某一条路走去的。后来走到什么路上，故事是不是精彩，常和在曾经的路上看见过什么，沉湎于什么风景，渴望的是什么，向往的又是什么……有关系，有着很大的关系，甚至是决定性的。"③ 曹文轩解读根据桂文亚摄影作品所写的同名散文《荷》，由照片所见而感发出一个为人之道："是人就必须背负。"④ 孙雪晴的《游戏》以儿童视角回味成长历程，体验到日常生活之中母爱的无处不在。最后的感慨甚是动人："离我们最近的幸福在我们身旁等候，我们可能用一秒钟就能读懂它，也可能要用上整整一辈子。"⑤

第十一讲　观人阅世悟道：龙应台《目送》赏析

龙应台的《人生三书》早已深入人心。前两部《孩子你慢慢来》和《亲爱的安德烈》可谓传统意义上的儿童散文。最后这一部《目送》，很多人可能不会把它看作儿童散文。然而如果我们将成人性作为儿童文学的必备要素，那么

---

① 林海音. 林海音散文［M］. 杭州：浙江文艺出版社，2019：150.
② 季羡林，等. 七色书简：彩绘版［M］. 上海：少年儿童出版社，2017：2.
③ 季羡林，等. 七色书简：彩绘版［M］. 上海：少年儿童出版社，2017：14.
④ 吴然. 吴然教你读散文［M］. 北京：外语教学与研究出版社，2011：158.
⑤ 吴然. 吴然教你读散文［M］. 北京：外语教学与研究出版社，2011：202.

《目送》则是真正意义上的儿童散文了，《目送》是观人阅世悟道之作，可谓是男女老少都可以阅读的经典散文。如果用三个字来概括《目送》，那就是：爱、悯和殇。做一个有爱有情之人，做一个学会体验和感悟之人，做一个世界公民，此乃《目送》之核心。

一、爱：儿女情深 血浓于水

书名同名散文《目送》，也是该散文集第一篇，奠定了全书的"爱"的基调。人皆诞生于爱，再给予世界以爱，只有在爱的归宿里才能圆满结束爱的旅程。儿女情长，血浓于水。生死离别总让人无限感慨。散文《目送》可谓是离别的挽歌。文章并列了两组镜头：一组是目送儿子华安的三个场面；一组是目送父亲的三个场面。每一组目送之后，都有一段相同的文字：

"我慢慢地、慢慢地了解到，所谓父女母子一场，只不过意味着，你和他的缘分就是今生今世不断地目送他的背影渐行渐远。你站立在小路的这一端，看着他逐渐消失在小路转弯的地方，而且，他用背影默默告诉你：不必追。"①

重复的文字一而再地锤击着读者之心。一个多愁善感的目送者跃然纸上。也许背影就是最值得目送者刻骨铭心的记忆。生命在决绝地与过去告别之中长大。凡刻在脑海中的背影皆是爱之印记。朱自清、三毛笔下都留下亲人的背影形象。可以说，背影就是爱的蕴藉之象。该散文集中最打动人心的便是这些书写家庭成员之间"比海还深"的天伦之情。

身份可以变化，但对亲人的"爱"以及亲人之间的"爱"却永远都在。树倒猢狲散，可是人却不是这样。父母是大树。父母在世，兄弟姐妹常常为父亲或母亲而聚首，即便彼此之间交流不多。父母过世之后呢？兄弟姐妹会"相忘于人生的荒漠"吗？《共老》给出了让兄弟姐妹凝聚在一起的东西："我们从彼此的容颜里看得见当初。"兄弟姐妹拥有彼此的记忆，就如同树冠巨大的雨树的枝叶一样，"虽然隔开三十米，但是同树同根，日开夜合，看同一场雨直直落地"。② 兄弟姐妹就是与大树共老的人，即便大树死去，他们的记忆仍然在暗中交织在一起。

最动情的文字来自书写母女情深。《胭脂》中女儿为母亲涂指甲油消磨时光的场景，感人至深：

"她坐在床沿，顺从地伸出手来，我开始给她的指甲上色，一片一片慢慢

---

① 龙应台. 目送 [M]. 桂林：广西师范大学出版社，2014：8.
② 龙应台. 目送 [M]. 桂林：广西师范大学出版社，2014：48.

上，每一片指甲上两层。她手背上的皮，抓起来一大把，是一层极薄的人皮，满是皱纹，像蛇蜕掉弃置的干皮。我把新西兰带回来的绵羊油倒在手心上，轻轻揉搓这双曾经劳碌不堪、青筋暴露而今灯尽油枯的手。"①

还有《散步》中黑夜中母亲睡不着觉的躁动不安也让人无比心痛：

陪母亲卧床，她却终夜不眠。窗帘拉上，灭了大灯，她的两眼晶亮，瞪着空蒙蒙的黑夜，好像瞪着一个黑色的可以触摸的实体。她伸出手，在空中捏取我看不见的东西。她呼唤我的小名，要我快起床去赶校车，不要迟到了，便当已经准备好。她说隔壁的张某某不是个东西，欠了钱怎么也不还。她问，怎么你爸爸还没回家，不是说理了发就马上回来吗？

我到厨房拿热牛奶给她喝。她不喝。我抚摸她的手，拍她的肩膀，像哄一个婴儿，但是她安静了一会儿又开始躁动。我不断地把她冰冷的手臂放回被窝里，她又固执地将我推开。我把大灯打开，她的幻觉消失，灯一灭，她又回到四十年前既近又远、且真且假的彷徨迷乱世界。②

这些文字毫无夸张，却传神生动，毫不煽情，却至情至性，洗尽铅华，尽显真爱。如果说这些写与母亲相处的文字充盈弥漫着感性和温情，那么作者写与父亲相处的文字则多了理性、愧疚乃至诀别之痛。这在该书第三辑中最为明显：第一人称变成了第二人称。《眼睛》中表达了我们对亲人的无视的反思：

他老了，所以背佝偻了，理所当然。牙不能咬了，理所当然。脚不能走了，理所当然。突然之间不再说话了，理所当然。你们从他身边走过，陪他吃了一顿饭，扶着他坐下，跟他说'再见'的每一次当下，曾经认真地注视过他吗？③

父亲临终之时，那种紧张又痛苦的心情通过一系列的短促有力的句子排比开来：

他的嘴不能言语，他的眼睛不能传神，他的手不能动弹，他的心跳愈

---

① 龙应台. 目送 [M]. 桂林：广西师范大学出版社，2014：61.
② 龙应台. 目送 [M]. 桂林：广西师范大学出版社，2014：70.
③ 龙应台. 目送 [M]. 桂林：广西师范大学出版社，2014：271.

来愈微弱,他已经失去了所有能够和你感应的密码,但是你天打雷劈地肯定:他心中不舍,他心中留恋,他想触摸、想拥抱、想流泪、想爱……

你告诉自己:注视他,注视他,注视他的离去,因为你要记得他此生此世最后的容貌。①

二、悯:生活不易 生命常青

《目送》从头至尾都弥漫着悲悯情怀,乃至透露出一种超然态度。它是作者对于人生沿途风景的注视。正如作者在代序中所说:"整本书,也就是对时间的无言,对生命的目送。"② 时间让人沉默,而对生命的目送却总让人悲欣交集。

活着就是上路看风景,直至化为风景。要想看风景,就得自己上路。第一辑标题"有些路啊,只能一个人走"别有意味,暗示旅途的孤独与艰辛但却不可替代。《跌倒——寄K》是一篇相当震撼人心的文章。作者有感于一则"国三"学生自杀的新闻,进而审视当下教育之弊:

> 我们拼命地学习如何成功冲刺一百米,但是没有人教过我们:你跌倒时,怎么跌得有尊严;你的膝盖破得血肉模糊时,怎么清洗伤口、怎么包扎;你痛得无法忍受时,用什么样的表情去面对别人;你一头栽下时,怎么治疗内心淌血的创伤,怎么获得心灵深层的平静;心像玻璃一样碎了一地时,怎么收拾?
>
> 谁教过我们,在跌倒时,怎样的勇敢才真正有用?怎样的智慧才能度过?跌倒,怎样可以变成行远的力量?失败,为什么往往是人生的修行?何以跌倒过的人,更深刻、更真诚?③

跌倒,往往是修行的开始。而修行就必然涉及谋生,涉及个体与他者与世界的关系。谋生任何时候都不容易,其艰辛往往难以预料。《手镯》写的是广州一条小商品巷子。琳琅满目,"美得惊心动魄"。然而身处其中的生产者却可能水深火热。一个十六岁的来自自贡的男孩的工作是往手镯镂空的洞里填半粒米大的假钻石。"他左手按着手镯,右手拿着一支笔,笔尖是黏胶。他用笔尖粘起

---

① 龙应台.目送[M].桂林:广西师范大学出版社,2014:276.
② 龙应台.目送[M].桂林:广西师范大学出版社,2014:4.
③ 龙应台.目送[M].桂林:广西师范大学出版社,2014:54.

一粒假钻,将它填进手镯镂空的洞里。手镯的每一朵雕花有五个花瓣,他就填进五粒假钻。洞很小,假钻也很小,眼睛得看得仔细。凳子没有靠背,他的看起来很瘦弱的背,就一直向前驼着。"① 一读之下,这种工作的琐碎和辛劳就让人无比同情。而当我们读到其报酬时就更加感慨谋生不易了。填五粒假钻才一分钱。一万五千粒也才三十块!人世的艰辛,正是生而为人的修炼课。今人如此,古人更如此,尤其是在动荡时代。公元759年冬天,杜甫带着一家老小来到甘肃同谷。天寒地冻,无食充饥。杜甫只得去野外拾取"橡栗",挖"黄独"。② 此情此景,怎不让人悲怆战乱时代知识分子的悲惨命运!

作者的悲悯不仅仅来自人世间,还有对大自然各种生命的感同身受。《寻找》寻找的是那让作者"心悸、难过、不舒服"的杜鹃鸟。作者写道:

在这万仞天谷中,有一只鸟,孤单一只鸟,啼声出奇的洪亮,充满了整个天谷,一声比一声紧迫,一声比一声凄厉。我放下书,仔细听,听得毛骨悚然,听得满腔难受,怎么听,都像一个慌张的孩子在奔走相告:
苦啊!苦啊!苦啊!苦啊!③

《狼来了》反思人类对待"狼"和"鸽子"的截然不同的态度,为狼的存在辩护,因为森林里有了狼,生态平衡就更加健康。

《金黄》的触角不再是动物,而是我们身边的植物族群。"城里的人们对他们完全视若无睹,但他们的数目其实非常庞大,而且不藏身室内,他们在户外,无所不在:马路边,公园里,斜坡上,大海边,山沟旁,公墓中,校园里。但他们又不是四处流窜的民工'盲流',因为他们通常留在定点。"④ 作者用极其传神的笔触为我们描绘了一群"城市里最原始的原住民"——这些花草树木,饱含着赞美之情。让我们感慨,在城市的喧嚣之中,还有如此美妙的风景!

人世之旅,总是匆匆忙忙。然而我们所有的体验都需要时间。我们所能深刻体验的只有我们亲身亲历的风景。而唯有慢下来,才能收获风景,才能体验到"任何一个时刻,任何一个地方,都是安身立命的好时刻,好地方"。⑤

---

① 龙应台. 目送 [M]. 桂林:广西师范大学出版社,2014:154.
② 龙应台. 目送 [M]. 桂林:广西师范大学出版社,2014:146.
③ 龙应台. 目送 [M]. 桂林:广西师范大学出版社,2014:114.
④ 龙应台. 目送 [M]. 桂林:广西师范大学出版社,2014:141.
⑤ 龙应台. 目送 [M]. 桂林:广西师范大学出版社,2014:236.

三、殇：家国情怀 国际视野

中国古人有修齐治平的传统。个体的理想从家到国到天下，一级一级上升。现在看来有些好高骛远，因为几乎没有人能成为"平天下"的人，绝大多数的人都是平凡之辈。但成为一个心怀天下的世界公民还是值得追求，尤其是在一个越来越全球化的时代。

家是爱的港湾，再怎么强调都不为过。然而拥有一个家可能还不足以安顿一个现代人漂泊的灵魂。人生注定要孤独，没有什么能最终让人摆脱孤独，家也不例外。这就是《寒色》一开头引用的诗句"千里江山寒色远，芦花深处泊孤舟"的用意吧。① 尘世之人总是"家"的守望者。作为被人呵护的儿女，父母在的地方，就是家。而终身伴侣两个人在哪里，哪里就是家。孩子在哪里，哪里就是家。"可是这个家，会怎样呢？"作者一而再再而三地问这个问题。文章总体给人"家"的不确定之感。的确，现代社会，一切都在变。但我们也可以换一个角度，正因为孤独无根，寒色中才更加渴望远方那温暖的家，那作为灵魂栖居之所的家。随着年龄的增大，故乡会越来越成为一种精神性的存在，让人魂牵梦绕。《关山难越》《魂归》写的就是作者父亲对故土刻骨铭心的思恋，以及去世后魂归故里的过程。

家国情怀，人所固有。而世界公民意识却并非人人具有。只有那些渴望天下大同的人，才有如此胸襟。该文集的国际视野让人印象深刻。其中对那些战争中遗留下来的地雷（炸弹）给当地人民遭受的灾难的描写，可谓是对世界和平的呼唤。《阿拉伯芥》《四千三百年》《莲花》三篇文章皆是聚焦这一主题，其所反映的问题触目惊心。比如美国为了打越共，便在老挝丢了八千万个"集束弹"。"问题是，百分之十到百分之三十的集束弹不会顿时开炸，而是滚落到森林里，默默躺在草丛里，等候战争结束，等候十年、二十年、三十年后，农民来除草开垦时，或者孩子们闯来追兔子时，突然爆开。"②

【讨论话题】

话题1. 儿童散文的成人性何在？

话题2. 比较一下《等爸爸回家》和《回家》，你觉得哪本书更优秀？

话题3. 结合《市场街最后一站》谈谈儿童散文之于儿童的生活教育意义。

---

① 龙应台. 目送［M］. 桂林：广西师范大学出版社，2014：64.
② 龙应台. 目送［M］. 桂林：广西师范大学出版社，2014：231.

绘本1：施瓦兹著，西德尼·史密斯绘《等爸爸回家》。
绘本2：伍德森著，E. B. 刘易斯绘《回家》。
绘本3：德拉培尼亚著，鲁冰逊绘《市场街最后一站》。

【推荐书目】
丰子恺. 丰子恺散文精选［M］. 杭州：浙江文艺出版社，2021.
郭风. 搭船的鸟［M］. 沈阳：春风文艺出版社，2018.
林海音. 林海音散文［M］. 杭州：浙江文艺出版社，2019.
龙应台. 人生三书（《孩子你慢慢来》《亲爱的安德烈》《目送》）［M］. 桂林：广西师范大学出版社，2014.
王鼎钧. 人生三书（《开放的人生》《人生试金石》《我们现代人》）［M］. 北京：国际文化出版公司，2007.
吴然. 吴然的24堂语文课：散文向你微笑［M］. 武汉：崇文书局，2016.

第六章

儿童戏剧

第十二讲　预演生活：儿童戏剧概要

儿童文学的"理论双璧"中都没有专门论述儿童戏剧。阿扎尔虽然专门论及《彼得潘》，但却没有重视其戏剧性。诺德曼《儿童文学的乐趣》有儿童影视的论述，却没有儿童戏剧的影子。哈克儿童文学教材中没有儿童戏剧，卡罗尔、林奇、布朗等人的儿童文学教材中也没有儿童戏剧。中国的儿童文学教材则普遍对儿童戏剧进行了专门介绍。

一、戏剧性即演示性[①]

作为戏剧本体性的戏剧性（dramaness）究竟何在？或者说戏剧的存在性何在？徐岱先生在《基础诗学》中将"戏剧性"作为一般艺术形态的重要构成内涵，并指出"戏剧性事实上能够对等于故事性"。[②] 戏剧的确也是故事的主要载体，但光有故事还不足以成为戏剧。因为戏剧在艺术形式上要求演员在舞台上将故事演绎出来。更何况有些后戏剧剧场的戏剧根本没有故事。不过，顺着这个思路，可以得到一个启示：在内容上探讨戏剧存在的最小单位。这个最小单位，我认为不是故事，而是事件。因为故事是由一个个事件组成。只要戏剧与空间（舞台）和时间（演出的时长）有关，戏剧的存在就必然离不开事件。特定的空间之中，一段时间范围内，又有观者和演者身在其中，就必然会有事件发生。即便演员什么都没有做，但只要有观众存在，就仍然是一个事件。

布鲁克在《空的空间》的开场两句话很能说明问题："我可以把任何一个空的空间，当作空的舞台。一个人走过空的空间，另一个人看着，这就已经是戏

[①] 张公善. 生活批评：后理论时代的文学批评新范式［M］. 合肥：安徽教育出版社，2022。

[②] 徐岱. 基础诗学［M］. 杭州：浙江大学出版社，2005：147.

了。"① 他在此说的便是最为本体性的戏剧：有观演关系存在（即便演者无意，但只要观者有意观看，就照样存在观演关系），有舞台空间（即便是假想的），有一个整体事件（一个人走过舞台）。戏剧理论家威尔森所谓戏剧"包含观演双方的一次共享的整体性事件"也给了类似的启示，即戏剧之所以存在的最基本要素在于：观演双方，一次共享，整体性事件。其中事件被赋予了关键地位。这个事件是一次性的，是共享的，是演员演给观众看的。

只要有事件存在，就牵涉到事件的叙述问题，即事件是如何叙述出来的。由此，我们必须要找出戏剧、电影以及小说（这三类叙事艺术）在叙事上的各自独特性所在，才能确定真正的戏剧性何在。在此，加拿大叙事学理论家戈德罗的观点很有启示。他将叙事分为三种：书写叙事、舞台叙事及电影叙事。书写叙事的模式是叙述，舞台叙事的模式是演示，而电影叙事是叙述与演示的组合。其中舞台叙事特指"通过人物的演出所传播的叙事"，因而不包括书写的戏剧作品（剧本），因此舞台叙事凭借的是演员的演示。所谓演示（monstration），他说"这一术语可以阐明不是通过叙说人物的经历，而是通过展现人物的活动表现故事这样一种传播的模式"。② 也就是说，故事（小说、剧本）主要是借助于话语叙述来叙事，而戏剧是在舞台上通过演员演示来叙事。不过，戈德罗没有意识到的是，有些戏剧，尤其是后现代剧场的许多戏剧都没有什么事件，而常常表现的是梦幻画面。③ 尽管如此，戈德罗对戏剧的演示性的界定仍然能讲得通。因为在这种没有什么事件发生的后戏剧艺术中，演示本身就是事件。在此意义上，后戏剧剧场不是在演绎事件（故事），而是在制造事件（故事）。只要有事件存在，就必然存在事件的演示。因此，对于后戏剧剧场来说，演示性仍然是本体性要素。

我们将戏剧的存在性（本体性）界定为演示性（monstrationness）。只要戏剧存在，就存在演示性。反之亦然，只要演示性存在，就存在戏剧。演示性暗含三大戏剧要素：演示什么（事件，要么演示一个事件，要么演示本身作为事件），谁在演示及向谁演示（演示者和观者），何处演示（舞台）。

二、儿童戏剧的界定

中国儿童文学教材对儿童戏剧的界定大同小异，都以儿童作为接受对象，

---

① 布鲁克. 空的空间 [M]. 王翀，译. 北京：中国友谊出版公司，2019：3.
② 戈德罗. 从文学到影片：叙事体系 [M]. 北京：商务印书馆，2010：107.
③ 雷曼. 后戏剧剧场 [M]. 李亦男，译. 北京：北京大学出版社，译者序：100.

因而强调儿童的理解能力和欣赏趣味。可以黄云生教材的定义为代表："儿童戏剧是戏剧的一个分支，是专为少年儿童创作演出，适合于少年儿童接受能力和欣赏趣味的戏剧。"① 难道儿童剧就不能写给演给成人看吗？这种将儿童与成人对立起来的观念如今越来越成问题。实际上很多小孩子都是和大人一起看儿童剧的，而且很多经典儿童剧如《青鸟》《马兰花》《宝船》都是老少咸宜各取所需的。因此仅以儿童为接受对象来判断是否属于儿童剧不太理想。个人认为当以内容是否有助于儿童健康成长为标准来作为儿童剧判定标准。

方先义的《儿童戏剧》一书则突出儿童戏剧的表演性，认为："儿童戏剧是以舞台表演为中心，融汇了文学、音乐、美术、舞蹈、建筑等多种艺术成分，并适合儿童接受和欣赏的戏剧。"② 这一界定抓住了戏剧性的核心，即舞台表演，但也没有重视儿童戏剧的舞台表演对于儿童成长的意义。鉴于此，我们认为：儿童戏剧即聚焦儿童生活，且有利用儿童身心健康成长的戏剧。在儿童性的统领之下，狭义儿童剧特指那些聚焦儿童生活或契合儿童天性的戏剧，广义儿童剧泛指一切有益于儿童成长的戏剧。

根据表演形式，儿童戏剧可以分为儿童话剧、儿童歌舞剧、儿童戏曲、儿童木偶剧、儿童皮影戏、儿童哑剧、儿童假面剧、儿童广播剧、课本剧等等。③

欧阳逸冰将儿童剧基本特征归纳为三点：1.儿童剧是属于儿童的，它要表现孩子们的美好愿望，满足孩子们的情感渴求（爱）和审美需求。2.拉起孩子们的手，共同去探索生活的奥秘，发现生活，热爱生活，创造生活。3.应该具有丰富的想象力，让奇思妙想闪烁着儿童戏剧的魅力。④ 上述三大特征适合于所有儿童文学，并没凸显儿童戏剧的戏剧性（演示性），而且就我们对儿童文学基本问题的理解，儿童戏剧也应同时具备儿童性和成人性。

就儿童性来说，儿童戏剧要求游戏性。戏剧即 play。大家在一起玩而已，不过是把地点从现实中移到舞台上而已。现在很多城市有"剧本杀"之类线下室内游戏，可谓是游戏和戏剧的巧妙结合。从本义来看，戏剧是最具儿童性的艺术形式。按照席勒对于游戏意义的说法，只有在游戏中才能成为真正的人。"只有当人是完全意义上的人，他才游戏；只有当人游戏时，他才完全是人。"⑤

---

① 黄云生. 儿童文学教程［M］. 杭州：浙江大学出版社，1996：112.

② 方先义. 儿童戏剧［M］. 北京：中国人民大学出版社，2018：2.

③ 方先义. 儿童戏剧［M］. 北京：中国人民大学出版社，2018：4.

④ 欧阳逸冰. 儿童剧不仅是大猫叫叫小狗跳跳：关于儿童戏剧的若干辨惑［N］. 文艺报，2020-07-06（4）.

⑤ 席勒. 审美教育书简［M］. 冯至，范大灿，译. 北京：北京大学出版社，1985：80.

由此可见，儿童戏剧可谓是最能让儿童成人的艺术，因为他们在游戏中全身心地参与并感受到审美愉悦，尤其是那些由儿童自编自演的儿童戏剧，更是如此。

就成人性来说，儿童戏剧具备预演生活性。没有人永远是长不大的彼得潘。儿童必然长成大人。为此，儿童戏剧理应担当为儿童预演生活的功能，即儿童在戏剧中预先领略未来生活的方方面面风风雨雨。儿童戏剧不仅仅是对现实生活的预演，也是幻想世界或理想生活的预演。儿童戏剧的预演性其实就是其教育性，即在预演中完成对儿童的生活启蒙。

三、儿童戏剧常见问题

鉴于当下儿童越来越沉迷于智能机器，线下一起游戏的时间越来越少，儿童戏剧更应成为各级教育工作者（尤其是学前教育工作者）大力提倡的艺术形式。近年来儿童戏剧也日渐受到公众的广泛重视。中国儿童艺术剧院一年一度的中国儿童戏剧节影响也越来越大。

当前儿童戏剧也有些问题不容忽视。首当其冲的便是过于生硬的教育灌输。不少儿童戏剧沦为思想教育的工具。在这种情况下，儿童的天性，尤其是想象力严重受到阻击施展不开。过于正统的思想教育让孩子们严格按套路行事，生怕说错话做错事。教育儿童无可非议，关键是如何教育。最好的教育当是用故事本身来教育，而不是直接说教。台湾著名儿童戏剧作家王友辉说得好：

> 任何具有丰富情感且对生命具有关怀情操的创作者，其创作的内在动机无不在表达其特定之人生观点。这种观点的阐述，便是所谓的'教育性'，更重要的课题是如何将这些情操和观点隐藏于无形，不以词害意，且能消化在艺术形式中。[1]

我们可以拿柯岩1962年创作的童话诗剧《小熊拔牙》和老舍1960年创作的《宝船》为例。两剧都有明显的教育目的。前者过于刻意，目的就是教育小熊要爱护牙齿，虽不乏戏剧性，但却不能算是好故事。而后者的故事跌宕起伏，蕴含的教育性并不单一，既讽刺好吃懒做，也批判封建专制，又能扬善惩恶。总体而言，前者的教育有灌输之嫌，后者的教育则是潜移默化的引导。

1946年宋庆龄在观看话剧《升官图》后约见导演黄佐临，希望成立专门为

---

[1] 王友辉. 独角马与蝙蝠的对话：剧场童话［M］. 台北：天行国际文化事业有限公司，2001：194.

儿童演出的剧团，她指出："儿童是国家未来的主人，通过戏剧培育下一代，提高他们的素质，给予他们娱乐，点燃他们的想象力，是最有意义的事情。"① 宋庆龄很明显强调戏剧的娱乐和培育想象力的功能。由此，我们理应避免刻意的思想政治教育，加强现实题材的儿童戏剧的趣味性和生活性，尤其要重视幻想类题材，鼓励儿童对经典童话进行改编。培育想象力也可以通过鼓励儿童自编自导来进行，在此过程中成人不应过于干预。

当下儿童戏剧的第二个问题是成人姿态。我们需要召唤儿童成为合格公民的成人性，而非成人姿态。成人姿态表现于创作上，便是儿童戏剧的低幼化，以至于疏远了稍大一些的少年乃至成人观众。1950年宋庆龄在为中国福利基金会儿童剧团演出的儿童剧《小雪花》题词中指出，"它的意义在于帮助我们学习国际主义精神，不但为儿童，同时也为成人"。② 宋庆龄看到了儿童剧对成人的意义。遗憾的是，这种观念并未被后来的儿童剧从业者所重视。2017年，中国儿艺的儿童剧《山羊不吃天堂草》就引发争议：一个十六七岁小伙子进城打工的故事，也能算儿童剧吗？现在公认十八岁成人。十八岁成年之前都是儿童。成人也需要真正的童心，也需要生活智慧，尤其是与儿童相处的智慧。

成人姿态表现于接受层面，就是对儿童戏剧不屑一顾，认为其幼稚可笑。其实优秀的儿童戏剧也必然能给大人以收获。儿童并非独立生活，其周围是大人，是家庭，是社会，是国家，乃至世界。所以儿童戏剧必然折射出儿童之外的成人世界。

当下儿童戏剧的另外一个问题是民族性有余世界性不足。民族性与世界性统一，立根本土又放眼世界的作品稀少。儿童戏剧不仅仅要培养合格的民族栋梁，也要培育合格的世界公民，尤其是在越来越全球化的世界。北京儿童艺术剧院2008—2010年打造的神话舞台剧《西游记》可以作为成功的代表。"《西游记》将戏剧人物性格塑造作为重心，把歌舞、武打、说唱等作为艺术表现形式，同时运用了带有鲜明猴戏色彩的街舞及RAP节奏辅助刻化孙悟空的个性特点，是古典与现代、民族与时尚、哲理与艺术相结合的统一体。"③

---

① 李涵. 中国儿童戏剧史［M］. 北京：中国戏剧出版社，2003：70.
② 李涵. 中国儿童戏剧史［M］. 北京：中国戏剧出版社，2003：82.
③ 方先义. 儿童戏剧［M］. 北京：中国人民大学出版社，2018：185.

第十三讲　寻找幸福的梦之旅：梅特林克《青鸟》赏析

　　梅特林克（1862—1949）是比利时作家、诗人、象征主义戏剧代表人物，1911年荣获诺贝尔文学奖。授奖词称赞"他像变魔术一般把我们平常处于潜伏状态，隐藏在我们内心深处的意念淋漓尽致地表露无遗"。① 其童话剧《阿里亚娜和蓝胡子》（1901）和六幕梦幻剧《青鸟》（1908）可谓世界儿童戏剧的瑰宝。

　　《青鸟》共六幕，从梦境到现实，梦境又按照从过去到未来的时间顺序。第一幕进入梦境，圣诞前夕妖婆现身组建寻鸟队，领队是光明，成员有一对兄妹蒂蒂儿和米蒂尔，有元素（火和水），有食品（面包、牛奶和糖），有小动物（狗和猫），这些成员（除兄妹外）都被拟人化。此外，妖婆还给了蒂蒂儿最重要的一个法宝：带有魔法钻石的小绿帽子。② 扭动钻石，他们就能出生入死，穿越时间，洞悉万物灵魂。第二幕从妖婆宫殿到记忆国，兄妹俩探访死去亲人。第三幕从黑夜之宫到森林之战，寻鸟队遭遇前所未有的干扰和磨难。第四幕从墓地到幸福园。第五幕来到未来王国。最后一幕回归现实。我们可以从四个方面来分析《青鸟》所内含的深刻思想主题。

一、批判人类

　　梅特林克在20世纪之初，就意识到人类文明的一些痼疾，可谓眼光敏锐。第一幕他就借妖婆之口批判人类的盲目。妖婆是这样说的："人哪，真是怪透啦……自从仙女们死了后，他们就什么也看不见啦，而且，自己看不见还不知道……"③ 妖婆所言暗示：自从人类不相信童话，就变得看不清事物的灵魂了，而且还不自知。回首人类进入现代社会的历程，不能不说，科学虽然让我们越来越认识到大自然的一些奥秘，但却难以洞察事物的灵魂。

　　这也就是人类的另一个问题，对奥秘的病态探索。黑夜是奥秘的守护者。从黑夜之口，梅特林克批判了人类的求知欲：

---

① 刘硕良. 诺贝尔文学奖授奖词和获奖言说（1901—2012）（上）[M]. 桂林：漓江出版社，2013：78.
② 中文语境中绿帽子好像不太好听，称人妻子有外遇为戴绿帽子。梅特林克在此让蒂蒂儿戴绿帽子，应该是想与佩罗童话中的"小红帽"相呼应。如果说"小红帽"隐喻脆弱，那么"小绿帽"则象征坚强。
③ 梅特林克. 青鸟[M]. 李玉民，张裕禾，译. 北京：光明日报出版社，2007：14.

> 老天哪，老天哪！我们生活的是什么世道啊！我连一分钟的安宁都没有……这几年，我对人简直不理解——他到底要干什么呢？……难道他就应该认识一切吗？……我的奥秘，三成有一成被他攫取走了。我的所有那些恐惧，一个个都心惊胆战，再也不敢出门了。我的那些幽灵全逃之夭夭；我的那些病魔，大部分身体也不好了……①

人类可谓不折不扣的探索奥秘狂。尼采曾经批评人类的求知欲，呼唤"控制知识冲动！加强道德和美学本能！"。尼采说："知识为人类展开了一条美妙的穷途末路。"② 求知欲说白了是一种征服欲和控制欲。在森林之战中，蒂蒂儿被视为人类的代表，遭到橡树的审判。橡木说得铿锵有力："我毫不隐讳，我的心情激动得很，同时也很难过。由我们来审判人，让他感到我们的力量，这还是第一遭。他残害我们，待我们不公正到了令人发指的程度，所以我认为，对应给他的判决，不存在丝毫的疑问……"③

对人类中心主义的质疑和批判，是西方现代哲学的一大主题。海德格尔可做代表。让物作为物而存在，人是四元（天地神人）之一元，人与万物共在，这是海德格尔存在观的独特之处。④ 梅特林克与海德格尔不谋而合，在批判人类中心主义的同时，也在呼唤人与万物和谐共在。

二、成长装备

蒂蒂儿兄妹在梦中寻找青鸟的旅程也是他们成长的一个里程碑。在此过程中，梅特林克特别强调了两样法宝，可谓儿童成长的必备装备。

第一个法宝是钻石。源于远古时代的童话中往往都有具有魔法的物件，诸如仙杖、七里靴等等。这些宝物的神奇力量令人向往，尤其令儿童痴迷。《青鸟》中的钻石即象征着儿童内心的魔法渴望。蒂蒂儿兄妹正是拥有钻石，才如此勇敢，深入黑暗之国，打开"命运"之门，迎接旅程中一次次难以预料的磨难。每一次危急关头，也都是钻石化险为夷。然而，不能不说，魔法也只有在梦中才能发挥作用。一旦回到现实，魔法就失灵了。魔法的消失意味着长大。可以说，长大的代价就是魔法消失，人不再依靠魔法生活。这就是蒂蒂儿在回

---

① 梅特林克. 青鸟 [M]. 李玉民，张裕禾，译. 北京：光明日报出版社，2007：38.
② 尼采. 哲学与真理 [M]. 田立年，译. 上海：上海社会科学院出版社，1993：66.
③ 梅特林克. 青鸟 [M]. 李玉民，张裕禾，译. 北京：光明日报出版社，2007：56.
④ 张公善. 批判与救赎：从存在美论到生活诗学 [M]. 合肥：安徽人民出版社，2006：159.

归现实后的重大发现："咦，钻石不见啦！谁把我的小绿帽子拿走啦？拿走就拿走吧！我也用不着了。"① 当魔法消失，现实的梦幻色彩旋即消失。

第二个法宝是光明。妖婆送寻鸟队上路时说："时间到了，该上路了。我刚才做出决定，由光明当你们的头领。你们大伙都要听她的，就像服从我一样。我把魔棍交给她……"② 妖婆让光明作为寻鸟队的领队，意味深长。只要我们一路有光明相伴，就会永不气馁，就不怕黑暗和深渊。在森林之战中，蒂蒂儿一行被树木和动物的灵魂团团围住，直到光明前来指点，蒂蒂儿扭动钻石才得以突围。光明告诫蒂蒂儿："我不是对你说得明明白白，在我不在的时候，把他们唤醒了有危险……"③ 光明此语也暗示一个道理：内心没有光明而去探索事物的奥秘，可能会坠入深渊（黑暗）的危险。这不就是科学作为双刃剑的启示吗？科学如果没有一种"光明"（智慧）指引，就很可能让人类坠入深渊。罗素说得好："科学文明若要成为一种好的文明，则知识的增加还应当伴随着智慧的增加。我所说的智慧，指的是对人生目的的正确认识。这是科学本身所无法提供的一种东西。"④

光明照亮现实，光明即去蔽，即真理。妖婆让光明拥有"魔杖"，也意味着光明具备魔法。光明就是现实之中的魔法。当我们从梦境进入现实，当梦境中的钻石魔法失效，现实中的光明依然有用。正如光明和寻鸟队分别时对蒂蒂儿说的："我守护着人，一直到岁月终止为止……每束撒下的月光、每颗微笑的星辰、每天升起的曙光、每盏点燃的油灯、你心灵里每个善良清楚的念头，要记住那全是我在同你们讲话……"⑤

三、幸福之思

《青鸟》的核心是对幸福的追寻和反思。妖婆之所以要组建寻鸟队，就是因为她要把青鸟送给生病的孙女。当蒂蒂儿问她孙女怎么啦时，妖婆答道："谁也说不准，她可能要生活得幸福吧……"⑥ 妖婆此话实际上是梅特林克借梦在道说人性的普遍向往。第四幕第九场专门演绎寻鸟队在幸福园的所见所闻。戏剧家对于幸福的思考在此可见一斑。世上有两种幸福，一种是怕钻石光芒的幸福，

---

① 梅特林克. 青鸟 [M]. 李玉民，张裕禾，译. 北京：光明日报出版社，2007：109.
② 梅特林克. 青鸟 [M]. 李玉民，张裕禾，译. 北京：光明日报出版社，2007：25.
③ 梅特林克. 青鸟 [M]. 李玉民，张裕禾，译. 北京：光明日报出版社，2007：62.
④ 罗素. 罗素思想小品 [M]. 庄敏，江涛编. 上海：上海社会科学院出版社，1996：253.
⑤ 梅特林克. 青鸟 [M]. 李玉民，张裕禾，译. 北京：光明日报出版社，2007：103.
⑥ 梅特林克. 青鸟 [M]. 李玉民，张裕禾，译. 北京：光明日报出版社，2007：12.

一种是不怕钻石光芒的幸福。前一种幸福可谓伪幸福，以那些胖幸福为代表。这些沉湎于吃喝玩乐的胖幸福们，在钻石光芒下逐渐原形毕露：

> 随着光线渐渐明亮，肥胖幸福们的锦绣华服、桂冠，以及可笑的面具全部脱落，碎成破布，掉在呆若木鸡的客人脚下。肥胖幸福们像泄了气的皮球，眼看着瘪了下去。他们面面相觑，在陌生光线的刺激下直眨眼皮。他们终于看清了自己的真正面目：赤裸着身，丑陋，干瘪，一副可怜相。①

另一类不怕钻石光芒的幸福，比人们想象的要多得多，只是大部分人却根本发现不了，比如那些"小幸福（婴儿幸福）"，还有各种"家庭幸福"，如身体健康幸福、新鲜空气幸福、爱戴父母幸福、蓝天幸福、出太阳时的幸福、森林幸福、春天幸福、落日幸福、观看星星幸福、下雨幸福、冬天炉火幸福，还有赤脚趟露水的幸福，等等，最好的家庭幸福是思想纯洁幸福。最大的幸福是什么呢？是无限欢乐团队，成员有：公正是欢乐、善良是欢乐、完成工作是欢乐、思想是欢乐、欣赏美是欢乐、爱是无限欢乐、无与伦比的母爱欢乐，等等。其中对母爱的描述最让人心动。当蒂蒂儿问母爱是欢乐的裙子是用什么做的，母爱回答："是用你们的亲吻、眼神和柔情做成的。你们每亲吻一下，就给这条裙子增添一缕月光或者日光。"母爱又说：

> 凡是喜爱自己孩子的母亲，全都是富有的，没有穷苦的，没有长得丑的，也没有老的……她们的爱，永远是最美好的欢乐。当她们神情悲伤的时候，她们只要得到孩子的一个亲吻，或者吻孩子一下，她们的全部泪珠在她们的眼睛深处就变成星星……②

尽管各种真幸福非常幸福，但她们也有弊端。这正是无限欢乐见到光明时异口同声说的："我们非常幸福，但是，我们看不见我们自身以外的……"③

幸福之外是什么呢？各种欢乐、幸福聚集在乐园里。"要知道痛苦就住在旁边的洞穴里，与乐园紧挨着，中间只隔着一道雾障或者纱幕。正义从天上吹来的风，或者永恒从地下吹来的风，每时每刻都掀起这道屏幕。"④ 这是蒂蒂儿在

---

① 梅特林克. 青鸟［M］. 李玉民，张裕禾，译. 北京：光明日报出版社，2007：74.
② 梅特林克. 青鸟［M］. 李玉民，张裕禾，译. 北京：光明日报出版社，2007：81.
③ 梅特林克. 青鸟［M］. 李玉民，张裕禾，译. 北京：光明日报出版社，2007：83.
④ 梅特林克. 青鸟［M］. 李玉民，张裕禾，译. 北京：光明日报出版社，2007：68.

乐园门口，光明对他说的一段话。梅特林克无疑在暗示：苦乐相伴，比幸福更重要的是正义和永恒。

幸福的密码究竟何在？蒂蒂儿在梦中寻找青鸟而不得，回到现实忽然发现原来就在身边，同时他也忽然发现了鸟的变化："咦！咦！鸟是蓝色的！那不是我们斑鸠吗！……可是它比我们走的时候蓝多啦！这不正是我们寻找的青鸟吗！我们跑出去老远老远，它却在这儿！嘿！真是妙极了！"① 这只斑鸠，当初蒂蒂儿不愿送给邻居孙女，可是自己"也并不当回事儿，连看都不看一眼"。② 经历了梦之旅的蒂蒂儿却主动将鸟送给邻居。可见，回到现实的蒂蒂儿彻底变成了另一个人，拥有了一双善于发现美的眼睛，身边的一切都散发出美好的光芒。他由衷地不断感慨："天哪，我多幸福，多幸福，多幸福哇！"③ 幸福的密码就藏在心态之中。心态决定视界，心态转变，视界也变。

四、青鸟何为

青鸟到底象征着什么呢？绝大多数的人都会认为青鸟象征着幸福。如果青鸟象征幸福，那么蒂蒂儿兄妹梦中并没有找到青鸟，而现实中发现的"青鸟"其实是斑鸠，这该如何理解呢？梅特林克是不是在告诉我们：幸福并不存在于梦中，幸福只能存在于现实？

一开始蒂蒂儿拥有斑鸠，可并不怎么珍惜。邻居女孩非常喜欢，可是蒂蒂儿又不给。当蒂蒂儿将斑鸠送给她时，她变得像个"小天使"。如果说青鸟象征幸福，对于这个小姑娘而言，的确如此。那么对于蒂蒂儿呢，让他幸福的"青鸟"又是什么呢？

梅特林克早已在蒂蒂儿兄妹的梦之旅中暗示了答案。每个人都有自己的青鸟。别人的青鸟不一定适合你。这就是为什么他们抓到的青鸟不是变色就是死去的最大原因。

橡树对蒂蒂儿说过这样的话："我知道，你来寻找青鸟，也就是说，寻找事物和幸福的大秘密，好让人更加残酷地奴役我们……"④ 结合前文梅特林克对人类的批判审视，与其说青鸟象征幸福，不如说象征守护幸福者。与其说青鸟是守护幸福者，不如说青鸟是守护万事万物的奥秘者。幸福没有固有密码，或者说幸福的密码即对幸福的寻找。戏剧结尾，斑鸠从小姑娘手中飞跑。蒂蒂儿

---

① 梅特林克. 青鸟 [M]. 李玉民，张裕禾，译. 北京：光明日报出版社，2007：108.
② 梅特林克. 青鸟 [M]. 李玉民，张裕禾，译. 北京：光明日报出版社，2007：108.
③ 梅特林克. 青鸟 [M]. 李玉民，张裕禾，译. 北京：光明日报出版社，2007：109.
④ 梅特林克. 青鸟 [M]. 李玉民，张裕禾，译. 北京：光明日报出版社，2007：53.

对观众说的一席话颇有意味："如果有哪位找到了那只鸟，请把鸟还给我们好吗？为了我们今后的幸福，我们需要青鸟。"①

一旦我们自以为拥有幸福，幸福就可能会逃逸。因为幸福永远需要我们不断追寻。

【讨论话题】

话题：儿童文学（绘本）与戏剧性。

绘本：艾斯 文/绘《在森林里》。

理论：大卫·伍德，珍尼特·格兰特著《儿童戏剧：原创、改编、导演和表演手册》（1997）。

【推荐书目】

理论类：

伍德，格兰特. 儿童戏剧：原创、改编、导演和表演手册［M］. 马亚琼，译. 北京：外语教学与研究出版社，2022.

温斯顿，坦迪. 开始戏剧：4～11岁儿童戏剧指南［M］. 范晓虹，译. 北京：外语教学与研究出版社，2020.

方先义. 儿童戏剧［M］. 北京：中国人民大学出版社，2018.

李涵. 中国儿童戏剧史［M］. 北京：中国戏剧出版社，2003.

林玫君. 儿童戏剧教育概论［M］. 上海：复旦大学出版社，2019.

作品类：

曾西霸. 粉墨人生：儿童文学戏剧选集1988—1998［M］. 台北：幼狮，2000.

雷丽平. 中国优秀儿童戏剧赏析［M］. 北京：中国戏剧出版社，2021.

张美妮，等. 中国幼儿文学集成：戏剧编［M］. 重庆：重庆出版社，1991.

---

① 梅特林克. 青鸟［M］. 李玉民，张裕禾，译. 北京：光明日报出版社，2007：110.

第七章

传统儿童文学

第十四讲 远古生活化石：传统儿童文学概要

现行中国儿童文学教材几乎不提"传统儿童文学"，而外国流行儿童文学教材普遍设立专章予以介绍。为与国际接轨，我们有必要借助他山之石。传统文学某种意义上就是民间文学，脱胎于口述时代。"在民间文学中，我们拥有绝大多数的古代故事和一份无价的文学和文化遗产，它们将我们和作为思想者（Thinking Beings）的祖先联系起来。"[1] 一个民族的传统文学，便是该民族的远古生活化石。

一、传统儿童文学的界定

传统文学即人类最初的民间文学，都是口口相传。性爱描写，在传统文学中非常常见。我们知道，性一直以来都是儿童文学的禁忌。然而，儿童并不是生活在真空之中，成人世界发生的一切，也是儿童未来生活的预演。性爱是人类区别于动物的一大特征。动物靠性本能繁衍后代。而性对于人类不仅仅是传宗接代，更是传达爱的方式。不可否认，传统文学中有不少性爱描写，但是这些描写并非都不可以接受。我们来举一个例子。写在12块泥版上的《吉尔加美什史诗》，比《荷马史诗》还要早六七个世纪，可谓人类史诗滥觞。第1块泥版里面就有妓女莎姆哈特和恩启都的性爱描写：

> 莎姆哈特脱裙解衣，/她裸露身体，他开始享用她的魅力。/她没有产生恐惧，她接受了他的呼吸。/她铺好自己的衣裳，他伏卧她的身体。/对他这个野人，她使出了女人的拿手戏。/他的男性魅力，使他身悦心愉。/

---

[1] LYNCH-BROWN, TOMLINSON, SHORT. Essentials of Children's Literature (7th ed.) [M]. Boston: Pearson Education, 2005: 115.

整整六天七夜，恩启都与莎姆哈特尽享了做爱的乐趣。①

此处，恩启都与莎姆哈特的结合，正是恩启都从野人状态转变成为文明人的过渡。如果我们因为这几行性爱描写，就禁止儿童阅读该史诗，并不可取。《吉尔加美什》作为人类历史上第一部长篇史诗，有其独特价值，正如译者拱玉书所言：它"情节连贯而跌宕起伏，人物性格鲜明生动，语言朴实优美，更有现世与冥世通联，人与神直接对话，想象丰富，哲理深刻，不仅是美索不达米亚文学史上的瑰宝，也是世界文学史上的璀璨明珠"②。

对于具有世界声誉的传统文学作品，诸如《吉尔伽美什史诗》《荷马史诗》《五卷书》，虽然有性爱描写，但仍然值得向儿童读者推荐，因为这些描写篇幅极小，所可能产生的"副作用"与其带来的收获相比，可以忽略不计。但如果传统文学中过于渲染性事，就不适合儿童阅读了。在此意义上，传统儿童文学可能要略小于传统文学，用来特指那些早先口头讲述后来被文人记录下来的适合儿童阅读的文学形式。

二、传统儿童文学的特征

林奇-布朗等人总结了传统文学的一些共性，它们是：短小精悍；聚焦行动；人物性格单一；淡化背景；风格模式化（开端、结尾、母题、重复）；主题大都涉及善恶之争、意志力以及对世界的解释；结尾大都美好；等等。③ 我们在此则强调传统儿童文学如下三大鲜明特色：民族性、民间性以及故事性。

民族性：每个民族都有自己的关于开天辟地的神话，都有关于本民族始祖的传说，都有本民族特有的思维方式和叙事模式。这种民族性诞生于各民族的远古时期，可谓各个民族的胎印。

民间性：由于这些文学形式最初都是民间艺人口口相传，所以往往呈现出明显的民间性。为弱者发声，反抗强权暴政，坚韧不拔的顽强精神，追求幸福美好的生活，等等，都是民间性的体现。

故事性：口头讲述最讲究故事性了。讲述吸引不了人，听众就会跑。因此传统民间口述文学都讲究生动形象，故事情节跌宕起伏，少有枯燥无味的冗长

---

① 吉尔伽美什史诗 [M]. 拱玉书，译. 北京：北京：商务印书馆，2020：16.
② 吉尔伽美什史诗 [M]. 拱玉书，译. 北京：商务印书馆，2020：导论2.
③ LYNCH-BROWN, TOMLINSON, SHORT. Essentials of Children's Literature (7th ed.) [M]. Boston: Pearson Education, 2005: 115.

叙述，而且还往往带有表演成分。

三、传统儿童文学分类

传统儿童文学的分类，各家大同小异。林奇—布朗等人的儿童文学教材将传统文学分为六大类：神话（Myths）、史诗（Epics）、传说和吹牛故事（Legends and Tall Tales）、民间故事（Folktales）、寓言（Fables）和宗教故事（Religious Stories）。哈克儿童文学则分为五大类：民间故事、寓言、神话、史诗和英雄传说、圣经故事。五分法将史诗和传说合并，有一定道理，因为史诗中有很多传说的成分。神话与传说常常也彼此交融。神话重于神迹，主要讲宇宙万物如何诞生。传说侧重人，比如尧舜禹的传说。王侯将相的传说，往往因其神化而带有神话气息。此外，民间故事与童话（Fairy Tales）也往往难解难分。童话侧重于仙女类幻想故事。民间故事则侧重写实类的口传故事。中国没有本土宗教传统，宗教故事在中国也并不发达，鉴于此，我们将宗教故事排除在传统儿童文学之外。从典型性（经典性）考虑，我们将传统儿童文学宽泛地分为四大类：史诗、神话、童话、寓言。之所以不单列传说和民间故事，因为它们往往与史诗、神话和童话纠缠在一起。

（一）史诗：民族文化基因的载体

古老文明的发源地往往都有史诗产生，它们可谓是各民族文化基因的载体，如古巴比伦的《吉尔伽美什史诗》，古希腊的《荷马史诗》，古印度的《摩诃婆罗多》《罗摩衍那》。中国汉民族没有诞生史诗，但少数民族却贡献了三大英雄史诗，分别是藏民族《格萨尔》，蒙古族《江格尔》以及柯尔克孜族《玛纳斯》。

《荷马史诗》承载着西方文明的基因，其中之一便是出征，向外拓展征服异域。这种精神就逐渐演化为求新求变求进步与发展。从启蒙运动到工业革命，西方文明引领人类快步发展。同时，人类也沉陷发展泥沼不能自拔。美国哲学家伯曼就曾对人类社会的"发展冲动"提出批评。弗雷泽的小说《十三月》便是意在呼唤一种新的发展模式。[①]

印度史诗《摩诃婆罗多》可作为东方文明基因的载体。有印度现代学者认为《摩诃婆罗多》内含印度民族的"集体无意识"，可谓"印度的灵魂"。中文译者黄宝生认为"《摩诃婆罗多》是一部警世之作。它凝聚着沉重的历史经验，饱含印度古代有识之士们对人类生存困境的深刻洞察"。古印度有识之士认为

[①] 张公善. 小说与生活：探索一种小说教育学［M］. 北京：北京大学出版社，2016：73.

"正法、利益、爱欲和解脱"为人生四大目的。他们肯定人类对利益和爱欲的追求，但应符合正法，而人生的最终目的是追求解脱。① 其实不仅印度，中国古人在承认现世生活的价值的同时也追求解脱与永恒。

（二）神话：人类存在的终极之问

万事万物何所来？何以是其所是？这便是神话追问并解答的问题。施瓦布《古希腊神话传说》，袁珂《中国神话传说》，琼斯、莫里努《美洲神话》，等等，无不如此。神话是对存在尤其是人类存在的终极追问与解答。心理学家卡斯特说："神话以象征语言表现人类的存在问题。"② 与神话相比，童话的象征则更多地击中了"个人的存在问题"。③ 一言以蔽之，童话将个体置于更大的集体（人类）背景下来审视，而神话则将人类与更广泛的存在联系起来。

神话主要讲的是神的事迹，包括开天辟地，创造万物等。在神话的世界里，山川河海、花草虫鱼，乃至爱恨情仇，万事万物都可能有其主神。所以神话往往就是各种各样的神之间恩恩怨怨的故事。这些天上的神又往往与地上的人纠缠不清，所以神话中大地上的人与人之间的关系总能牵连出天上诸神之间的关系。拿古希腊神话来说，特洛伊与希腊人之间的战争其实是他们背后的诸神之间的战争。人不过是神的棋子。人的凶吉生死早已由神决定。神其实可以被理解成各种原型形象。这也就是荣格的高见。由此，神话也可谓另类"人话"，即"原型故事"。这就是为什么说神话深刻地揭示了人类存在的普遍境遇的道理。

神话也并非与个体无关。神话作为人类最古老的幻想文学，可谓远古人类对世界起源的创构性幻想。用坎贝尔的话说："神话中英雄历险之旅的标准道路是成长仪式准则的放大，即启程—启蒙—归来。"④ 这也是全世界神话所共有的一个核心模式。可见，虽然古老，但神话仍然能给予现代人生活的智慧。个人生命如想活成"神话"，也当按此模式砥砺前行。

（三）寓言：为人处世的行动指南

寓言（fable）是较为古老的一种文学形式。现在常说的世界三大寓言是古希腊的《伊索寓言》，法国拉封丹的《拉封丹寓言》，俄国克雷洛夫的《克雷洛夫寓言》。其实中国也是寓言大国。散落在古代典籍中的寓言数不胜数。西方还有一种寓言英文叫 parable ，主要指圣经中的寓言。无论哪种寓言，都是意在教

---

① 黄宝生. 我做梦都在翻译《摩诃婆罗多》[N]. 新京报，2006-01-27.
② 卡斯特. 童话的心理分析 [M]. 林敏雅，译. 北京：三联书店，2011：3.
③ 卡斯特. 童话的心理分析 [M]. 林敏雅，译. 北京：三联书店，2011：200.
④ 坎贝尔. 千面英雄 [M]. 黄珏苹，译. 杭州：浙江人民出版社，2016：23.

育驯化人，只不过前者更世俗化，后者则带宗教色彩。

　　某种意义上，寓言可以充当人生导师的角色，告诉我们什么该做什么不该做。也许正因为寓言富有人生智慧，诺奖诗人格丽克对之颇为青睐，写过十几首标题为寓言的诗。不过也有人不喜欢寓言，因为寓言皆有寓意。歌德曾经比较了寓意和象征，认为寓意过于封闭而单调，象征则开放而内涵丰富。① 其实歌德不太满意的是那种过于直接而简单化的寓意，缺少回味的空间。格丽克的寓言诗就非常有意味，其中的寓意也得靠感悟，可以说她将寓言诗推到了一个新高度。不管怎样，寓言非常适合人之初的青少年阅读，可以协助他们认识自己（理解人性），辨识他人，最主要的是要摒弃假恶丑，永远记着带上美好品质上路。

　　（四）童话：个体生存危机的突围表演

　　童话是"在现实生活的基础上，用符合儿童的想象力和奇特的情节编织成的一种富有幻想色彩的故事"。② 童话在英语中叫 Fairy Tale（直译为妖精故事或仙女故事）。中文"童话"一词源于日本。第一次出现是1909年孙毓修主编的《童话》丛书。

　　相对于神话，童话更侧重于个体的生存困境。各式各样的小人物或拟人化的小东西，遭遇到各自的生存危机，备受折磨，最终在仙女或某种法宝的帮助下，突出重围，柳暗花明，从此过上美好生活。最初的民间童话一般都是这样，个人努力加上仙女或法宝相助，才能成功突破生存危机。童话最初就是仙女加魔法故事。佩罗的《鹅妈妈故事》，格林兄弟的《格林童话》，阿法纳西耶夫的《俄罗斯童话》，罗大里的《意大利童话》，等等，都保存着民间童话的风味。后来的文人自创童话（像《丑小鸭》《海的女儿》）就越来越突显个体的决定力量而忽略魔法的力量。这其实是个体觉醒的标志，也意味着现代人的诞生。

　　民间童话带有蛮荒时代（《丛林法则》）的印迹，不时有血腥暴力（《蓝胡子》《小红帽》），乃至为了生存而不择手段（《穿靴子的猫》）。民间童话正因为具有蛮荒性，往往更深刻更普遍，也更具解读空间，因为它也往往反映了人的深层"集体无意识"。不少心理学家如瑞典的维蕾娜·卡斯特和日本的河合隼雄等人都曾借助童话来做心理分析，不能不说很高明。总之，童话的核心目标就是个体的美好生活。看童话不光是看结果，而是要看个体在这个过程中的表现。那些魔法都应当解读成上天对童话主角美好品质的奖赏。

---

①　卢卡奇. 审美特性 [M]. 徐恒醇, 译. 北京：社会科学文献出版社，2015：1118.
②　蒋风. 新编儿童文学教程 [M]. 杭州：浙江大学出版社，2013：119.

第十五讲　神话即人话：古希腊神话与传说赏析

通往未来的道路有无数条，但经过当下的门槛只有一个。曾经有无数条道路最终都归结到当下一个路口，因为从无限多一下变成唯一，所以当我们回首来路很可能会有"命中注定"之感。不仅如此，如何跨越当下门槛进入未来，我们也往往身不由己，偶然性总是趁机捣乱，让你改变未来方向。古希腊神话中的人终其一生走的都是神早已为之规划的一条道路。而现实中的我们从生到死也是一条道。人生之旅从来就是不可逆的单行道。如果把"神"理解成不可控因素的化身，那么我们便可以从古希腊神话中读出更多的人情世故，乃至为人处世的大道。

说神话是人话，主要基于荣格的观点。他认为人心中的集体潜意识来自"远古遗迹"，他称之为"原型"或"原始意象"。原型是"一种人类心灵遗传而来的、以构成神话主题之表象的倾向，这些表象尽管变幻多端却并不丧失其基本模式"。[1] 如果我们宽泛地将"原型"理解成一种母本形式，那么可以从古希腊神话中读出三种母本形式。

一、众生群像

希腊神话传说源源不断地滋润着西方文明。希腊神话中的神，长生不死，能变身，能预见未来，来无影去无踪。神之外还有三种人：一种是半人半神（如阿喀琉斯），大都是神同凡人所生之子，他们介于神与人之间，有特异才能，但也不可避免死亡命运；第二类是凡人，肉体凡胎，必将死亡；还有一类是预言家（如卡珊德拉），他们是一些能通神的人，能接收神谕，预见未来。所有神及人的命运都掌控在宙斯手里，他决定着每一个人的命运。宙斯作为万神统领并没有带好头，既乱伦又泛情。娶了亲妹赫拉不说，又同很多女人（既有仙女又有凡女）生了一大堆孩子。特洛伊战争其实就是宙斯子女之间恩怨的体现。不过宙斯总体来说坚持了正道，让敬神的人得到好报，让爱与和平最终统治世界。

大千世界，芸芸众生，和而不同。希腊神话中的人物也是如此。可以说，其中的每一个人物都可作原型，在后来的文明中拥有无数"后代"。

---

[1] 荣格. 象征生活[M]. 储昭华，王世鹏，译. 北京：国际文化出版公司，2011：179.

首先来看看两对平凡而伟大的夫妻。宙斯发动的大洪水中只有一对夫妻幸免于难，因为他俩比其他任何人都正直和敬神，这就是普罗米修斯的儿子丢卡利翁及其妻皮拉。当他俩发现大地上只有他们两个人，无比伤心。他们跪求忒弥斯女神让他们重新造出已经毁灭的种族。受女神指引，他们通过抛石头又创造了人类。这也暗示人类的"石头命"，即坚强地勤苦劳作。① 还有一对夫妻也与大洪水有关。宙斯带着儿子赫尔墨斯考察人类的友好程度。他们发现所有的居民都很自私粗暴。只有菲勒蒙和包咯斯善良真诚敬神。这对夫妻虽然贫穷，但却相亲相爱。在宙斯的庇佑下，他们得以逃过灭顶之灾。宙斯还让他们死后变成橡树和菩提树，永远相守在一起。②

再来看两个超凡之人。盗火者普罗米修斯。他是被宙斯废黜的老一代神明的后裔。他用泥土制造人类。他从天庭盗取火种赐予人类，并教会人类生产生活的所有技能。后被宙斯惩罚，被缚高加索山，每天都有鹰来啄食他的肝脏。他是为人类服务不惜牺牲自己的原型。平凡人如何一步步通过磨难最终升入天界成为神灵呢？天赋是必要的，更重要的是忍受常人所无法忍受的磨难，乃至疯狂。常人不可能之事，才能造就非凡之人。这就是超凡入圣者赫拉克勒斯给予我们的启示。

敬神者无一例外最终功德圆满。蔑神者就没这么幸运了，都会得到神的惩罚，比如坦塔罗斯和西绪弗斯。前者还是宙斯的一个肉体凡胎的儿子，因为爱虚荣而蔑视神的尊严乃至无恶不作，最终被打入地狱，永远遭受焦渴、饥饿和恐惧的折磨。西西弗斯因为告了宙斯的密，而被罚在地狱里永远推石头上山。

希腊神话中还有很多命运抗争者。他们往往一生下来就被赋予一种命运。他们的抗争无一例外皆以失败告终，但这不是他们的错。他们的抗争却自有一种感人力量。比如杀父娶母的俄狄浦斯。俄狄浦斯一生下来被告知这个孩子将来会杀父娶母。于是亲生父母让人将其抛到荒山中去。可是执行命令的牧人把他交给了另外一个牧人。后来俄狄浦斯被这位牧人所在国的国王收养。长大后的俄狄浦斯从阿波罗那里得知罩在自己身上的不详神谕，他便离开了家，因为他不愿伤害他的父母。当他踏上离开养父母家的路途，他其实就开始在反抗自己的命运了。弗洛伊德从俄狄浦斯身上发现了所谓的"恋母情结"。我们倾向于将俄狄浦斯视作反抗命运者。他同时也是救赎者，因为当得知犯下乱伦之罪后，自己刺瞎了眼睛，并把自己放逐到亲生父母当初打算扔掉他的深山。

---

① 施瓦布. 古希腊神话与传说［M］. 高中甫，等译. 北京：商务印书馆，2019：11.
② 施瓦布. 古希腊神话与传说［M］. 高中甫，等译. 北京：商务印书馆，2019：36.

希腊神话中许多痴情者让人动容。迦太基女王狄多娜备尝人世艰辛，在埃涅阿斯到来之后度过了一段美满幸福的时光。埃涅阿斯被神召唤离开后，狄多娜殉情而死。美狄亚全身心跟着伊阿宋，竟遭背叛，爱极生恨，疯狂报复这个始乱终弃者，成了复仇者。忠贞之妻珀涅罗珀，在丈夫俄底修斯参加特洛伊战争期间，面对众多追求者，守身如玉。还有痴爱者俄尔甫斯。他深爱自己的短命妻子水神欧律狄刻，决定下到地狱请求冥王把爱妻还给他。冥后被他的倾诉感动，答应了他的请求，只是告诫他走出地狱之前不准回头看欧律狄刻。可惜俄尔甫斯忍不住回头看了一眼，欧律狄刻重新跌入深渊。从此俄尔甫斯变成了一个蔑视女性者，最终被酒神的狂女砸死。

自不量力者往往都是幻想者，如玩火自焚者法厄同，想和阿波罗比赛音乐的山神潘。不过也有梦想成真的人，欧罗巴就是一个。不管怎样，在现实中保持清醒总是生存之道。希腊神话中最清醒的人是一些预言家，比如卡珊德拉。而最有智慧的清醒者可能要数俄底修斯。

品行不端者在希腊神话中也是比比皆是。宙斯创造的潘多拉是害人精。始乱终弃者伊阿宋，寻找金羊毛过程中，幸得美狄亚协助，后者甚至不惜背叛父王杀死兄弟，可伊阿宋却又抛弃诺言，移情别恋。还有人品不如艺品的代达罗斯。等等。

希腊神话中除了人物形象可作为原型来看待，还有众多的其他物象原型，它们也都成了象征意象，丰富了人类的精神世界，诸如：斯芬克斯之谜、潘多拉的盒子、阿里阿德涅迷宫之线、阿喀琉斯之踵、金羊毛、金苹果等等。

二、人性图谱

荣格认为人有两种心理倾向，即外倾型和内倾型，有四种心理功能，即思维、情感、感觉和直觉。不同的心态与心理功能便会组合成不同心理类型。荣格区分了八种心理类型。[①] 内倾和外倾的心态，很容易辨识，"前者受到主观因素的限制，而后者却普遍地对客体和客观事件定向"。[②] 不过四种心理功能之间也有相互纠缠之嫌。他把思维和情感归属于理性，把感觉和直觉归属于非理性，就有些牵强，因为情感往往表现为非理性，而直觉往往又表现为理性。感觉和直觉之间有时也难解难分。因此，我倾向康德所区分的三种心理功能：知（以真为目标），情（以美为目标），意（以善为目标）。这样，就有六种基本心理

---

① 荣格. 心理类型［M］. 徐志晶, 译. 北京：中国水利水电出版社，2022：259.
② 荣格. 心理类型［M］. 徐志晶, 译. 北京：中国水利水电出版社，2022：317.

类型，也可谓六种性格类型。知觉型属求知派，重逻辑推理，有好奇心及质疑精神。情感型属审美派，对万事万物持鉴赏态度。意志型属行动派，强烈地实践内心的某种意愿。相对而言，外倾的人客观圆滑，遇事较理智。内倾的人过于主观偏执，有非理性冲动。一个人往往同时具备几种心理类型特征，但主导心理类型可能只有一个。

外向知觉型：即荣格所说的外向思维型。所谓思维类型就是个体的"一切重要行动都产生于理智的思考动机或是存在一种与这种动机相一致的倾向"。[1] 外向思维型的人经常性的目的是"使理智的结论与他整个的生命活动发生联系，最终这些理论都定向于客观事件，而不论这些理论指的是普遍有效的理念还是客观事实"。[2] 俄底修斯可能是希腊神话中最能代表外向知觉型的人。他总是能察言观色相时而动，总是能利用外在环境的优势让自己在行动中获益。在特洛伊战争中，他策划木马计攻陷了特洛伊。[3] 他历经千辛万苦千方百计地回到伊塔刻，和儿子忒勒马科斯一起，精心策划，将那些纠缠珀涅罗珀的人一网打尽。那些具有质疑精神的清醒者也属于外向知觉型，比如特洛伊阿波罗神庙的祭祀拉奥孔以及预言家卡珊德拉。[4]

内向知觉型：即荣格所说的内向思维型，它"主要定向于主观因素"[5]。这种人也受理念决定性的影响，不过这些理念不是来自客观事件而是来自内心。这类人固执地随心行事，执着而任性，不接受周围环境的影响。法厄同、伊卡洛斯可做代表。

外向情感型：荣格强调情感的推理功能，我们更强调情感的非逻辑性（非推理性）和审美创造性。外向情感型热爱喜欢的人和物，乃至不惜牺牲生命。帕里斯被海伦之美所迷惑，竟然将之劫持，引发特洛伊战争。爱上俄底修斯的卡吕普索、瑙西卡和喀耳刻，以及作为献祭者的波吕克塞娜都属于此类。

内向情感型：这种心理类型主观因素至上，用荣格的话来说它"总是尽力唤起一种自我趣味甚至病态的自我欣赏，所以人们总是认为这是一种感伤主义的自恋"。[6] 希腊神话中最具内向情感型的人非那耳喀索斯莫属。这个自负的人，拒绝了许多女神的爱，最终爱上了水中的倒影，死后变成水仙花。潘神也

---

[1] 荣格. 心理类型 [M]. 徐志晶，译. 北京：中国水利水电出版社，2022：280.
[2] 荣格. 心理类型 [M]. 徐志晶，译. 北京：中国水利水电出版社，2022：280.
[3] 施瓦布. 古希腊神话与传说 [M]. 高中甫，等译. 北京：商务印书馆，2019：346.
[4] 施瓦布. 古希腊神话与传说 [M]. 高中甫，等译. 北京：商务印书馆，2019：348，351.
[5] 荣格. 心理类型 [M]. 徐志晶，译. 北京：中国水利水电出版社，2022：326.
[6] 荣格. 心理类型 [M]. 徐志晶，译. 北京：中国水利水电出版社，2022：337.

是一个很自负的人，妄想和阿波罗比赛音乐。此外挑战神威的阿喀琉斯，还有高估自己能力的战神之女彭忒西勒亚，都属此类。

外向意志型："控制他的行为的道德法则与相应的社会要求相符，即与普遍的有效的道德观念相符。"① 荣格对外倾型行为道德法则的论述也适用于外向意志型。意志在此强调召唤行为的坚决与果断。这类人意志顽强，能忍辱负重，不达目的决不罢休。普罗米修斯最能代表这类人，为人类的美好生活谋福利，鞠躬尽瘁。属于此类的还有坚守妇德的珀涅罗珀，听从使命召唤的埃涅阿斯。

内向意志型：行动的抉择皆出自内心的裁决，善恶标准源于主观，有时难免非理性，缺乏公正性和客观性。为了占有阿喀琉斯的装备竟然自杀的大埃阿斯，违背国王命令为兄收尸的安提戈涅，为了爱情牺牲亲情的美狄亚，都可谓内向意志型的代表。

三、征服人生

古希腊神话可谓最大限度地体现了尼采的生命意志：向外拓展，占有他者。生命是用来征服的，生命即征服。这是大自然中所有生命的共有法则，可谓之丛林法则。

古希腊英雄们出发之前就已经知道目标何在，或者有清醒的意识。伊阿宋出征寻金羊毛；俄狄浦斯为躲神谕出游；七雄出征忒拜；希腊人出征特洛亚；俄底修斯返乡；埃涅阿斯出逃；等等。英雄们的征服之旅给予我们的宝贵启示是：在常人难以对付的磨难中，要变得强大，要有勇气，要有智慧（赫拉克勒斯让阿特拉斯摘金苹果，俄底修斯巧用木马计攻陷特洛伊），听从使命召唤，勇往直前（罗马建造者埃涅阿斯）。

人生如征程，最终还得返回故乡，或返回日常。然后又开启新一轮征程。人生就是一轮轮征程的总和。

第十六讲　突围之道：佩罗童话赏析

与荣格侧重神话来探索心灵密码不同，其弟子法兰兹则侧重童话。她说："童话是集体无意识心灵历程中，最纯粹且精简的表现方式，因此在无意识的科学验证工作中，童话的价值远超过其他的素材；童话以最简要、最坦诚开放且

---

① 荣格.心理类型［M］.徐志晶，译.北京：中国水利水电出版社，2022：265.

最简练的形式代表原型。"① 前文我们将"原型"扩大化，不仅仅指原始意象，也指原始（本真）生存方式。如果说神话中的本真生存方式是"征服"，那么童话中的本真生存方式则是"突围"。

原始人类生存环境恶劣，为了活下来，他们不得不千方百计与环境和困境作斗争。进入现代社会，生存压力也越来越大。在此背景下，看看童话中那些遭遇生存困境（绝境）的角色如何突围，对现代人也不无裨益。佩罗是最早收集并出版民间童话的人，其《鹅妈妈故事或寓有道德教训的往日故事》，出版于1697年，距今已有三百多年。我们从佩罗童话中读到的突围之道，最主要有三条：要么借助爱情，要么保养美善，要么就是始终机智。接下来通过十篇具体作品来分别介绍。

一、爱情之力

《林中睡美人》告诉我们的是：只有爱才能唤醒沉睡者。小公主一生下来，就被六位仙女赋予了不同的美好资质。而洗礼仪式未被邀请的老仙姑却给了小公主一个诅咒：公主将来要因为被纺锤刺破手指而丧命。虽然这个诅咒被第七位仙女消解了"死"的结局，但小公主却逃不脱沉睡一百年的命运，好在一百年后唤醒她的是一位王子。老仙姑象征把人拉入黑暗深渊的力量。为什么非要等到公主年轻时，才让她遭遇"命运"呢？因为年轻时期，自我意识觉醒，容易冲动，做事难免鲁莽。公主十五六岁时遭遇命运开始沉睡。与她一同沉睡的是整个城堡。城堡被置于森林之中，任何人都无法接近。公主也进入另一种黑暗之中，重新进入无意识状态。沉睡中，她并非毫无作为。仙女们会托梦给她。梦是无意识的导演。公主在梦中不断演绎自己的人生。当王子跪在她身边，魔法解除，公主苏醒。她以一种"初次见面所不应有的深情的目光注视着王子"，说道："是你吗？我的王子？让您久等了。"② 与公主一起苏醒的是她身边的世界。

《小凤头里凯》说的是：只有爱才能拯救残缺。人生总有不完美。王子小凤头里凯生来奇丑，却禀赋智慧。邻居国王的两个公主也是各有所长各有所短，大公主美貌赛天仙，却智力低下，二公主相貌奇丑，却聪明过人。两个公主渐渐长大，她们的缺点也越来越明显。奇丑的妹妹因为才思敏捷，身边总是围满

---

① 法兰兹. 解读童话：遇见心灵深处的智慧与秘密 [M]. 徐碧贞, 译. 北京：北京联合出版公司, 2019：3.
② 佩罗. 佩罗童话 [M]. 李玉民, 译. 北京：北京理工大学出版社, 2020：27.

了人。美丽的大公主越来越伤心,甚至萌发轻生念头。有一天她躲进树林,悲叹老天不公。正巧,小凤头里凯因为仰慕美貌的大公主正好来邻国以求一睹芳颜。小凤头怎么也不能理解一个如此美貌的公主竟然还如此悲悲戚戚。我们总是追求那些自己所匮乏的东西。希尔弗斯坦《失落的一角》也暗示了这个道理。所以公主和王子都各自寻找着自己所没有的东西。

"唉!"公主说道,"我宁可像您一样丑,但是拥有智慧,而不愿意像现在这样,容貌有多美,头脑就有多笨。"可是这话在智慧的里凯心里,更显示了公主的聪明。他说:"小姐自认为没有智慧,比什么都更能表明你是个有智慧的人;这种品质的特性就是拥有智慧越多,就越感到自身的不足。"① 里凯生来拥有一种特异功能,即能让他所爱的人变得跟他同样睿智,所以他请求公主嫁给自己,并给公主一年时间考虑之后再做决定。公主求智心切,当然也因为智力低下,也就接受了他的建议。她刚向里凯许诺一年后嫁给他,就变得睿智起来,言行举止都从容自然。可想而知,美貌和智慧双全的公主回宫之后,是多么受人欢迎。临近各国的王子都来献殷勤。求婚者无数,可公主很少看上。好不容易有了喜欢的对象,也还是举棋不定。一年后随意散步,她又来到当年邂逅里凯的树林。公主再次邂逅前来准备迎婚的王子。可惜公主早忘了这事。一番尴尬之后,公主埋怨王子不该让自己变得聪明,以至于看人更加挑剔。王子问公主,除了丑陋,她还讨厌他什么。公主说除此之外一切满意。里凯告诉她,那位赋予自己特异功能的仙女也赋予公主一种特异功能,即让所爱的男人相貌变美。童话结局非常美满。公主让里凯变得英俊,正如当年里凯让公主变得睿智。

美好的爱情可以给人新生,不当的婚姻则让人陷入深渊甚至带来灾难。《蓝胡子》讲的就是这样的经验教训。贵夫人的小女儿被蓝胡子的财富迷惑而嫁给了他,差点丢了性命。幸得兄长解围,杀死了蓝胡子。善良之人总是值得信赖。再婚时她便选择了老实厚道之人。

二、美善之力

在佩罗童话中,美貌和善良双全的女子,都能在人生的绝境中突围出来,且生活得幸福美满。《仙女》很能说明问题。一位寡妇养育两个女儿,大女儿像她傲慢无礼,小女儿像她父亲,温柔善良又容貌俊美。大女儿后来被仙女惩罚,她每说一句话,嘴里就会吐出一条毒蛇或者一只癞蛤蟆。而小女儿则被仙女赋予另一种特异功能:每说一句话,就能从口里吐出一朵花或者一颗宝石。这还

---

① 佩罗. 佩罗童话[M]. 李玉民,译. 北京:北京理工大学出版社,2020:90.

不算，在她被母亲赶出家门后，邂逅了王子，并最终入驻皇宫。大女儿后来也被母亲赶出家门，最终死在树林的角落里。神仙总是厚待善良者。小女儿完全凭借善良和美貌从这个不幸的家庭中走了出来。

《灰姑娘》中的小女儿在父亲续弦后就陷入生活的泥沼。后母带来两个女儿，母女三人都一样的高傲自负。而小女儿得到世间最好的女人的遗传，温柔善良又美丽。小女儿成了家庭的佣人，一身破衣裳，蓬头垢面。转折点是王子举办舞会，邀请所有有身份的人参加。母女三人也应邀去了王宫。这时仙女出场，她动用仙杖，将掏空的南瓜变成金灿灿的马车，将笼子里的六只小老鼠变成六匹鼠灰斑点的骏马，又将捕鼠器上的一只长了大胡须的大老鼠变成一位胖胖的大胡子车夫。浇花水壶后面的六只蜥蜴变成了六名随从。灰姑娘的破衣裳变成了镶满宝石的盛装。仙女又给她变出举世无双的水晶鞋。仙女千叮咛万嘱咐，一定要在午夜十二点之前赶回来，否则一切恢复原样。灰姑娘一到王宫现场，就迷倒了王子。第一天，灰姑娘在十一点三刻的钟声敲响后就匆匆离去。第二天，灰姑娘被王子的甜言蜜语冲昏了头脑，一时忘了仙女叮嘱。等到午夜第一下钟声响起，她慌忙起身，逃之夭夭。紧追不舍的王子只捡到一只水晶鞋。最终正是这个水晶鞋，让王子找到了灰姑娘。灰姑娘也最终脱离了苦海。善良的灰姑娘也没忘记两位姐姐，将她们接进王宫，并安排她们同两位大贵族结了婚。

《驴皮女》和《灰姑娘》有异曲同工之妙。《驴皮女》女主角的父亲是国王。本来生活的和和美美。可天有不测风云。王后重病去世。去世之前，王后让国王发誓，如果再婚一定要找到比她更美丽的公主。接下来，公主陷入了一个出人意料的困境。父王在群臣劝说下物色王后人选，选来选去没有比已故王后更美丽的公主。忽然有一天国王竟然看上了自己的女儿。公主悲愤不已，只好求助教母丁香仙女。仙女一而再再而三的献计献策，都没能让公主脱离困境。国王中了魔似的，甚至不惜牺牲能给他带来金钱的驴的生命。最终仙女建议公主披上驴皮离开王宫远走高飞。她说："甘愿牺牲一切而守护贞操的人，就会得到神灵的报偿。"[①] 公主用炭灰抹脏脸，再披上丑陋的驴皮，逃离王宫。驴皮女最终受雇于一个农家，干各种粗活。只有在节日和星期天，她才关上门，换上漂亮的裙子，欣赏自己的美貌。在一个节日，打猎路过农场歇脚的王子无意之中从锁孔中偷窥发现了驴皮女的绝世美貌。王子回宫后相思成疾一病不起。最终王子向王后吐露心事，并告诉母亲他想要驴皮女为他做一块蛋糕。驴皮女

[①] 佩罗. 佩罗童话[M]. 李玉民，译. 北京：北京理工大学出版社，2020：90.

在制作蛋糕的过程中手上的一只戒指掉进了面团里。王子发现了这枚戒指。正是这枚戒指，最终让驴皮女来到了王子的身边。结婚之时，善良的公主还不忘邀请自己的父亲。

三、机智之力

机智可谓应对环境变化的最有力武器，甚至是绝处逢生的法宝。《穿靴子的猫》说的是一只猫协助主人飞黄腾达的故事。这只猫之所以有此能力，乃在于它摸透了人的心理，坑蒙拐骗，乃至恐吓，无所不用其极。不过，这位猫爷也的确机智过人。它辅助主人的事业并非没有遇到强大的对手。这位对手便是远近闻名的妖魔，它有着壮观的城堡，会魔法。猫爷事先对妖魔的本领打探清楚，然后前去拜访。一番礼节之后。猫爷开始试探妖魔。先试探妖魔能否变成大的动物。当妖魔变成一只狮子，猫爷吓得跳上房檐。妖魔恢复原形后，猫爷承认自己吓得够呛。接着猫爷又运用激将法想让妖魔变小，比如变成一只小耗子。内心充满自豪感的妖魔一下中计变成了一只小耗子。猫爷见状闪电一般扑上去一爪子按住，一口就吞了下去。就这样，猫爷又让主人拥有了一座城堡。

《小拇指》中的主角，身材极其矮小，大家都叫他"小拇指"。樵夫家的七个兄弟中，就数他最精明。樵夫无力养活七个孩子，就想着把他们带到树林丢掉。第一次，小拇指凭借白色小石子的记号顺利找回了家。第二次因为做记号的面包屑被鸟吃掉，找不到回家的路，误入食婴妖魔家。幸得妖魔妻子为他们拖延时间，妖魔答应明天再吃他们。七个小矮人和妖魔的七个女儿睡在同一个房间的两张床上。审慎的小拇指担心妖魔后悔当晚没有杀他们。于是就将熟睡的妖魔七个女儿的金冠摘下来，和他们兄弟七个的睡帽调换一下。果不其然，半夜妖魔后悔，摸黑将他们全宰了。第二天早上妖魔发现误杀了女儿时，七兄弟早已逃跑。故事还没结束，后来小拇指还让妖魔的钱财全部落入他的手中。小拇指让妖魔人财两空，全靠机智和审慎。

机智的人必然审慎，即能够根据环境变化，审时度势，抓住有利时机，主动出击，在绝境中赢得最终的胜利。《菲奈特历险记》更是将审慎和机智演绎得淋漓尽致。这次是两个人之间的对决，具体地说是一位国王的"机灵"公主与另一位国王的绰号"狡诈大师"的王子之间的较量。"机灵"公主凭借谨慎和机智最终战胜了"狡诈大师"，还赢得了"狡诈大师"的弟弟，那位绰号"美不胜收"的王子的爱情。故事结尾，佩罗道出了这则童话的寓意："谨慎和机智万岁!"① 与此相反,那些不谨慎的人,头脑简单的人,就像《穿靴子的猫》中的那只"冒失的小兔子",就像《小红帽》中的小红帽,在生存险恶的处境中,往往遭遇灭顶之灾。

【讨论话题】

话题1:儿童文学与民间性(何为民间性?儿童文学的民间性何在?)

绘本:彼得·史比尔《诺亚方舟》。

绘本:杰里·平克尼《狮子和老鼠》。

理论:坎贝尔《千面英雄》。

话题2:故事何为?

绘本(民间故事):琼·穆特《石头汤》;吉尔曼《爷爷一定有办法》;塔贝克《约瑟夫有件旧外套》;等等。

绘本(民间童话):利奥·狄龙,黛安·狄龙《为什么蚊子老在人们耳边嗡嗡叫》;海莉《故事的故事》等。

理论:卡斯特《童话的心理分析》(1986)。

【推荐书目】

理论类:

坎贝尔. 千面英雄[M]. 黄珏苹,译. 杭州:浙江人民出版社,2016.

齐普斯. 冲破魔法符咒:探索民间故事和童话故事的激进理论[M]. 舒伟,译. 合肥:安徽少儿出版社,2010.

卡斯特. 童话的心理分析[M]. 林敏雅,译. 北京:三联书店,2011.

舒伟. 走进童话奇境[M]. 北京:外语教学与研究出版社,2011.

韦苇. 世界童话史[M]. 福州:福建教育出版社,2002.

吴其南. 童话的诗学[M]. 北京:中国文联出版社,2001.

吴秋林. 世界寓言史[M]. 沈阳:辽宁少儿出版社,1994.

吴秋林. 中国寓言史[M]. 福州:福建教育出版社,2011.

叶舒宪. 神话意象[M]. 北京:北京大学出版社,2007.

袁珂. 中国神话史[M]. 北京:北京联合出版公司,2015.

作品类:

格林兄弟. 格林童话[M]. 潘子立,译. 北京:商务印书馆,2017.

---

① 佩罗. 佩罗童话[M]. 李玉民,译. 北京:北京理工大学出版社,2020:134.

施瓦布. 古希腊神话与传说［M］. 高中甫，等译. 北京：商务印书馆，2019.

克雷洛夫. 克雷洛夫寓言［M］. 冯加，译. 北京：商务印书馆，2021.

拉封丹. 拉封丹寓言［M］. 李玉民，译. 北京：人民文学出版社，2021.

佩罗. 佩罗童话［M］. 李玉民，译. 北京：北京理工大学出版社，2020.

荷马. 荷马史诗［M］. 陈中梅，译. 上海：上海译文出版社，2021.

伊索. 伊索寓言全集［M］. 李汝仪，译. 南京：译林出版社，2019.

五卷书［M］. 季羡林，译. 北京：人民文学出版社，2019.

朗格. 美轮美奂的世界童话（春夏秋冬四卷）［M］. 杨晓晴，译. 北京：外语教学与研究出版社，2018.

吉尔伽美什史诗［M］. 拱玉书，译. 北京：商务印书馆，2020.

金燕玉. 中国古代童话全编［M］. 南京：南京出版社，1996.

袁珂. 中国神话传说［M］. 北京：北京联合出版公司，2016.

第八章

现代幻想儿童文学

第十七讲　现代生活的影子文本：现代幻想类儿童文学概要

现行中国儿童文学教材内容普遍滞后，没有"现代幻想"的提法。为了让儿童文学的体裁分类更科学，更有世界性，我们借鉴国外流行儿童文学教材，设置现代幻想类儿童文学，以适应现代社会以来轰轰烈烈的幻想文学大潮。如果说传统类儿童文学可以让儿童了解远古人类生活以及普遍人性，那么现代幻想类儿童文学则可以协助儿童更好地认识现代社会以及探索未来世界，可谓之现代生活的"影子文本"。[1]

一、现代幻想类儿童文学的界定

林奇-布朗等人用如下一句话界定现代幻想："现代幻想指的是这类文学，其中的事件、场景，或角色都在可能性的领地之外（outside the realm of possibility）。"言下之意，幻想类文学即故事并非发生在现实世界的"奇妙又不可能的文学（the literature of the fanciful impossible）"。[2] 这个界定其实只界定了"幻想"，并没有凸显"现代"，所以某种意义上它也可以适用于"童话"。不仅如此，这个界定也没有注意到并非所有的现代幻想类文学都属于儿童文学，那些充斥着性描写，渲染暴力，过于阴暗的现代幻想类文学，应当被排除在儿童文学之外。

现代幻想类儿童文学在此特指有益于儿童健康成长的现代幻想文学，它们

---

[1] "影子文本"语出诺德曼《隐藏的成人》。诺德曼认为儿童文学表面的简单文本暗含着"一种未说出的、更为复杂的集合，相当于一个隐藏的第二文本——我把它称为'影子文本'"（诺德曼. 隐藏的成人 [M]. 徐文丽, 译. 北京：中国社会科学出版社, 2014：9.）。

[2] LYNCH-BROWN, TOMLINSON, SHORT. Essentials of Children's Literature (7th ed.) [M]. Boston：Pearson Education, 2005：131.

充满现代生活气息,且富有对不可能世界的幻想。现代幻想类儿童文学从母题、角色、风格乃至主题,往往都扎根于传统类儿童文学。现代幻想其实就是传统幻想的升级版(豪华版),不过是添加了现代生活的元素而已。

现代幻想类儿童文学之所以有益于儿童成长,主要在于它们能更好地帮助儿童认识当下世界。"尽管这些事件都不可能发生在现实世界,但现代幻想经常含有那些协助儿童理解今天的世界的真理。"[1] 罗大里《洋葱头历险记》《假话国历险记》妙趣横生,奇想烂漫。是非不分,真假颠倒,容不下异类,这些都是法西斯专制的影子。作者极尽调侃之能事,让那些专制者及其爪牙丑态百出不得善终。希尔《天蓝色的彼岸》以一个刚遭遇车祸而死的小男孩为视角,写他从刚进天堂再到游历人间完成心愿,最后前往天蓝色彼岸的所见所闻所感。现实中死亡不可体验,所以这种在文本中让人体验死亡的作品其实是一种重生轻死的生命教育。天堂并非一切皆好,人间充满苦难和忧伤但仍然值得活着。死绝非美好之事,其给亲人所带来的伤痛深入骨髓。

现代幻想类儿童文学还有益于召唤儿童成为直面现实生活的独立主体,因为它们对于孩子们理解自己、理解他们作为人类即将面对的生存抗争至关重要。[2] 梅喜《变身》可做注脚。每个人都可能会被他人打上烙印而无法独立甚至沉睡不醒,唯有吸纳外力,努力变身才能脱身,才能蜕去旧我更生新我,才能不断强大起来。魔法可以蛊惑人心,也可唤醒灵魂。善恶之道,唯在生命。邪恶用思想奴役别人榨取生命;仁者则温暖人心滋养并呵护生命。

此外,现代幻想类儿童文学对培育儿童的想象力的作用也无可替代,因为这些幻想与当下生活有着千丝万缕的联系,更有甚者,还将触角远远伸到遥远的未来。毫无疑问,希哈《新格列佛游记》是一本教育儿童之作,却无多说教。不想被动生活的少年阿伦历经树上、地下、山中三个世界,通过所见所闻,进而反思,逐渐意识到自己的使命。小说充满对现代生活的批判,以及对更加美好生活的期待。生活不是相互比赛,"生活就是要真正地活着"。找到安身立命之根,然后为改进世界而努力。

二、现代幻想类儿童文学的特征

与传统类儿童文学对比,现代幻想类儿童文学具有明显的三大特征:

---

[1] LYNCH-BROWN, TOMLINSON, SHORT. Essentials of Children's Literature (7th ed.) [M]. Boston: Pearson Education, 2005: 131.

[2] KIEFER, HEPLER. Hickman: Charlotte Huck's Children's Literature (Ninth Edition) [M]. New York: McGraw-Hill Companies, 2007: 349.

内容的现代性：传统类儿童文学多与远古或较久远的时代有关系，很少涉及现代社会生活场景，大都与森林、城堡，以及农业文明相关。现代幻想类儿童文学则不然，内容多有蒸汽时代以来的现代文明景观。此外，现代文明的异化现象使得现代幻想类儿童文学的内容更加丰富和复杂。

形式的精致性：传统类儿童文学源于口述文本，因而形式往往松散，篇幅也较短（史诗除外），叙事线条明朗。现代幻想类儿童文学更加讲究人物形象的丰富性，因此结构安排更紧凑，叙事也往往多条线索互相交织在一起。

时空的探索性：传统类儿童文学的故事时间往往是过去，其故事空间虽然也天上地下无所不包，但很少出现与人类世界平行的异类时空。现代幻想类在时空方面的探索是空前的，不仅有浩瀚的宇宙视野和迷人的平行时空，而且还有对未来人类生活的幻想。

三、现代幻想类儿童文学的分类

现代幻想类儿童文学英语中统一叫 modern fantasy，卡罗尔·林奇-布朗等人的儿童文学教材将之分为九类：现代民间故事、动物幻想、拟人化的玩具和物品、非常态角色和奇异情境、小人国、超自然事件和魔幻、历史幻想、寻宝故事以及科学小说（science fiction）和科学幻想（science fantasy）。这种分法过于琐碎，也有相互纠缠之嫌。哈克儿童文学教材则将现代幻想分为三类：现代童话（modern fairy tales）、现代幻想（modern fantasy）以及科学虚构小说（science fiction）。这种分法化繁为简，但又不太严谨，现代幻想下面又有一个现代幻想同名分类。我们借鉴三分法，但结合九分法重新整合，将现代幻想分为现代童话、现代奇幻（modern magical fantasy）以及科幻（science fantasy）三大类。

（一）现代童话：疗愈人心的良药

民间童话是古代就流传于民间的童话故事，口口相传，没有作者。后来佩罗在法国，格林兄弟在德国，雅克布斯在英国，阿法纳西耶夫在俄罗斯，卡尔维诺在意大利，等等。他们都搜集整理了本民族流传的民间童话，都享誉世界。现代童话又可称作文人童话。现在学界普遍认为文人创作童话的第一人是安徒生。

现代童话常常借鉴传统民间童话的叙事策略（如淡化时空背景，借助魔法等）、结构模式（如三段式递进）以及主题（如惩恶扬善）等等。现代童话可谓传统童话的现代改编版，但故事更精致，更能体现作者及其角色的主观精神。现代童话和传统童话一样，坚守着幸福的承诺，总能让人内心充满温暖。现代童话不同于民间童话的地方主要是其现代性。现代童话的现代性可以从内容和形式两方面来看。从内容来看，现代童话突显了主人公的主体性（主人公开始觉醒，个性开始觉醒，主动追求自己的未来，如安徒生《海的女儿》），故事的时代性（从背景、场景到故事情节都具现代性，如圣埃克苏佩里《小王子》中出现飞机、火车），主题的丰富性（往往弱化道德训诫，强调人性解剖和世事人生反思与批判，如塞尔登《时代广场的蟋蟀》），等等。从形式来看，现代童话充分借鉴现代文学的技巧，诸如象征主义（如伊登《小约翰》），魔幻现实主义（如阿尔蒙德《当天使坠落人间》），以及复调叙事（格里珀《金龟虫在黄昏飞起》），等等。

现代童话主要类型：

非常态人物和奇怪情境（unusual characters and strange situations）：小人国类、梦境奇遇类等等。斯威夫特《格列佛游记》，卡罗尔《爱丽丝梦游仙境》等属于此类。

动物类（animal fantasy）：主角是拟人化的动物，如E. B. 怀特的三部童话《夏洛的网》《精灵鼠小弟》《吹小号的天鹅》等。

器具物品类（personified toys and objects）：主角是拟人化的玩具或物品，比如科洛迪《小木偶历险记》、孙幼军《小布头历险记》等。

（二）现代奇幻：意味深长的幻想

只要是童话，就有幻想。那么现代奇幻与现代童话有何区别呢？首先，现代奇幻更讲究大而恢宏的场景，而现代童话的场景人物则偏小。其次，现代奇幻的幻想元素更有创意更有意味因而更有象征性，而现代童话的幻想多借鉴民间童话。最后，现代奇幻中的人往往不是中心，而现代童话仍然以人的视角为中心。现代奇幻中的创意幻想，往往都寄寓着作者对于当下现实的反思。

现代奇幻类型：

超自然及魔幻类（supernatural and magical fantasy）：鬼故事，女巫类，魔幻现实主义，都往往在现实之外又暗含一种超自然力量。马查多《蓝锈人劳尔》，施密特《猫女米呢》，角野荣子《魔女宅急便》，等等属于此类。

历史幻想（historical fantasy）：有时也叫时间错位类幻想（time‐warp fantasy）。主人公由当下穿越到过去，以一种现代眼光观照过去时代场景。菲里帕皮尔斯1958年创作的《汤姆的午夜花园》较早涉及此类题材。中国近年来历史幻想类儿童文学作品似乎较为流行，如大郭《鬼谷学校》，黄加佳《大唐长安城》，谷清平《神龙寻宝队》，等等。

平行时空（parallel world）：幻想的时空里发生的故事，或者将人类世界置入其中一部分，或者与人类世界平行。托尔金《魔戒》，刘易斯《纳尼亚传奇》，勒奎恩《地海巫师》，上桥菜穗子《梦想守护者系列》可作代表。

（三）科幻：科学与幻想的完美结合

中国儿童文学教材普遍设有专章论述"儿童科学文艺"。但是由于主旨强调对青少年进行科学教育，导致排斥那些带有科学因素的奇幻作品。① 为解决科学普及以及幻想培育之间的矛盾，我们将那些普及科学知识论的写实类作品归入非虚构儿童文学，而将幻想色彩浓郁的虚构类归入现代幻想，其中具备科学因素的称作科幻。顾名思义，科幻即带有科学性的幻想。科学性和幻想性是科幻的两大特征，但有时又有所侧重。

科幻分类：

科普童话（science fairy tales）：重在普及和讲述科学知识的童话，我们称作"科普童话"。如比安基《小蚂蚁历险记》，高士其《菌儿自传》，等等。

科学小说（science fiction）：侧重科学性的科幻，可以称作科学小说。科学小说是建基于现实的科学事实和原理，因而具备科学的可信性和技术的可能性。② 凡尔纳创作的小说多属于这类。科学小说常见的话题有思想控制、基因工程、太空技术和旅行、外太空访客，以及未来政治和社会体系。"这些小说尤其让很多青少年着迷，因为其人物角色的特征是必须学会适应变化和成为新人，这两项生活技能也是青少年所要经历的。"③ 因为科学小说经常向我们描述未来世界，所以有时也被称作"未来幻想小说"（futuristic fiction）。

科学奇幻（science magical fantasy）：侧重幻想的科幻，则可以称作科学奇幻。"科学幻想展示的是这样一个世界，它经常将神话和传统幻想元素与科学或技术概念混合在一起，所产生的场景虽然有一些科学基础，但它们不曾存在，将来也绝不会存在。"④ 刘慈欣的《三体》属于此类。

第十八讲 真实的梦境：卡罗尔《爱丽丝梦游仙境》赏析

《爱丽丝梦游仙境》是英国数学家、童话作家刘易斯·卡罗尔于1865年创

---

① 方卫平，王昆建. 儿童文学教程［M］. 北京：高等教育出版社，2009：250.
② LYNCH - BROWN, TOMLINSON, SHORT. Essentials of Children's Literature (7th ed.) ［M］. Boston：Pearson Education，2005：139.
③ LYNCH - BROWN, TOMLINSON, SHORT. Essentials of Children's Literature (7th ed.) ［M］. Boston：Pearson Education，2005：140.
④ LYNCH - BROWN, TOMLINSON, SHORT. Essentials of Children's Literature (7th ed.) ［M］. Boston：Pearson Education，2005：139.

作的一部经典现代童话。作为写梦的童话，心理学的阐释非常流行。但心理学阐释多半是为了印证某心理学派观点，与儿童读者的生活关系不大。① 诺德曼认为，儿童文学往往隐含一个影子文本，它是通过一个不同于儿童视角的另一个叙述者的视角展现出来的。② 由此看来，《爱丽丝梦游仙境》就是爱丽丝和叙述者（可以代表卡罗尔观点）双重视角下的梦境。爱丽丝代表儿童，叙述者代表成人。爱丽丝就如同《皇帝的新装》中的那位小男孩，是荒诞的世界里唯一清醒的人。爱丽丝的梦境所折射的恰恰是现实的荒诞。而对于叙述者而言，爱丽丝的梦恰恰又是童年纯真时代的挽歌。

一、以梦为马，游戏现实

爱丽丝是怎样开始梦境的呢？爱丽丝和姐姐坐在河岸上，无所事事，乏味至极。姐姐看的书既没有插图也没有对话，毫无吸引力。昏昏欲睡中她使劲想着去采野花编个花圈，忽然跑过一只白兔子。爱丽丝是追着小兔子进入兔洞的。"爱丽丝跟着就往洞里钻，以后怎么出来，她连想都没想。"③ 这个开头富有意味。姐姐在此可以代表成人，他们看的书枯燥乏味。爱丽丝则是儿童代表。他们努力想着"采野花"，却被中断，去追兔子。采野花和追兔子可以代表两类行为模式。现实中，大人们不仅自己总在"追兔子"，而且也总指着兔子让自己的孩子追。大人追着功利的兔子，最终可能陷入深渊。儿童追着让他们好奇的兔子，则往往别有洞天。

爱丽丝因为追兔子坠入兔洞，不断"往下掉"。爱丽丝进入的地下世界是最为原始的儿童世界——无功利的游戏世界。爱丽丝所见的一切都具备游戏性。渡渡鸟建议的常胜赛跑，三月兔家的癫狂茶会，王后家的槌球比赛，假海龟讲的龙虾四对舞，审判红桃J，等等，最有力的证据是童话中的王后国王等主要人物都是扑克牌中的一员。爱丽丝本人也仿佛在做着变大变小的游戏。不仅如此，童话内容的游戏性与其形式的游戏性可谓完美结合。最典型地体现于童话叙述的语言充满游戏性。且不说文中那些充满无厘头的诗歌，那些绕来绕去不知所以然的对话，即便那些一语双关的文字游戏也是令人兴趣盎然。兹举几例：

爱丽丝带领小鸟小兽们从"泪池"出来后，大家想着怎样让自己变干。老

---

① 诺德曼. 隐藏的成人：定义儿童文学［M］. 徐文丽，译. 北京：中国社会科学出版社，2014：16.

② 诺德曼. 隐藏的成人：定义儿童文学［M］. 徐文丽，译. 北京：中国社会科学出版社，2014：21.

③ 卡罗尔. 爱丽丝梦游仙境［M］. 黄健人，译. 北京：中央编译出版社，2010：5.

>>> 第八章 现代幻想儿童文学

鼠说"听我讲一个最干的故事"。① 此处"干"原文是 dry，既有干燥，也有枯燥乏味的意思。作者实际上暗指的是老鼠故事的枯燥。后来爱丽丝要求老鼠讲述它为什么恨猫和狗的故事。老鼠叹气说"我的故事又长又伤心"，爱丽丝以为老鼠在说它的尾巴。"当然是条长尾巴啦"，她奇怪地说，"可为什么说它伤心呢？"② 此处故事（tale）和尾巴（tail）同音。文中老鼠说的故事也被分行排列，像老鼠的尾巴一样。在公爵夫人家。柴郡猫和爱丽丝议论公爵夫人的小宝宝。爱丽丝说小宝宝变成了猪。柴郡猫说"我就知道他会变成猪"，说完就不见了，过了一会儿又显形问爱丽丝："你刚才说的是'猪'还是'无花果'？"③ 英语中猪（pig）和无花果（fig）谐音。这里也是一语双关，暗示公爵夫人那样教育的孩子早晚会成为猪或者是无花果。在三月兔的家里，癫狂茶会的时间定格在六点钟，乃是因为帽商在红桃王后音乐会上演唱时：一段歌词还没唱完，王后就大叫"他在谋杀时间"，从此时间就一直停在六点钟了。④ 谋杀时间（kill time）就是浪费时间，在此处却意味着杀死时间。

　　我觉得最有意味的一个双关语是爱丽丝在红桃王后家说的。鹰头怪说鳕鱼（whiting）之所以叫鳕鱼，乃是因为它是用来擦靴子和鞋子的。爱丽丝明白其中的道理之后说，她要是鳕鱼的话，就对海豚说"请你靠边儿！我们不想跟你在一起！"⑤ 卡罗尔在此将目的（purpose）和海豚（porpoise）相提并论（二者发音相近），可谓高明。儿童的行为举止非功利，而现实中大人们总是遵循现实原则，凡事都讲目的。

　　《爱丽丝梦游仙境》充分体现了儿童文学的游戏性。在海峡两岸儿童文学界享有崇高威望的林文宝先生一再强调儿童文学要接地气，其实就是要求儿童文学要有儿童性，它主要包含三个方面：儿童本位性、教育性和游戏性。"儿童文学需要游戏性，不仅因为它是达到教育目的的一种手段，而且还因为它在某种意义上也是目的。"⑥

二、以梦写真，批判现实

　　卡罗尔的过人之处在于，他通过一个看似无厘头的梦境来实现其对现实社

---

① 卡罗尔. 爱丽丝梦游仙境［M］. 黄健人，译. 北京：中央编译出版社，2010：15.
② 卡罗尔. 爱丽丝梦游仙境［M］. 黄健人，译. 北京：中央编译出版社，2010：18.
③ 卡罗尔. 爱丽丝梦游仙境［M］. 黄健人，译. 北京：中央编译出版社，2010：42.
④ 卡罗尔. 爱丽丝梦游仙境［M］. 黄健人，译. 北京：中央编译出版社，2010：46.
⑤ 卡罗尔. 爱丽丝梦游仙境［M］. 黄健人，译. 北京：中央编译出版社，2010：68.
⑥ 林文宝. 儿童文学［M］. 台北：空大，1993：20.

会的批判功能。明眼的大人一看就知道爱丽丝梦境中充满着很多现实的"真相"。爱丽丝的梦境就像一面现实的镜子，从中我们可以看到现实中儿童教育的影子，也可以看到现实社会存在的诸多问题。

儿童教育方面，卡罗尔最为反感的现象有两大方面。一个是大人的教育冲动。为人父母者总是喜欢对孩子进行教育，不放过任何一个说教的机会。在爱丽丝从泪池上岸，听老鼠说它恨猫和狗的故事时，老鼠埋怨爱丽丝不用心听还胡说八道，气得一走了之。这时螃蟹妈妈赶紧抓住时机教育小螃蟹："啊，亲爱的！记住这个教训，永远别发脾气！"小螃蟹也不是省油的灯。"妈，闭上你的嘴！"小螃蟹伶牙俐齿，"你那脾气都够试试牡蛎啦！"① 言传不如身教。可是大人们却总是光顾着对孩子说教，而不注意自身的修养。这在公爵夫人身上最为明显。爱丽丝在王后家再次遇到公爵夫人时，公爵夫人对她说"样样事情都有教训，只要你去找"。在和爱丽丝的交谈过程中，公爵夫人张口闭口"这件事的教训是……"，连续讲了五个教训，直到王后到来，才逃之夭夭。公爵夫人说得爱丽丝心烦意乱，她却仍然自以为是地对爱丽丝说："跟你说的每句话都是送给你的一件礼物呀。"② 公爵夫人是一个什么样的人呢？这就不得不说成人在儿童教育方面的第二个问题：言行粗暴。爱丽丝跌入兔洞，好不容易从兔子先生家出来，第一个来到的就是公爵夫人家。通过爱丽丝的眼睛，我们得以窥见家庭教育场景的真实一幕。这个家庭充满着暴力。"厨师把汤锅从火上端下来了，并立刻动手把能抓到的所有东西都朝公爵夫人和小宝宝扔了过来——先飞过来一把火钳，接下来是碟子、小盘子、大盘子，阵雨般劈头盖脸。"公爵夫人并不理会，甚至打中了也一动不动。公爵夫人又是怎样哄孩子的呢？她哼起一支催眠曲，唱一行就把孩子猛地一颠，唱到第二段时把孩子用劲地抛上抛下。小宝宝没命地哭。最后因为要赶着去陪王后打槌球，公爵夫人干脆把小宝宝直接抛给爱丽丝。③ 公爵夫人骂孩子是"猪"，一点儿耐心都没有，殊不知自己正是那"猪头"。当爱丽丝发现小宝宝不折不扣就是头猪时，她说了一句可谓是作者的心里话："要是知道改变他们的正确方法多好……"④

爱丽丝荒诞的梦境正是荒诞的现实的缩影。三月兔、帽商和睡鼠没完没了的"疯狂茶会"可以视作成人世界那些无聊冗长的聚会，"龙虾四对舞"可以视作人类婚姻的荒诞表演，而最后对红桃J的审判更是荒谬绝伦，隐射现实的

---

① 卡罗尔. 爱丽丝梦游仙境［M］. 黄健人，译. 北京：中央编译出版社，2010：20.
② 卡罗尔. 爱丽丝梦游仙境［M］. 黄健人，译. 北京：中央编译出版社，2010：58-60.
③ 卡罗尔. 爱丽丝梦游仙境［M］. 黄健人，译. 北京：中央编译出版社，2010：38-39.
④ 卡罗尔. 爱丽丝梦游仙境［M］. 黄健人，译. 北京：中央编译出版社，2010：40.

荒诞性和专制性。陪审团是十二只小动物。审讯过程中证人答非所问，证据看得人发蒙。每当有豚鼠欢呼，就会被法庭官员压制。在此，第二视角叙述者"我"还特地做了一个说明："他们把一只大帆布袋一头用绳子扎紧口子，再把这只乱叫的豚鼠头朝下塞进去，然后坐在上头，是谓压制。"连梦中的爱丽丝也感慨亲眼看见何为压制，以前报上经常看到"审判结束时有人想鼓掌，立即遭到法庭官员压制"的字样，现在总算明白是怎么一回事了。① 而最后国王所谓"最重要的证据"也是不知所云毫无逻辑可言。爱丽丝打断国王的话，说要是谁能把这证据讲清楚就给他六便士。② 当然，我们不能片面地认为卡罗尔在此批判司法制度的荒谬，而应当将这次审判事件视作对人类社会荒诞性的嘲讽。人类社会总是充满强权，有强权存在，就有荒诞存在。在强权面前，弱者要么充当帮凶，要么毫无话语权。

梦境的最后，国王说让陪审团裁决。王后不干，坚持先判刑后裁决。爱丽丝大叫"一派胡言！"王后暴怒，大喊"砍掉她脑袋！"爱丽丝说谁怕你们，"一副扑克牌罢了！"作者接着写道："听到这里全体扑克牌都飞到空中朝爱丽丝扑过来。她惊叫一声又气又怕，想把它们赶开。"③ 至此，爱丽丝梦醒，发现自己躺在河岸上。爱丽丝破坏了成人社会的游戏规则，揭穿了它们的荒诞。而当儿童一旦认识到成人世界的游戏规则时，就意味着从儿童世界进入成人世界。这便是长大的代价。

三、童年如梦，快乐永恒

诺德曼有两个界定儿童文学的观点，可以作为儿童文学儿童性与成人性兼备的注脚。第一个观点是"通过一个中心的儿童人物来聚焦"是标记着一个文本专为儿童所写的一个特性。④ 另一个观点是认为"怀旧"的在场是识别儿童小说之特点的另一个关键。⑤ 具体到《爱丽丝梦游仙境》，这两大特点非常明显。这部童话的中心儿童人物是爱丽丝，而且也明显是怀旧之作。

卡罗尔在童话开始之前的开篇诗歌交代了童话的创作背景，即为三个小姑

---

① 卡罗尔. 爱丽丝梦游仙境［M］. 黄健人，译. 北京：中央编译出版社，2010：77-78.
② 卡罗尔. 爱丽丝梦游仙境［M］. 黄健人，译. 北京：中央编译出版社，2010：83.
③ 卡罗尔. 爱丽丝梦游仙境［M］. 黄健人，译. 北京：中央编译出版社，2010：84.
④ 诺德曼. 隐藏的成人：定义儿童文学［M］. 徐文丽，译. 北京：中国社会科学出版社，2014：20.
⑤ 诺德曼. 隐藏的成人：定义儿童文学［M］. 徐文丽，译. 北京：中国社会科学出版社，2014：47.

娘编故事打发午后好时光。从午后讲到傍晚。"开心小水手/笑脸映夕阳"一句可作为隐喻。小水手指小姑娘们,她们听故事很开心。夕阳在此可以隐喻老人。虽然卡罗尔创作此童话时才33岁,但完全可以视作他年老后回忆的预演。何以证明,请看接下来开篇诗歌的最后一段:"爱丽丝游奇境/童心记忆存/神秘如梦幻/凋残而遥远/香客一花圈"。① 这段可谓解读这部童话的金钥匙。爱丽丝梦游仙境记录的就是童年记忆,而对于成人(香客)而言,也意味着对童真时光的祭奠。

童话结尾处,当姐姐听说了爱丽丝对她讲述的美妙梦境之后,静静坐着,手撑着头,凝望着夕阳,回味着小爱丽丝的奇遇,直到自己也做起梦来。在梦中,她也遇到了爱丽丝梦中的各个角色。她将信将疑自己也身入奇境。她知道"只要眼睛一睁,整个世界又会变得无聊乏味"。"最后,她想象着自己的小妹妹将来有一天长大成人,变得成熟,她将会怎样永远保持自己纯真可爱的童心……"②

童年如梦,快乐永恒。姐姐作为大人,深深地知道妹妹将来要面对的现实是什么,所以她希望妹妹能够永葆纯真可爱之童心。这正是卡罗尔内心最想表达的声音。

第十九讲　践行大道:托尔金《霍比特人》赏析

托尔金的《霍比特人》和《魔戒》三部曲被誉为当代奇幻文学的鼻祖。《霍比特人》首版于1937年,最初是托尔金写给自己孩子的炉边故事,现已举世瞩目。故事主干虽然也是一个老套的寻宝故事,但托尔金却能出奇制胜,将之置于一个恢宏的时空之中,以史诗的磅礴气势超越传统,却又寄寓了最为朴素的"大道"。

一、安逸与冒险的辩证法

《霍比特人》全名是《霍比特人或去而复返》。书名即告诉我们这是一趟去而复返的人生之旅,其主角便是霍比特人比尔博。此书展示了某种人性的普遍

---

① 卡罗尔. 爱丽丝梦游仙境[M]. 黄健人,译. 北京:中央编译出版社,2010:4.
② 卡罗尔. 爱丽丝梦游仙境[M]. 黄健人,译. 北京:中央编译出版社,2010:86.

现象：人总是在安逸与冒险之间循环往复。

开篇第一段：

> 在地底的洞府中住着一个霍比特人。这不是那种让人恶心的洞，脏兮兮湿乎乎的，长满虫子，透着一股子泥腥味儿；也不是那种满是沙子的洞，干巴巴光秃秃的，没地方好坐，也没东西好吃。这是一个霍比特人的洞，而霍比特人的洞就意味着舒适。①

这段侧面描写霍比特人洞府的"舒适"之后，作者才正面叙述其如何舒适。为什么要强调舒适呢？当一个不速之客，巫师甘道夫，受人委托来此寻找伙伴参与一场冒险活动，就可以想象到霍比特人的第一反应是如何反感了："我们都是些老老实实过太平日子的普通人，冒险对我有什么好处？恶心，讨厌，想想就让人不舒服！谁要是去冒险会连晚饭也赶不上吃的！我真是弄不明白，冒险到底有什么好处？"②

以梭林为首的十三个小矮人和巫师聚集他的洞府，晚餐后和着琴声，唱起了生活在地底下古老家园矮人们的事迹。听着听着，比尔博心中升腾起一股对美好事物的挚爱。"他身体内某种图克家族所特有的东西被唤醒了，他想去看看那巍峨的山脉，想聆听松树的歌吟和瀑布的轰鸣，想探索一下那些洞穴，想要随身佩上一把宝剑而不只是一根手杖。"③ 比尔博最终签约加入这场冒险之旅。整个旅途之中，比尔博经常抱怨艰难险阻，回想着家的舒适和安逸。完成任务之后，他迫不及待踏上漫长的返乡之路。告别了昔日的冒险，"他体内属于图克家族血统的那部分已经很疲倦了，属于巴金斯家血统的那部分则渐渐占了上风。"④

比尔博身上两种血统分别象征着冒险和安逸。冒险久了，就想着安逸；安逸久了，又想闯荡世界。这便是《霍比特人》所表现出来的一个安逸和冒险的辩证法。它普遍存在于每个人身上。青少年时期富于冒险精神，而年老时则以安逸的心态为主。人生如旅，出发时总充满探寻未知事物的冒险冲动，而归途则带着一种享受宁静生活的向往。

---

① 托尔金. 霍比特人 [M]. 吴刚，译. 上海：上海人民出版社，2013：7.
② 托尔金. 霍比特人 [M]. 吴刚，译. 上海：上海人民出版社，2013：10.
③ 托尔金. 霍比特人 [M]. 吴刚，译. 上海：上海人民出版社，2013：22.
④ 托尔金. 霍比特人 [M]. 吴刚，译. 上海：上海人民出版社，2013：303.

二、好品质成就好人生

13个小矮人委托甘道夫为他们的探宝之旅找到第14个伙伴。一开始小矮人们对比尔博极其不满意,张口闭口"飞贼"。只有巫师明白比尔博的重量,作为第14名成员,比尔博是让探险队摆脱"厄运"的关键人物。① 在故事结尾,甘道夫对比尔博说的一段话透露出巫师的评价:"……你该不会以为你所有的冒险和逃脱,都只是因为你运气好,只是事关你个人的安危吧?你是个好人,巴金斯先生,我也很喜欢你,但你毕竟只是广阔天地中的一个小人物而已啊!"② 虽然是一个小人物,无法战胜一切困难,运气的确起到了作用,但让比尔博成就使命至关重要的东西却是因为他是一个"好人"。运气不过是作者(或上帝)对好人比尔博的额外嘉奖而已。

比尔博并非一个多么完美的人,但他的确具备许多好品质。最美好的品质便是他善良而富于同情心。小矮人们穿越山岭,遭遇到半兽人,比尔博落单跌进黑暗地洞,幸运地捡到了一个能让他隐身的宝贝:魔戒。在地洞里,他遭遇到一个怪物咕噜。比尔博和咕噜玩猜谜游戏,只有胜利才能出去。比尔博靠运气猜谜获胜,咕噜却并没有放他的意思。当比尔博发现魔戒可以隐身,决定杀死咕噜时,又瞬间觉得"这不是一场公平的战斗":

> 自己已经隐形,咕噜却手无寸铁。细想一下,咕噜其实并没有威胁过要杀他,至少还没有付诸行动。他处境悲惨,孤身一人,不知如何是好。突然间,比尔博的心智对咕噜生出些理解来,一种混杂着恐惧的同情:他所能见到的只有茫茫没有尽头的黑暗岁月,生活没有任何改善的希望,坚硬的岩石,冰冷的鱼,偷偷摸摸地走动,鬼鬼祟祟地自言自语。③

比尔博没有杀死咕噜,而是凭空奋力一跃跨过堵在洞口处的咕噜。比尔博逃离了半兽人的魔窟。照说他应该非常高兴才对,事实上他"心中一直萦绕着一个让他很不舒服的念头。他在想的是,既然已经有了魔法戒指,难道不该再回到那些恐怖黑暗的隧道中找寻自己的朋友吗?"正当他痛苦地决定要回去时,听到有人说话的声音。比尔博走近才知道,甘道夫正在和其他小矮人们争论。甘道夫坚持要回去寻找比尔博,而小矮人们则抱怨比尔博没用,甚至有人说

---

① 托尔金. 霍比特人 [M]. 吴刚, 译. 上海: 上海人民出版社, 2013: 26.
② 托尔金. 霍比特人 [M]. 吴刚, 译. 上海: 上海人民出版社, 2013: 314.
③ 托尔金. 霍比特人 [M]. 吴刚, 译. 上海: 上海人民出版社, 2013: 96.

"如果我们现在还得回到那可恶的隧道里去找他，还不如让他见鬼去呢"。① 作者在此将比尔博和其他小矮人对待同伴的态度做了鲜明的对比。比尔博虽然也胆小，但还是听从内心的善良意愿，并付诸行动。

运气之外，让他总能化险为夷的品质是善于筹划。有了魔戒，比尔博越来越有勇气，也越来越依靠自己，善于审时度势，做出正确的判断，尤其是在甘道夫辞别小矮人之后。全部旅程中最危险的部分，是穿越黑森林。在黑暗中比尔博被一只蜘蛛缠住，在被缠得根本不能动之前，幸运地回过神来。经过一番殊死搏斗，他才得以脱身。最后用剑刺死蜘蛛。不靠巫师或是其他人的帮助，全凭一己之力在黑暗中杀死一只巨型蜘蛛。这件事对比尔博产生了巨大的影响。"当他在草地上擦拭宝剑，归剑入鞘时，他觉得自己脱胎换骨，变成了另外一个人，比过去更为凶猛，更为勇敢，尽管腹中依然空空。"② 从此之后，比尔博的确变得勇敢而又能急中生智。与蜘蛛大战之后，矮人们（除了隐身的比尔博）又不幸落入森林精灵之手。精灵们把俘虏押进山洞。比尔博在做过一番内心挣扎之后，决定不能抛下同伴，跟在最后一名精灵身后也走进洞去。隐身的比尔博在洞里又不敢现身，整天躲躲藏藏。不久他就意识到，靠外援绝无可能，只能靠他自己单枪匹马地去营救同伴。他四处探看，发现魔法大门并非洞穴唯一入口。在宫殿地势最低的地方有一条河流，这道地下水流出洞穴的地方有个水门，虽然装了铁闸门，但经常是开着的。水门连着一段直通地底的隧道。隧道经过洞穴下方的某处顶上被凿开，装了橡木活板门，一直向上通向国王的酒窖。原来森林精灵们喜欢喝葡萄酒。当酒桶卸空以后，精灵们就将它们从活板门丢下去，打开水门，酒桶就会沿河水一直流到下游。比尔博勘察之后，计上心来。一个晚上，当他听到总管邀请守卫队长喝一杯好有力气晚上把酒窖的空木桶全部清理掉，他"心头一阵猛跳"，当即决定开始实施逃跑计划。他从醉酒睡死的守卫队长身上拿到钥匙，把一个个单独关押的矮人们放出来，带领他们潜入国王的酒窖。他们最终乘桶而逃。临走之前，善良的比尔博还不忘偷偷溜回去把钥匙挂到队长腰带上，以便让队长陷入的麻烦减少一些。

他身上堪称伟大的品质是超越自私的利他心。比尔博一行乘桶逃出黑森林，来到长湖镇。最终抵达目的地，恶龙盘踞的孤山。比尔博幸运地找到了梭林心心念念的阿肯宝钻，也颇有将之私自占有之心。可是当他发现梭林已经财迷心窍，乃至为了阿肯宝钻不惜与人"势不两立"，他开始筹划一个新的计划。在戴

---

① 托尔金. 霍比特人[M]. 吴刚，译. 上海：上海人民出版社，2013：101-102.
② 托尔金. 霍比特人[M]. 吴刚，译. 上海：上海人民出版社，2013：163.

因带领五百矮人即将到达孤山之时，比尔博来到长湖镇首领巴德的营帐。他将阿肯宝钻献给巴德，以希望他和梭林在谈判中占据有利地位，以避免战争。作者写道："比尔博将这颗美妙的宝石递给了巴德，他的身体忍不住微微颤抖着，眼睛也不由自主地投去向往的一瞥。巴德呆呆地用手接过宝石，一副失魂落魄的样子。"① 从中我们可以嚼出比尔博内心的复杂情感，既有对宝石的不舍，又有一种孤注一掷的心态。巴德也被震惊，不知如何是好。在场的精灵国王对比尔博刮目相看，赞叹道："有许多人穿上精灵王子的盔甲比你更好看，但你比他们都更有资格穿。"突然降临的巫师也禁不住称道："干得好！巴金斯先生！"② 献宝可谓比尔博此次旅途最浓墨重彩的一笔，充分地展示了他超越自我占有欲望，为他者谋福利的精神。

比尔博还是一个诚实的人，对自己的弱点毫不讳言，对他人（如梭林）的过失也会真诚告诫。比尔博更是一个懂得感恩的人，当他将一条白银珍珠项链赠与精灵国王时，后者大感不解，比尔博说是回报当初的款待。他说："纵然是飞贼也是有感情的。我喝过你很多酒，吃了你很多面包。"③ 要知道当初矮人被困黑森林时，比尔博是隐身的，他不说没有人会知道他喝了酒吃了面包。

三、生活即存在的艺术

弗洛姆曾论及两种生存模式，即占有型和存在型。占有型的人"会根据他拥有的、能拥有什么或还能拥有更多的什么来给自己定位，以此确定生命的意义和如何过这一生"，而"倾向于存在的人往往意味着其生活是围绕自己的心理力量的"，以此"建立一种与自我和外部环境更广泛、更全面的关系"。④ 弗洛姆指出现代社会已经越来越表现为一种"占有的文化"。由此他得出结论："人类的充分人性化需要突破由占有为中心到以活动为中心、由自私和以自我为中心到团结和利他主义为中心。"⑤

如果说比尔博是存在型生存模式的代表，那么恶龙则象征着占有型生存模式。恶龙斯毛格特别贪婪，将黄金和珠宝聚集于孤山之中，当床睡在上面。直到比尔博的到来才终结其沉睡状态。恶龙再次出洞妄图惩罚人类，不料被屠龙勇士巴德射死。孤山财宝也招致前来争夺之各方力量。比尔博为此抱怨"这整

---

① 托尔金. 霍比特人 [M]. 吴刚, 译. 上海：上海人民出版社, 2013：279.
② 托尔金. 霍比特人 [M]. 吴刚, 译. 上海：上海人民出版社, 2013：280.
③ 托尔金. 霍比特人 [M]. 吴刚, 译. 上海：上海人民出版社, 2013：302.
④ 弗洛姆. 存在的艺术 [M]. 汪雁, 译. 上海：上海译文出版社, 2019：3-4.
⑤ 弗洛姆. 存在的艺术 [M]. 汪雁, 译. 上海：上海译文出版社, 2019：1.

个地方还是有恶龙的臭味！"① 不管是谁，当其痴迷于占有财产，也就堕落为"恶龙"。梭林可谓典型。梭林执念于财宝，无视他者安危，更别说对比尔博心存感恩。当比尔博说是他将阿肯宝钻献给巴德的，梭林反目为仇，破口大骂，毫无"山下之王称号"的形象可言。所幸的是，五军会战后，梭林临终之前对比尔博深表道歉，并说出了最后的醒悟箴言："如果我们都能把食物和笑语欢歌看得比黄金宝藏还重，世界将会比现在快乐许多。"②

当初甘道夫辞别矮人，在奔出众人视野之前，他转过头来对矮人们喊："千万不要离开正路！"③ 可谓一语双关。寻宝之途，也是见证"大道"之途。生活是存在的艺术。每个人都可能踏上寻宝之途，途中如何行动，目标实现后如何善待宝物，这些都意味着生存的意义。

【讨论话题】

话题1：童话何为？童话对于儿童和成人的意义何在？
法语音乐剧：《小王子》
绘本：安徒生著，奥托绘《枞树》
理论：卡什丹《女巫一定得死》（1999）
话题2：现代幻想的现代性体现在哪些地方？
绘本：奥尔斯伯格《极地特快》（1985）（电影《极地特快》原著）
绘本：伯宁罕《迟到大王》，奥尔森《月光男孩》（1962）
理论：克林贝耶《奇异的儿童文学世界》（1980）

【推荐书目】

理论类：
苏恩文. 科幻小说面面观［M］. 郝琳，等译. 合肥：安徽文艺出版社，2011.

斯科尔斯，等. 科幻文学的批评与建构［M］. 王逢振，等译. 合肥：安徽文艺出版社，2011.

克林贝耶. 奇异的儿童文学世界［M］. 沈赟璐，译. 上海：华东师范大学出版社，2019.

哈雷. 科幻编年史［M］. 王佳音，译. 北京：中国画报出版社，2019.

---

① 托尔金. 霍比特人［M］. 吴刚，译. 上海：上海人民出版社，2013：273.
② 托尔金. 霍比特人［M］. 吴刚，译. 上海：上海人民出版社，2013：297.
③ 托尔金. 霍比特人［M］. 吴刚，译. 上海：上海人民出版社，2013：147.

黄海. 科幻文学解构［M］. 新北：黄炳煌出版，2014.

聂爱萍. 儿童幻想小说叙事研究［M］. 上海：少年儿童出版社，2020.

彭懿. 西方现代幻想文学论［M］. 上海：少年儿童出版社，1997.

钱淑英. 雅努斯的面孔：魔幻与儿童文学［M］. 郑州：海燕出版社，2012.

朱自强，何卫青. 中国幻想小说论［M］. 上海：少年儿童出版社，2006.

作品类：

安徒生. 安徒生童话全集［M］. 任溶溶，译. 杭州：浙江少年儿童出版社，2005.

凡尔纳. 八十天环游地球［M］. 陈筱卿，译. 北京：北京理工大学出版社，2020.

圣埃克苏佩里. 小王子［M］. 柳鸣九，译. 北京：中央编译出版社，2019.

E. B. 怀特. 夏洛的网［M］. 任溶溶，译. 上海：上海译文出版社，2018.

阿西莫夫. 机器人五部曲［M］. 南京：江苏文艺出版社，2015.

鲍姆. 绿野仙踪［M］. 北京：商务印书馆，2021.

勒奎恩. 地海巫师系列［M］. 蔡美玲，译. 南京：江苏文艺出版社，2013.

塞尔登. 时代广场的蟋蟀［M］. 傅湘雯，译. 天津：新蕾出版社，2008.

上桥菜穗子. 守护者系列［M］. 北京：中国少年儿童出版社，2011.

科洛迪. 木偶奇遇记［M］. 任溶溶，译. 北京：人民文学出版社，2018.

罗大里. 假话国历险记［M］. 任溶溶，译. 北京：中国少年儿童出版社，2021.

巴里. 小飞侠彼得·潘［M］. 北京：商务印书馆，2021.

格雷厄姆. 柳林风声［M］. 任溶溶，译. 上海：上海译文出版社，2021.

卡罗尔. 爱丽丝漫游奇境记［M］. 周克希，译. 南京：江苏凤凰文艺出版社，2020.

刘易斯. 纳尼亚传奇［M］. 吴岩，陈良廷，等译. 南京：译林出版社，2011.

米尔恩. 小熊维尼［M］. 李文俊，译. 杭州：浙江工商大学出版社，2017.

诺顿. 借东西的小人［M］. 任溶溶，译. 南京：译林出版社，2016.

斯威夫特. 格列佛游记［M］. 北京：商务印书馆，2017.

托尔金. 魔戒三部曲［M］. 邓嘉宛，石中歌，杜蕴慈，译. 上海：上海人民出版社，2021.

威尔斯. 时间机器［M］. 顾忆青，译. 天津：天津人民出版社，2018.

刘慈欣. 三体［M］. 重庆：重庆出版社，2020.

第九章

儿童现实小说

第二十讲 生活教育最佳文本：儿童现实小说概要

中国儿童文学教材普遍设置"儿童小说"单元。随着儿童文学的发展，这一分类似乎越来越显得不科学。现代幻想文学中的科幻、奇幻小说也都可以称为小说。为了尽可能避免分类的相互纠缠，我们借鉴英美流行的儿童文学分类，把幻想色彩浓郁的科幻、奇幻类小说归入现代幻想，把所写事件皆能在现实世界发生的小说按时间维度分解为现实小说（Realistic Fiction）和历史小说（Historical Fiction），前者强调当下性，后者强调历史性。现实小说虽然是作者虚构，但因为其故事的土壤是当下现实，可谓最接地气。故事在儿童教育的过程中，往往比直接灌输大道理更深入人心更持久。在此意义上，现实小说可谓生活教育最佳文本。

一、儿童现实小说的界定

林奇-布朗等人将"现实小说"界定为："那些能真正发生在人们和动物们身上的故事，就是说，它在可能性的领地之内，这些事件能够发生或者可能已经发生。"[1] 这个定义并不能凸显儿童现实小说的独特性。从其功能出发，我们将儿童现实小说界定为：所述故事在现实世界有可能发生或可能已经发生，且有助于儿童认识现实并能积极生活的小说。

最初给年轻读者看的现实类故事都旨在道德教化和礼仪训导。纽伯瑞1744年开始为孩子出版一些现实类小说，在教育孩子的同时也意在娱乐他们。此后现实类小说也开始娱乐孩子。1964年露易丝·菲兹修出版的《小间谍哈瑞特》引发了儿童现实小说的新纪元。"一直是童年一部分的死亡、离婚、毒品、酗酒

---

[1] LYNCH-BROWN, TOMLINSON, SHORT. Essentials of Children's Literature (7th ed.) [M]. Boston: Pearson Education, 2005: 148.

以及残疾等等争议话题,开始被允许成为童书的话题。"这场盛行于1970—1980年代,并一直流行到当下的潮流,被称作"新现实主义运动"。①

现实主义是现实小说的最重要特征。何谓"现实主义(realism)"？Realism 这个词在西方哲学史中的意思是"实在论",与"唯名论"相对立。主张共相(universals)就是实在,被称作"实在论",主张共相并不实际存在而只是名称,被称为"唯名论(nominalism)"。依据这种实在论观点,凡是所叙述的东西在现实中真实存在,就可谓是现实主义的。这实际上是以所写对象与现实的关系作为评判标准。由此,真实性(authenticity)被作为现实主义的核心元素。可是艺术的真实性并不等于生活的事实性(actuality)。现实主义并非是对现实的复制或单纯模仿,而是对现实的提炼和行动。"作为现实主义者,不是模仿现实的形象,而是模仿它的能动性；不是提供事物、事件、人物的仿制品或复制品,而是参加一个正在形成的世界的行动,发现它的内在节奏。"② 凡是抓住现实生活的逻辑、揭示现实生活的本质,有助于社会朝向更美好的现实发展的现实主义作品,才更加真实,也更让人信服。

然而,儿童现实小说最不能让人忍受的便是真实性缺席的虚假现实主义。对此,蒋风的批评可谓一针见血：

> 长期以来儿童文学创作比较强调正面教育,这从儿童教育某一个角度来看,是有一定道理的。但强调过分之后,影响到创作上,便成了一张过滤生活的滤纸,把丰富多彩的生活滤成了干巴巴的几个概念,然后再用现行的概念图解生活,粉饰生活,说假话。这种违反生活真实的儿童小说只能给少年儿童带来祸害,使他们失去对生活本质的识别能力。③

二、儿童现实小说的价值

虽然很多孩子喜欢幻想类更甚于现实类儿童文学,但现实类更贴近孩子们的生活,因而往往更具影响力。好的儿童现实小说有何特征？或者说好的儿童现实小说有何价值？让儿童在现实中成为更好的人,让大人(家长)成为更好的榜样和守护者。

---

① LYNCH - BROWN, TOMLINSON, SHORT. Essentials of Children's Literature (7th ed.) [M]. Boston: Pearson Education, 2005: 152.
② 加洛蒂. 论无边的现实主义 [M]. 吴岳添, 译. 天津: 百花文艺出版社, 1998: 176.
③ 蒋风. 新编儿童文学教程 [M]. 杭州: 浙江大学出版社, 2013: 157.

"当儿童获取'人性'时，儿童文学便在其理解并与自己达成妥协的过程中服务于他们。那些忠实地描绘现实生活的书协助孩子获得对人类问题和人与人关系的更丰富的理解，由此，也对他们自己及其潜能有更丰富的理解。"① 具体来说，儿童现实小说可以在多方面有效协助儿童适应将来的成人社会。

　　首先是认识社会和培育责任意识。秦文君的《十六岁少女》是一部带有自传色彩的长篇小说，很容易把读者置入"文革"时期的东北林场，和这些十六七岁的少男少女们一起经受那个时代风霜的无情洗刷。非常的年代，非常的故事，每一个人物形象都是那样鲜活丰满，非亲身经历写不出如此质感又富有情韵的文字。张之路《第三军团》充满"文革"创伤以及现实乱象，五个男孩就像古代的侠客，秘密行动打抱不平，读来让人振奋。其次是学会善待他者，直面残缺与死亡。萨奇尔《洞》旨在呼唤种族间和谐共存。翠湖营关了一群犯了错误的儿童，目的是让他们每天挖一个洞。一百年前这儿叫翠湖镇。小说把同一地点相隔百年的故事串联起来，并通过人物辐射开来。一百年前上演的是白人教师爱上黑人洋葱小贩的悲剧故事，以及两位不同肤色小主人公祖辈之间的恩怨纠葛。一百年后上演的是轰轰烈烈的沙漠寻宝行动。小说取名为洞，颇有象征意味。小说本身也充满空白。金钱欲望的洞越挖越多，种族之间的空洞需要忏悔和行动来填补，而心灵深处存在感的空缺则呼唤着爱、坚持和忍耐。葆拉·福克斯的作品颇能感染读者去关爱残缺同情弱者。《跳舞的奴隶》揭露贩卖非洲黑奴的血腥；《月光下的人》展示离婚家庭对孩子的精神创伤；而《一只眼睛的猫》则同时关注残疾的人和动物以及失怙的老人。同情让人更像人，残缺的世界时刻呼唤人类更深入更广博的同情心。最后是成为清醒而独立的个体。汉弥尔顿《了不起的 MC 希金斯》呼唤儿童成为一个独立思考的清醒的人。黑人少年希金斯之所以了不起，就在于当家园面临危机，他没有逃避，在孤独中思考出路，最终勇敢地担当其家园的守护者。吉野源三郎《你想活出怎样的人生》告诉小读者要独立思考，勇敢面对恶行，要心存悲悯，正视自己的过错，要努力将善心付诸实践。这本书希望小读者们在人之初，就做好思想准备，思考到底要活出怎样的人生。

　　儿童现实小说对于大人也意义非凡，不仅能启示大人重建和谐生活，还是各级教育工作者的教育宝典。因为儿童现实小说都是以儿童（有时还包括动物）为中心，进而带出家庭、社会以及人类的存在状况，所以成人在阅读的过程中

---

① KIEFER, HEPLER. Hickman：Charlotte Huck's Children's Literature（Ninth Edition）[M]. New York：McGraw-Hill Companies, 2007：470.

也能获得很多启示。成人可以以书为镜认清自己的现实处境以及人类困境,更能发现自身问题,进而努力重建和谐生活。刘先平的大自然探险小说对于成人而言,也许更有意义。因为导致人与自然关系全面异化的罪魁祸首就是成人。大自然的新奇神秘呼唤勇敢者前去探险;同时生态危机也在日益呼唤人类(主要是成人)重建人与自然之间的和谐关系。儿童现实小说最值得教育工作者关注,因为它们往往提供比苦口婆心更加有效的教育智慧。个人觉得最值得关注的教育启迪有三个。一是一定要有一颗温柔之心。前文已经说过《我亲爱的甜橙树》是一本呼唤温柔的书。拉伊森的《我是跑马场的老板》也是一部充满温情的儿童小说。智障男孩花三块钱从收废品老人手里购得跑马场,从此以主人身份出入,并苦心装饰打点,直到真正老板花十块钱重新从他那买回去。除却极少数人不友好,小说着力反映了大人为使童心不受伤害所做出的努力。二是教育必须面向孩子的自然天性。教育的主旨即培育儿童的天性与潜能。《窗边的小豆豆》已是家喻户晓。那涅第《外公是棵樱桃树》、卡特《少年小树之歌》以及斯比丽《海蒂》等等都意在呼唤一种开放的教育方式。让孩子释放天性,让孩子回归自然。三是一定不要触碰生命安全的红线。鲍尔的《出事的那一天》可谓一本生命教育的绝佳文本。汤尼任性冲动,乔温和谨慎。乔勉强地答应汤尼一起骑车去公园。半路汤尼竟停下来不顾危险下河游泳。汤尼被水卷走,留给乔和乔的父亲的是永远的心灵阴影。小说短小精悍,让人震撼。儿童成长过程中,生命是最底线。一切触及生命底线的行为,都必须停下。钱伯斯的《少年盟约》也在警告我们:不可拿生命开玩笑。

三、儿童现实小说的分类

借鉴中西流行的儿童文学教材,我们将儿童现实小说分为八类,所依据的逻辑顺序是从家庭、校园到社会,再到大自然。

家庭小说:故事主要场景是在家庭之内,或以家庭成员关系为主要话题。奥尔科特《小妇人》、蒙哥玛丽《绿山墙的安妮》、伯内特《神秘花园》以及帕特森《我和我的双胞胎妹妹》都是经典的家庭小说。

校园小说:故事主要场景在校园之中,或者是以同学及师生关系为主要话题。秦文君《男生贾里全传》《女生贾梅全传》借助一对龙凤胎,一男一女两个视角,以贾氏家庭为透视镜,观照贾里贾梅各个同学及其家庭乃至社会万象。

成长小说:无论是生理和心理,儿童都随着年龄的增长而有所变化。成长小说即反映儿童在某一段时间之内成长过程的小说,如《草房子》写的就是桑桑小学毕业之前的成长历程。

自传体小说：作家以自己为原型创作的小说，如黑柳彻子的《窗边的小豆豆》，德瓦斯康塞洛斯的《我亲爱的甜橙树》，等等。

问题小说：作家写作时往往在故事中贯穿一个或多个问题，不管是什么问题，都以儿童为主人公。德琼的《校舍上的车轮》聚焦的是生态问题。海边渔村环境恶劣，只有一棵树。为让鹳鸟回到渔村，在老师的发动下，六名小学生展开一场寻找车轮运动。几经周折，终于在大人的帮助下，将车轮安置到尖尖的校舍屋顶。暴风雨中被救的一只鹳鸟终于有了栖息的家。鹳鸟就是过去和谐生活的象征。其他问题小说还有鲍尔的《出事的那一天》、张之路的《第三军团》等等。

动物小说：动物小说就是主人公是动物，或是以动物为核心反映人与动物或人与自然关系的小说。奥维达的《佛兰德斯的狗》写的是祖孙二人和一只狗相依为命的悲伤故事。小男孩在贫穷中立志成为伟大的人，在鲁本斯的艺术感召下默默地绘画。我们在狗的身上看到那些势利的人们所没有的人性光芒。其他优秀的动物小说还有斯维尔的《黑骏马》、吉约的《格里什卡和他的熊》等等。

探险小说：以儿童为主人公的冒险、探险或寻宝小说，如马克·吐温的《汤姆索亚历险记》、史蒂芬森的《金银岛》、勒克莱齐奥的《寻金者》等等。

大自然小说：刘先平将探险小说、动物小说、神话传说结合起来，融知识性、趣味性、教育性于一体，已自成一家，其代表作品有《云海探奇》《千鸟谷追踪》《呦呦鹿鸣》《大熊猫传奇》等。

第二十一讲　体面而坚强地活着：曹文轩《草房子》赏析

《草房子》以油麻地小学为中心，以桑桑小学生活为主线，将各式人物编织在一起，全景式展现中国20世纪50—60年代的时代风貌。它的世界悲喜交集，融儿童性与成人性于一体，在忧伤与幽默之间尽显叙事张力，完全可以代表中国儿童文学的最高水平。我们甚至认为《草房子》在中国开启了一个儿童文学的新时代。而2016年曹文轩荣获国际安徒生奖，则标志着中国儿童文学走向世界的一个里程碑。

为什么还有那么多人不重视儿童文学并以之为"小儿科"，其中一个原因想必就是我们的儿童文学太过于儿童化了，太纯粹了。既然儿童必然要长大成人，那么儿童文学就有义务去培育儿童认识并逐渐适应成人世界的风风雨雨。儿童文学在坚守儿童性的同时，有必要适当具备成人性，其中最主要的一点就是让儿童了解成人世界，让成人反思自己的生活。在此意义上，《草房子》可以作为优秀儿童文学作品的"试金石"。

一、生活风格：忧伤与欢乐的变奏

世界并非总是天气晴好，有风有雨才有味道。儿童的世界也不例外。《草房子》并不避讳世界的忧伤乃至残酷，但却恰到好处地以一种幽默的力量与之抗衡。小说较好地呈现了忧伤与幽默之间的张力，这无疑也暗示了生活风格的忧喜变奏曲。

小说开篇第二段对秃头村风景的描写就奠定了一个忧伤的基调：

> 秃鹤所在的那个村子，是个种了许多枫树的小村子。每到秋后，那枫树一树一树地红起来，红得很耐看。但这个村子里，却有许多秃子。他们一个一个地光着头，在那么好看的枫树下走，就吸引了油麻地小学的老师们停住脚步，在一旁静静地看。那些秃顶在枫树下，微微泛着红光。①

这段描写颇有象征意味，风景虽好，可就是美中不足，有那么多秃头闪耀其中。这个世界是一个忧伤遍布的世界。小说中所有的主要人物角色，不论大人还是小孩，没有哪一个不遭遇到忧伤之境。桑乔、秦大奶奶、二爷、二妈、杜小康父亲等人都是抵制命运的大人，他们内心都有一个"疙瘩"，难以解开。温幼菊常年喝药、蒋一轮白雀爱而不得。小说中主要儿童角色也因为各种原因一个个辍学，纸月失踪、细马放羊、杜小康放鸭。从人物角色的设置来看，曹文轩的确有"苦难"思维，即让人物一个个深陷苦难。相对于他的其他小说，比如《青铜葵花》，这部小说的高明之处，便是点缀其间的幽默笔触。

除掉秃头这一生理缺陷所带来的令人心痛的幽默之外，小说真正的幽默主要来自两个人物，一老一小。先看小的，也就是桑桑。桑桑经常为人们"制造风景"。小说一开头就写了不少桑桑的"滑稽剧"，诸如将家里的碗柜改造成鸽子笼、用蚊帐做渔网等等。炎热的夏天，母亲将棉衣棉被拿出来曝晒。在看见不远处纸月同学上学来了时，桑桑突发奇想，来到院子里。

> 他汗淋淋的，却挑了一条最厚的棉裤穿上，又将父亲的一件肥大的厚

---

① 曹文轩. 草房子 [M]. 北京：天天出版社，2011：1.

棉袄也穿上了身。转眼看到大木箱里还有一顶父亲的大棉帽子,自己一笑,走过去,将它拿出,也戴到了汗淋淋的头上。桑桑的感觉很奇妙,他前后左右地看了一下,立即跑出院子,跑到教室中间的那片空地上①

　　桑桑就是这样一个调皮捣蛋又天真无邪的小男孩,满脑子的稀奇古怪的想法。在为蒋一轮老师送最后一封情书给白雀的时候,桑桑爬到白雀家屋顶上,从天窗里看见白雀父亲白三正熟睡,因为气他阻碍白雀和蒋一轮老师交往,便拉开天窗,对着天窗口撒尿,直撒到白三的脸上。屋里的白三以为下雨,惊得叫起来。接着桑桑更是拿铁壶灌水到屋顶往天窗口倒水,白三误以为是牛撒尿。这些描写读来令人忍俊不禁,很过瘾也很解气。

　　小说中的秦大奶奶也是一个"笑点"。秦大奶奶的小草房位于油麻地小学西北角,很煞风景。地方为她造了新房子让她搬离这块地。可秦大奶奶死活不肯。最终秦大奶奶还是被民兵架到新房子里。学校在秦大奶奶多占的地上开辟苗圃,种上了楝树苗。有一次,四下无人,终日里干干净净的秦大奶奶居然像个坏孩子似的躺在苗圃上。路过的桑桑看到这一幕乐得咧开了嘴。

　　　　秦大奶奶像一捆长长的铺盖卷在滚动。她滚动得十分投入。有几次滚出苗圃去了,她就慢慢地调整好,直到放正了身子,再继续滚动下去。她闭着眼睛从东滚到西,又从西滚到东,一边滚,一边在嘴里叽叽咕咕:'这地反正是我的,我想怎么着就怎么着……'②

　　不仅秦大奶奶,还有她养的鸡鸭鹅,也给油麻地小学带来了前所未有的热闹。有一回,镇上的文教干事领着几十个小学校长来油麻地小学检查工作。桑乔带着文教干事正听着温幼菊老师上课,没想到秦大奶奶的鸡鸭鹅从篱笆上的窟窿进入校园,来到教室。课堂渐渐失控,最终演变成一场闹剧。
　　好玩有趣的情节,冲淡了小说中的忧伤氛围。但总体而言,小说前半部分幽默的氛围较明显,越往后,忧伤的气息就越来越浓了。

二、儿童视角:学会体面而倔强

　　《草房子》对于儿童的价值,就在于它通过几个儿童主人公的塑造,透露出

---

① 曹文轩. 草房子 [M]. 北京:天天出版社,2011:9.
② 曹文轩. 草房子 [M]. 北京:天天出版社,2011:112.

一个观念：要学会体面而坚强地活着。桑桑是一个本性善良又顽皮的孩子，为纸月而敢于打抱不平。可是桑桑身上也有一些"人性"的劣根，诸如虚荣、嫉妒等等。尤其是当作者把桑桑和杜小康放在一起比较的时候更能显示出杜小康的体面来。

杜小康是油麻地最富的一户人家的孩子。杜小康不仅长得好，学习也好，待同学也好。桑桑呢？作者说："桑桑这个人，有时丢掉骨气也很容易。"[1] 桑桑和杜小康一起玩，因为饿就想着烤红薯，结果引发大火。地方让学校调查纵火犯是谁。没想到杜小康在全校大会上主动走上台承认火是他玩的。而桑桑在父亲的严厉追问下才不得不承认自己也是玩火者。这件事让桑桑感到"无法抬头的卑微"。于是在接下来的班干预选中，桑桑竟然制造一张神秘纸条，让大家不要选杜小康当班长。桑乔知道儿子的这一不光彩行为后，狠狠地踹了桑桑一脚，教训道："你好出息！小肚鸡肠、胸无大志，还能搞阴谋诡计！"[2]

更重要的是杜小康骨子里的体面。当他家因为父亲运货船发生事故导致家道衰败，他不得不终止学业。他也曾一度迷惘，可生活教育了他。他随父亲一起去芦苇荡放鸭，虽然最后因为鸭子误入人家养鱼塘，导致整个鸭群被扣。空手而归的杜小康却收获了金钱无法衡量的人生经验。他一下子变成了另一个人。他开始在校门口挎着篮子卖些小商品。"他坐在校门口的小桥头上。令油麻地小学的老师和学生们都感到震惊的是，这个当初整日沉浸在一种优越感中的杜小康，竟无一丝卑微的神色。他温和、略带羞涩地向那些走过他身旁的老师和同学问好或打招呼。"[3] 连桑乔都对这个少年刮目相看，他说："日后，油麻地最有出息的孩子，也许就是杜小康！"[4] 所谓体面，就是无论贫富，都要不卑不亢，就是自食其力而又能拥有尊严地活着。

秃鹤给予桑桑的启示是什么呢？秃鹤因为秃头，经常遭到同学嘲笑乃至"恶搞"。不仅同学，连老师也对秃鹤有所亏待。五所小学在油麻地小学进行会操比赛，蒋一轮也不愿秃鹤参加会操。在秃鹤的一再争取下，蒋一轮勉强答应，但要求他一定带顶帽子。秃鹤被迫戴着蒋一轮老师的帽子上场。当会操进入最后一个高潮时，秃鹤突然将帽子摘掉扔向远处。面对突然而来的戏剧性场面，油麻地小学的会操表演一败涂地。秃鹤以自己特有的方式报复了那些歧视或侮辱他的人。秃鹤也因此成了不受欢迎的人。结果在文艺汇演中，分组时谁都不

---

① 曹文轩. 草房子［M］. 北京：天天出版社，2011：154.
② 曹文轩. 草房子［M］. 北京：天天出版社，2011：169.
③ 曹文轩. 草房子［M］. 北京：天天出版社，2011：256.
④ 曹文轩. 草房子［M］. 北京：天天出版社，2011：257.

愿意要秃鹤。然而汇演戏剧中有一个大秃子伪军连长，始终找不到合适人选。秃鹤毛遂自荐，演出异常成功。油麻地小学师生沉浸于胜利的喜悦之中，秃鹤却一个人躲到码头边偷偷哭泣。秃鹤以自己的演艺才能获得了大家的认可。秃鹤给读者的教训是：尊严不是靠报复获得，唯有给集体带来荣誉才更加体面。小说中还有一位少年，邱二爷从南方带回来的养子细马，也和秃鹤一样不屈不挠，最终以自己的行动赢得了油麻地人的赞赏，靠放羊发家，过上了体面的生活。

当然，对于小读者而言，他们可能并不在乎作者所要表达的"体面"诉求。但这些活脱脱的少年形象无疑为他们树立了一个个榜样，而这些榜样的核心精神便是体面而坚强。

三、成人视角：面子之殇

《草房子》对成人而言，最值得反思的问题便是如何真正做到体面，而不是一味顾及面子，乃至执迷不悟，最终与体面无缘。《草房子》中的人物无论多大年龄，似乎身上都一种执拗劲。秦大奶奶自不必说，为了一块地，不惜牺牲自己的体面，打滚放赖。好在她最终变得亲和起来，从与学校为敌到呵护学校的孩子乃至草木，最终赢得油麻地师生的爱戴。

最浓墨重彩的人物是桑乔。桑乔打猎出身，而且还有口吃，在他人鄙夷的目光里长到二十五岁。好在他热爱读书识字，机缘巧合成了一名出色的教书先生，一步一个台阶，最终成了一名小学校长。"桑乔很在乎荣誉。因为桑乔的历史里毫无荣誉。桑乔的历史里只有耻辱。桑乔看待荣誉，就像当年他的猎狗看待猎物。"[1] 当他发现儿子把他珍藏多年的作为奖品的笔记本上的大红章那页都撕掉后，一下变得歇斯底里，对桑桑一顿拳打脚踢。当他意识到桑桑因为生病久治不愈不久将离他而去，在很短的时间里长出一头白发。"他总在心里不停地责备自己对桑桑关注得太迟了——甚至在桑桑已经病得不轻的情况下，还为了那点荣誉就凶狠地毒打了桑桑。他对桑桑充满了怜悯与负疚。"[2] 桑乔终于从狭隘的自我的"体面陷阱"中走出来，背着桑桑到处寻医问药。他已不在乎自己的打猎出身，为满足桑桑的愿望，还决定带桑桑好好打一回猎。故事的结局令人庆幸，桑桑临近考初中之前，脖子上的肿块奇迹般地消失。

白雀父亲白三可谓是死要面子不知悔改的典型。白雀和蒋一轮老师因为学

---

[1] 曹文轩. 草房子[M]. 北京：天天出版社，2011：261.
[2] 曹文轩. 草房子[M]. 北京：天天出版社，2011：272.

校的文艺汇演而结识,并且情投意合。可是白三坚决反对他俩来往,因为蒋一轮的父亲是大地主,他是小老婆养的。白三最终搬石头砸了自己的脚。他为女儿找的乘龙快婿古苇,虽然是镇上的一个文书,但却极其俗不可耐。

什么才是真正体面的生活?《草房子》为大人们上了很好的一课。

【讨论话题】

话题:儿童现实小说对于儿童和成人分别有什么意义?

绘本1:麦卡利文/图《天空在脚下》。

绘本2:温格尔文/图《三个强盗》。

理论:雷诺兹《激进的儿童文学》(2007)。

【推荐书目】

韦德尔. 弗兰琪的故事 [M]. 黄爱丽,译. 长沙:湖南教育出版社,2014.

赖特森. 我是跑马场的老板 [M]. 丁院,译. 兰州:甘肃少年儿童出版社,2016.

德瓦斯康塞洛斯. 我亲爱的甜橙树 [M]. 蔚玲,译. 北京:人民文学出版社,2020.

伯德克尔. 西拉斯和黑马 [M]. 玄惠敏,译. 长沙:湖南教育出版社,2014.

凯斯特纳. 埃米尔擒贼记 [M]. 华宗德,钱杰,译. 济南:明天出版社,2021.

吉约. 格里什卡和他的熊 [M]. 郭越芬,译. 沈阳:辽宁少年儿童出版社,2015.

蒙哥马利. 绿山墙的安妮 [M]. 马爱农,译. 北京:商务印书馆,2017.

狄扬. 校舍上的车轮 [M]. 吴火煌,译. 沈阳:辽宁少年儿童出版社,2012.

菲兹修. 小间谍哈瑞特 [M]. 李冉,译. 南京:译林出版社,2021.

福克斯. 一只眼睛的猫 [M]. 许洪珍,译. 天津:新蕾出版社,2010.

李. 杀死一只知更鸟 [M]. 李育超,译. 南京:译林出版社,2017.

佩特森. 通向特拉比西亚的桥 [M]. 庄细荣,译. 北京:人民文学出版社,2004.

萨奇尔. 洞 [M]. 徐海幏,译. 海口:南海出版公司,2020.

黑柳彻子. 窗边的小豆豆 [M]. 赵玉皎,译. 海口:南海出版公司,2018.

格里佩. 约瑟芬娜三部曲［M］. 李之义，译. 长沙：湖南少儿出版社，2008.

奥莱夫. 快跑！男孩［M］. 李紫蓉，译. 长沙：湖南教育出版社，2014.

阿尔蒙德. 旷野迷踪［M］. 林静华，译. 北京：人民文学出版社，2016.

钱伯斯. 少年盟约［M］. 陈佳琳，译. 长沙：湖南文艺出版社，2013.

曹文轩. 草房子［M］. 北京：天天出版社有限责任公司，2011.

张之路. 第三军团［M］. 武汉：长江少年儿童出版社，2016.

第十章

儿童历史小说

第二十二讲　岁月的回响：儿童历史小说概要

历史可以让人变得清醒而有智慧。历史长河中积淀着无穷无尽的生活智慧。在此意义上，儿童历史小说无论对于儿童还是成人，都可以从中汲取营养。孔子感叹"逝者如斯夫"，是想告诫我们珍惜当下，努力开拓未来。儿童历史小说可以让读者在当下聆听过往岁月的回声，回味时代风云所带来经验和教训，进而走向美好的未来。

一、儿童历史小说的界定

从事件的现实性而言，所有历史小说都是现实小说，因为历史小说中的事件都已经发生过。"历史小说即被置于一个从当下来看足够称作历史的遥远时代的现实小说。"至于遥远到什么程度才能称为"历史"，中西有别。卡罗尔、林奇-布朗等人认为，距图书出版至少有一代间隔，即20年或更长时间。[1] 在中国，由于我们把新中国成立之后都叫当代，所以"历史"一般指的就是当代之前的时代。为了与流行的国际儿童文学分类保持一致，笔者建议采纳把20年作为历史小说的时间节点，即历史小说写的是出版之前20年或更久年代的故事。不过并非时代背景是20年前的小说，都叫历史小说。《草房子》首版1997年，写的是20世纪60年代的故事，但我们并不认为它是历史小说，而将之归入儿童现实小说。那些反映当下时代状况的现实小说出版20年后，能不能称作历史小说呢？张之路《第三军团》，1991年出版，那么2011年之后，小说中所展现的时代状况也已经过去了20年，但它仍然是现实小说。也有些小说出版时作为现实小说，但现在却被认为是历史小说，如玛丽·麦克斯维格1942年出版的

---

[1] LYNCH-BROWN, TOMLINSON, SHORT. Essentials of Children's Literature (7th ed.) [M]. Boston: Pearson Education, 2005: 167.

《雪中宝藏》(Snow Treasure)。现实小说能否成为历史小说,要看其随着时间的推移,它能否获得"历史意义"。① 我们仅仅把那些以真实历史事件为叙述对象或以之为背景展开的具备史料价值的小说,称作历史小说。

狭义的儿童历史小说必须具备三大特征:首先是儿童性。主人公一定有儿童,叙事讲究趣味性和故事性,等等,这其实是所有狭义儿童文学的一个共有特征。其次是历史性。这是儿童历史小说最为本己的特征,没有历史性,就不能称作历史小说。何为历史性?亚里士多德在《诗学》中比较诗歌和历史的区别,也等于论述了历史之为历史的历史性。他说:"诗比历史更富有哲理、更富有严肃性,因为诗意在描述普遍性的事件,而历史则意在记录个别事实。"② 亚里士多德在此褒诗贬史,主要是因为历史事件已经发生,而且不具普遍意义。不过这种对待历史的态度似乎越来越不得人心。无论中外,历史也逐渐被视为托古喻今的绝佳资源。克罗齐说过一句脍炙人口的名言:"一切历史都是当代史"。由此,历史绝不仅仅是一堆堆事实而已。历史有事实,也有悬案和未知,历史也是可以塑造的。后现代诗学诸如文化诗学对历史的文本化处理,在某种程度上以削弱历史性为代价。不管怎样,一个时代有一个时代的风貌,却是不容置疑。所以,历史小说必须有对某一历史时期的时代风貌和历史事件的真实呈现,而且历史小说也往往拥有对历史事件的个性解读。最后一个特征便是虚构性。不过历史小说涉及所写时代的真实事件、真实人物等史料事实则不能弄虚作假。广义的儿童历史小说是指所有适合儿童阅读的历史小说,比如市场上经过改编的通俗易懂的《三国演义》《史记》,等等。

美国有两大儿童历史小说奖项:1954年设立的劳拉·怀尔德奖,以及1982年设立的斯科特·奥代尔奖。中国没有专门的类似奖项。中国在2003年以已故作家姚雪垠为名设立长篇历史小说奖,其题材范围限定在辛亥革命以前,每四年评选一次,可惜后续乏力,目前只评选了两届。期待中国儿童文学界早日设立自己的儿童历史小说奖。

二、儿童历史小说的价值

《哈克儿童文学》指出:"儿童历史小说帮助儿童体验过去——深入那些在我们之前生活的人们的冲突,苦难,欣喜,以及绝望。"该书还提出儿童历史小

---

① KIEFER, HEPLER. Hickman: Charlotte Huck's Children's Literature (Ninth Edition) [M]. New York: McGraw-Hill Companies, 2007: 545.
② 苗力田. 亚里士多德全集(第九卷)[M]. 北京:中国人民大学出版社, 2016: 654.

说的五大价值：鼓励孩子不仅感受而且思考；帮助孩子们更清晰地看到和判断过去的错误；帮助孩子们认识到尽管时代在变化但普遍的人类需要相对不变；让孩子们能够明白人类既相互独立又相互依存；此外还能发展一种生活的持续感，进而让孩子们意识到他们自己此时此刻的生活其实是一个大图画的一部分。①

一是了解本民族的鲜活历史。

历史书中的历史都是粗线条勾勒的宏大叙事。儿童历史小说中的历史则往往对某一时期进行细致扫描，甚至细节解剖。读者如亲历现场，仿佛历史的见证者。常新港2019年出版的长篇小说《寒风暖鸽》真实再现了1946年哈尔滨光复前后、新中国成立前夕中国社会的人情世相和历史洪流。曹文轩2015年出版的《火印》背景是抗日战争时期的北方草原，写的是一个男孩与一匹马的可歌可泣的故事。鲜活地再现了抗日战争时期的人情世态。殷健灵的儿童历史题材小说颇具特色，都以民国时期旧上海为故事发生地，皆以真实历史事件或历史场景（建筑）为背景，演绎一个个少年从困境中如何一步步突围出来，进而找到自己人生方向的故事。其中《野芒坡》最具代表性，时间跨度大，人物复杂，既有民族历史，又有世界眼光，是一部拥有大境界的儿童小说。小说以传神之笔描绘了一个饱受人世苦难的小男孩幼安成长为一个为拥有自我意识和艺术理想的十八岁大男孩的觉醒历程，读来振奋人心。对每一位深处迷茫之境的人来说，此书可能就是照彻黑暗的一道光，让黯淡的灵魂突然惊醒。

二是体验过往时代的艰难生活。

很多儿童历史小说都聚焦纳粹统治时代。美国儿童文学作家洛伊丝·洛利获得1990年纽伯瑞金奖的《数星星》，很有代表性，小说写的是纳粹占领丹麦时期，十岁女孩安妮勇敢加入抵抗运动的故事，同类题材还有奥莱夫的《从另一边来的人》。其他反映德国纳粹时期的小说还有马库斯·苏萨克的《偷书贼》，约翰·伯恩的《穿条纹睡衣的男孩》，等等。

艰难时代的故事总能振奋人心。柯蒂斯纽伯瑞金奖作品《我叫巴德，不叫巴弟》反映的是大萧条时期美国的黑人孤儿幽默又感人的生活故事。同类题材的还有美国知名儿童文学家凯伦·海瑟的代表作《风儿不要来》（*Out of the Dust*）故事发生在美国经济大萧条时期的中部尘暴地区。此外，获得过《纽约时报》和《今日美国》两家全美著名报社最畅销系列丛书奖的 I SURVIVED，中

---

① KIEFER, HEPLER. Hickman: Charlotte Huck's Children's Literature (Ninth Edition) [M]. New York: McGraw-Hill Companies, 2007: 54-543.

文译名《幸存者系列》，利用真实历史灾难，意在宣传逃生本领，融历史性、故事性和教育性于一体。帕克的小说《碎瓷片》荣获2002年纽伯瑞金奖，是对韩国12世纪镶嵌青瓷杰作"千鹤瓶"的一次历史想象，试图还原其创作经过。尽管其中人物是虚构的，但这只千鹤瓶是真实的，书中所叙韩国12世纪制陶业及其生活世界，也是作者阅读大量史料基础上的历史还原，读来也真实可信。此书可视作儿童历史小说。不过历史只是故事的土壤，故事的枝干绿叶却是给当下人欣赏。碎瓷片拥有多重象征意味，既象征孤儿树耳的苦难生活，也象征制陶大师明师傅对完美的追求，更象征一种呼唤圆满与温情的人性力量。此书可谓融历史性与现实性、儿童性与成人性、民族性与世界性于一体的儿童文学佳作。

阅读这些小说，读者如果被主人公带入故事，对苦难生活将会有刻骨铭心的体验，进而会更加珍惜和平的当下生活。

三是培育多元共存的世界公民观念。

儿童历史小说让孩子们能够明白人类既相互独立又相互依存。不过前提是对世界各民族的儿童历史小说要广泛涉猎。每个民族和国家都拥有光辉灿烂的历史，同时也充满伤痕累累的记忆。当孩子在阅读其他民族和国家的儿童历史小说时，他们既会看到异域特色，同时也会看到自己民族和国家的影子。久而久之，他们会自然形成多民族和谐共存的观念。

多元共存不仅仅是国家层面，更是个体层面，也即主体间性的养成。徐光耀1961年年底发表的中篇小说《小兵张嘎》，讲述在抗日战争时期，冀中平原的白洋淀一位小男孩张嘎为奶奶报仇，勇敢参与抗击日军的活动，最终成为一名优秀的侦察员。儿童参与抵抗外侵者的儿童历史小说，还有前文所说的《数星星》《从另一边来的人》，另外还有简妮福·尼尔森（Jennifer A. Nielsen）的《援救》（*Rescue*）。小说写一个名叫梅格·凯尼恩的12岁女孩为了援救父亲，参加了法国抵抗运动的故事。她住在被占领的珀尔什，从事反纳粹的间谍工作。这些来自世界各地的"小英雄"，虽然民族不同，身份不同，但都同样充满大无畏精神，机智灵活，很容易引发全世界小朋友的共鸣。

三、儿童历史小说的分类

常见的儿童历史小说有四类：

围绕真实历史事件和人物而创作的小说：美国作家阿伦·格兰兹（Alan Gratz）的《犯人B-3087》（*Prisoner B-3087*），这部历史小说改编自二战期间的波兰犹太人亚涅克·格鲁纳的真实故事。奥台尔的《蓝色海豚岛》也以真实的人物为原型。

在真实历史背景下演绎的虚构故事：斯皮尔的《黑鸟湖畔的女巫》，背景是17世纪的北美洲大陆东海岸的殖民地康涅狄格。人物是虚构的，但历史环境却真实可信。史雷的《将军胡同》以儿童视角，讲述了抗战时期老北京人的传奇故事。作品对老北京风物节令、物候时序、日常生活的展现充满了历史文化内涵。前文所说的《碎瓷片》和《野芒坡》皆属此类。

作者回忆童年亲历的历史事件的故事：怀尔德的《小木屋》系列小说（共九本）最具代表性。南北战争期间，美国国会于1862年颁布了《宅地法案》，拓荒者可以申请获得公有土地，从而揭开了西部大开拓的壮阔时代。在此背景下，劳拉一家开始了拓荒者的生活。小木屋系列讲述家庭拓荒史的同时，也融入了美国西部的大开发史中的一些真实事件。

穿越式历史小说：这类题材归入现代幻想类的历史幻想，比如梅先开获得大白鲸原创幻想儿童文学奖的《马踏三国》。

第二十三讲　牧歌时代的挽歌：怀尔德《大草原上的小木屋》赏析

劳拉·怀尔德（1867—1957），美国儿童文学作家，65岁开始写作"小木屋系列"小说，写了足足十年，一共写了九本。小木屋系列可谓劳拉前半生的自传体小说，从儿童视角真实地反映了美国西部从牧歌时代到工业时代过渡时期的景象，可谓一部鲜活的历史档案，因而被誉为儿童历史小说的经典之作。《大草原上的小木屋》是"小木屋系列"中的第二部。劳拉一家离开威斯康星州大森林里的小木屋，赶在冬季冰未裂开之前，渡过密西西比河，经明尼苏达州、艾奥瓦州和密苏里州，最后穿越堪萨斯州，来到大草原并定居下来，生活了一年时间，直到再次离开。小说以儿童视角呈现了一幅人类的本真生活画面，同时也暗含着人类的另一幅断裂生活景象。除了历史价值，此书还是一部难得的童真档案。

一、本真的生活

劳拉的爸爸为什么要离开威斯康星州的小木屋呢？因为他渴望一种更加贴近自然的生活。当他听说政府允许到西部定居，就决定西迁了。小说第一章写道：

爸说，现在大森林的人太多了。劳拉经常听见斧子当当响，却不是爸的斧子，还听见开枪的声音，却不是爸射出的子弹。小木屋旁边的那条小径，已经变成了马路。劳拉和玛丽几乎每天都会停止玩耍，惊讶地注视着一辆马车嘎吱嘎吱地在那条马路上慢慢驶过。

人太多的地方，野生动物们就待不住了。爸也不愿意继续留在这里。他喜欢的是动物不必担惊受怕的地方。他喜欢看见小鹿崽儿和母鹿从树荫下望着他，看见懒洋洋的熊在野浆果地里吃浆果。①

用存在主义术语，劳拉爸爸想过的就是一种本真生活。在海德格尔看来，本真的生活也就是栖居生活，一种诗意的生活，人与万物共存，与自然一体，不再毁林开荒，不再滥杀生灵，不再种族歧视、硝烟弥漫。② 劳拉一家一路向西跨越数州，最后来到理想的栖居地。劳拉的爸爸对妈妈说："告诉你吧，卡罗琳，这里应有尽有，我们可以生活得像国王一样。"③ 第一顿晚餐美味无比。晚饭后爸爸在星光下拉小提琴。"明亮的大星星低低地悬挂在夜空。它们越来越低，随着音乐颤抖。"④ 第二天在邻居爱德华兹先生的帮助下筑造小木屋，晚餐后，爸爸拉琴，"所有的一切都开始舞动"，爱德华兹先生情不自禁地跳舞。后来爱德华兹先生让爸爸拉琴送他回家。爸爸、劳拉和爱德华兹唱歌呼应。当歌唱结束，一切安静，一只夜莺开始歌唱。

只有风在流动，草在叹息。然后爸把小提琴架在肩上，用琴弓轻轻地触动琴弦。几个音符像几滴清水，落进这片寂静。爸停顿了一下，开始拉那首夜莺的歌。夜莺回应了他。夜莺又开始歌唱，和着爸的琴声。

琴弦沉默下来，夜莺继续歌唱。夜莺停顿时，小提琴向它发出呼唤，于是它再次放开歌喉。夜莺和小提琴，它们在月光下，在清凉的夜晚，彼此交谈。⑤

---

① 怀尔德. 大草原上的小木屋[M]. 马爱农, 译. 北京：人民文学出版社, 2015：1.
② 张公善. 批判与救赎：从存在美论到生活诗学[M]. 合肥：安徽人民出版社, 2006：54.
③ 怀尔德. 大草原上的小木屋[M]. 马爱农, 译. 北京：人民文学出版社, 2015：35.
④ 怀尔德. 大草原上的小木屋[M]. 马爱农, 译. 北京：人民文学出版社, 2015：35.
⑤ 怀尔德. 大草原上的小木屋[M]. 马爱农, 译. 北京：人民文学出版社, 2015：49.

天地人，鸟兽虫，在此相互呼应，和谐共存。不过大自然也充满危机。毒蛇猛兽往往威胁人类生活。小说中对狼群的描写读来惊心动魄。白天劳拉爸爸在草原邂逅一群狼，这些狼似乎对他和马都很友好，围着他们奔跑嬉戏。可是到了晚上，一群狼将小木屋围在中间，着实吓人。劳拉爸爸并没有开枪，而只是躲在屋里守望。可以说在大自然中生活，也是伴着危险生活。劳拉的爸爸很显然深谙生存之道。他从不滥杀野兽，也不会招惹印第安人，对陌生人也能善意相待。小说最后写劳拉一家再次搬家，在大草原上也遇到一家人搬家，但马却被偷马贼偷走。劳拉爸爸邀他们搭车去独立城。可他们因为全部家当都在马车上而不愿离开。劳拉爸爸后来不止一次说他们没有养看家护院的狗，也不站岗放哨，"真没经验！"①

小说从头到尾都点缀着劳拉爸爸的琴声歌声。可以说，劳拉的生活从来不缺少歌声，不仅仅是爸爸的歌声，更有大自然中的歌声。"再坏的事情，都有好的一面。"②劳拉爸爸的乐天精神某种程度上也和大自然呼应。大自然暗含危机，但也永远充满可能性。本真的生活，即与大自然生活在一起，天人合一，万籁呼应。这也是废名《菱荡》所昭示的生活。

二、断裂的生活

这部小说最具历史性的价值，是对印第安人被迫西迁过程的生动再现。美国的西进运动虽然带来美国现代化进程的全面拓展，但也给当地的印第安人带来了翻天覆地的变化。印第安人被硬生生地驱逐出自己的世代栖息地，成了无根的"现代人"。弗雷泽的小说《十三月》可以拿来对读。某种意义上，印第安人的生活是人类先民生活的一个形象代码，体现了人类祖先所具有的朴素自然本性和纯真情怀。③

印第安人充满蛮性，但也并非看起来那般凶残。当初的五月花号来到美洲，不正是土著印第安人给了他们极大的帮助吗？现在的感恩节当初就是感恩印第安人的。可惜后来就变味了，这些来到新大陆的人渐渐变成了残暴的殖民者。小说中借劳拉之眼描绘了两个走进小木屋的印第安人："他们又高又瘦，面相凶狠，皮肤是赤褐色的，头顶像一座山峰，山峰顶上一簇头发直直地竖起来，上面插着羽毛。他们的眼睛漆黑、静止，闪闪发亮，像蛇的眼睛一样。"④ 他们被

---

① 怀尔德. 大草原上的小木屋［M］. 马爱农, 译. 北京：人民文学出版社, 2015：223.
② 怀尔德. 大草原上的小木屋［M］. 马爱农, 译. 北京：人民文学出版社, 2015：134.
③ 张公善. 小说与生活：探索一种小说教育学［M］. 北京：北京大学出版社, 2016：68.
④ 怀尔德. 大草原上的小木屋［M］. 马爱农, 译. 北京：人民文学出版社, 2015：94.

描绘成了"野人",身上发出难闻的臭味。劳拉爸爸恰好不在家,但他们并没有伤害劳拉妈妈。他们在吃完劳拉妈妈做的玉米面之后就安静地离开了。还有一次,劳拉爸爸在家里,也来了一位高个子印第安人。爸爸将扑向印第安人的狗杰克一把抓住,然后拴好。爸爸很友好地和印第安人坐在一起,妈妈招待午饭。爸爸听不懂印第安人的话。他们默默地吃饭抽烟,最后印第安人一声不响地离开。劳拉一家善待印第安人,印第安人似乎也记在心里。小说中有一个细节可以说明。有一次爸爸不在家,有两个印第安人来到屋里,其中一个拿走了爸爸的皮毛,可是另一个印第安人对他说了些什么,"他们用嗓子里发出的粗哑声音交谈了几句",然后他就扔下了那堆皮毛,走了。①

　　劳拉一家能够善待印第安人,但其他人就不一样了。司各特先生及其太太就对印第安人报以敌视态度。他们那句"只有死了的印第安人才是好印第安人",似乎成了口头禅。他们之所以如此看待印第安人,乃是因为明尼苏达州大屠杀带来的创伤记忆。② 此处明尼苏达州大屠杀,指1862年的达科他战争,被认为是美国历史上最暴力的种族冲突。不过劳拉爸爸却从来不能苟同司各特先生,他认为,"只要不去招惹他们,印第安人会像任何人一样和平生活"。③

　　遗憾的是,政府要派兵来驱赶印第安人,也要把所有的定居者赶出印第安人居住区。劳拉一家在大草原上的小木屋也住不下去了。印第安部落开始酝酿针对白人的战争。他们扬言要杀死闯入印第安人居住区的白人。只有一个部落不同意,就是奥萨格部落,其首领叫"橡木战士"。他单枪匹马,闯进印第安人准备开战的集会。他日日夜夜跟他们辩论,先说服了奥萨格部落的人,然后他站出来告诉其他部落,如果屠杀白人,奥萨格部落就会跟他们作战。相互争吵的那天夜里,印第安人营地传来的呐喊声异常恐怖,他们相互咆哮。"鼓点越来越快,喊叫声越来越响,越来越凶猛。溪谷上下,呐喊回应着呐喊,声音在悬崖间回荡,没有片刻的停息。"④ 幸亏橡木战士的努力,才避免再一次的大屠杀。小说最后橡木战士带队,印第安人离开了祖祖辈辈生活的地方,从此"无家可归"。

　　断裂的生活即异化的生活,人与人之间,人与自然之间,关系全面恶化。种族之间不能和平相处,是一种断裂;印第安人被迫迁离山林,远离故土,又是一种断裂。小木屋的不断迁移,见证了人类双重断裂的生活。劳拉一家也是

---

① 怀尔德. 大草原上的小木屋 [M]. 马爱农, 译. 北京: 人民文学出版社, 2015: 159.
② 怀尔德. 大草原上的小木屋 [M]. 马爱农, 译. 北京: 人民文学出版社, 2015: 145.
③ 怀尔德. 大草原上的小木屋 [M]. 马爱农, 译. 北京: 人民文学出版社, 2015: 194.
④ 怀尔德. 大草原上的小木屋 [M]. 马爱农, 译. 北京: 人民文学出版社, 2015: 202.

一步步从牧歌时代走向工业时代。

三、童真档案

小木屋系列完整地保存了劳拉童年时代的纯真记忆，丝毫没有大人世界的是非功利。

从大森林到大草原，对于劳拉爸爸而言只是拓荒生活，可是对于劳拉而言却充满着无限的向往，尤其是对印第安人非常好奇。刚一到大草原，劳拉就迫不及待地问妈妈"帕普斯在哪里？"妈妈并不喜欢印第安人。劳拉缠着妈妈问她："如果你不喜欢他们，那我们为什么要到他们的土地上来呢？"① 劳拉只是想看看印第安人而已。她没有大人们的顾虑。但是当她真的看到印第安人走进小木屋，又担心妈妈和小卡瑞的安全，嚷着要放杰克去咬他们，姐姐玛丽坚持要听从爸爸的告诫，最终没有放开杰克。劳拉勇敢地跑进小木屋，终于在胆战心惊中近距离地观察到了印第安人。他们相貌野蛮，气味难闻。

然而印第安人身上让劳拉好奇的光芒似乎并没有消失。小说末尾，印第安人大撤退，劳拉仍然出神地看着那些印第安人，甚至有一个调皮的愿望，"想成为一个印第安小女孩"，因为她"想光着身子沐浴在野风和阳光里，骑着一匹那样的枣红色小矮马"。② 劳拉直盯盯地看着一个小婴儿的亮眼睛，这双黑眼睛"黑得像没有星星的夜晚"。当这双印第安小婴儿的黑眼睛也深深地凝视劳拉的眼睛时，劳拉一下子就被迷倒了。她竟然对爸爸说："把那个印第安小宝宝给我！"尽管爸爸一个劲严厉禁止。劳拉还是不停地哭着央求爸爸。怎么安慰也无济于事。直到爸爸让劳拉看看西边再看看东边，看看能看到什么。她才克制住伤心，尽量按爸爸说的去做。过了一会儿，便安静了下来。劳拉目力所之处，全是印第安人。终于，最后一匹小矮马也过去了。劳拉一家仍然在门口望着，直到长长的印第安人队伍消失在西边地平线上。印第安人在劳拉眼前消失，对她而言是一个事件。作者写道："劳拉也什么都吃不下。她在门槛上坐了很长时间，注视着空荡荡的西边，印第安人就是从那里离开的。她似乎依然能看见飘舞的羽毛和黑漆漆的眼睛，听见小矮马嗒嗒的蹄声。"③ 儿童的非分之想都意味着一种魔力在起作用。这种魔力往往是童年时期最值得珍惜的东西。我儿子小时候也曾吵着要我给他买材料，他想要制造飞机，直到我要求他拿一张纸详细

---

① 怀尔德. 大草原上的小木屋 [M]. 马爱农，译. 北京：人民文学出版社，2015：33.
② 怀尔德. 大草原上的小木屋 [M]. 马爱农，译. 北京：人民文学出版社，2015：208.
③ 怀尔德. 大草原上的小木屋 [M]. 马爱农，译. 北京：人民文学出版社，2015：211.

小说中还有珍贵的圣诞记忆。爱德华兹先生在平安夜冒险涉溪,来到劳拉家。他给孩子们带来了自己在独立城遇到圣诞老人的见闻,也带来了圣诞老人给孩子们的礼物。此外,还有爸爸从独立城回来时带来的礼物记忆,等等。这些关于节日和礼物的记忆,想必曾经给予劳拉无限的快乐和温暖。这些年老后的回忆,读来让人心生无限温柔。

每个人内心都会拥有一份童真记忆。童年时期拥有天真无邪的言行总是令人欣慰,因为长大之后就再也不会那般无所顾忌,那般对新奇无限向往了。

【讨论话题】

话题:历史小说的现实性何在?

绘本1:第七届丰子恺儿童图画书奖首奖《苏丹的犀角》(戴芸文,李星明图)。

绘本2:第二届东方娃娃绘本奖主题作品奖《跟着妈妈去远行》(陆亦瑶文,龙欢图)。

理论:《哈克儿童文学》论儿童历史小说的价值。

【推荐书目】

伯恩.穿条纹睡衣的男孩[M].李亚飞,译.长沙:湖南文艺出版社,2020.

苏萨克.偷书贼[M].孙张静,译.北京:北京十月文艺出版社,2018.

奥台尔.蓝色海豚岛[M].傅定邦,译.天津:新蕾出版社,2017.

福克斯.跳舞的奴隶[M].黄衣青,林林,译.沈阳:辽宁少年儿童出版社,2012.

海瑟.风儿不要来[M].廖佳华,译.桂林:漓江出版社,2016.

怀尔德.大草原上的小木屋[M].马爱农,译.南京:译林出版社,2018.

柯蒂斯.我叫巴德,不叫巴弟[M].甄晏,译.石家庄:河北教育出版社,2008.

劳里.数星星[M].汴桥,译.石家庄:河北教育出版社,2018.

帕克.碎瓷片[M].陈蕙慧,译.石家庄:河北教育出版社,2009.

斯匹尔.黑鸟湖畔的女巫[M].台湾:小鲁文化事业股份有限公司,2015.

奥莱夫.从另一边来的人[M].杨恒达,杨帆,译.石家庄:河北少年儿童出版社,2000.

常新港. 寒风暖鸽［M］. 北京：天天出版社有限责任公司，2019.
史雷. 将军胡同［M］. 北京：天天出版社有限责任公司，2021.
殷健灵. 镜子里的房间［M］. 北京：中国大百科全书出版社，2019.

第十一章

非虚构儿童文学

第二十四讲 事实之力：非虚构儿童文学概要

非虚构乃英语 nonfiction 的翻译，顾名思义，非虚构类文学即所写内容是真实存在或发生过的，而非写作者虚构而成。中文语境中的说明文和报告文学即是典型的非虚构文学。21 世纪以来，中国非虚构文学也逐渐流行起来。为适应儿童文学的全球化需要，我们单列一章来介绍非虚构儿童文学。①

一、非虚构儿童文学的界定

卡罗尔·林奇-布朗等人的儿童文学教材没有"非虚构"说法，而是将"传记"和"历史小说"并列一起设立一章，而将"知识类图书"（Informational Books）单列一章。哈克儿童文学教材则认为，儿童文学在当代发展的一个趋势便是从"知识类"说法向"非虚构"的说法转变，由此，该书单列一章论述"非虚构书籍"。② 1990 年"奥比斯皮克图斯奖"（the Orbis Pictus Award）和 2000 年"罗伯特 F. 希伯特知识类图书奖"（the Robert F. Sibert Informational Book Award）这两大非虚构儿童文学奖项相继设立，是非虚构儿童文学逐渐流行的一个表征。此外，《波士顿环球报》和《号角》共同主办的"波士顿全球号角奖"（the Boston Globe-Horn Book Awards）也设有非虚构类图书奖项。中国专门的非虚构文学奖起步较晚，首届"庄重文中国非虚构文学奖"，于 2020 年 8 月 27 日在广州启动。

如何界定非虚构儿童文学呢？美国学者桑德斯认为："非虚构儿童文学是这么一类作品，它在意的是如何与感兴趣的读者共享讯息。教科书只在意提供知

---

① 中国儿童文学教材中的儿童散文和儿童报告文学都属于非虚构。考虑到散文作为中国文学传统体裁之一，所以也单列一章介绍儿童散文。

② KIEFER, HEPLER. Hickman：Charlotte Huck's Children's Literature（Ninth Edition）[M]. New York：McGraw-Hill Companies, 2007：587.

识，对共享知识则不感兴趣，而且也不关心读者是否感兴趣。"① 桑德斯强调非虚构儿童文学的共享性和知识性。既然是共享，意味着读它不是苦差事。桑德斯其实暗示了非虚构儿童文学的"好读性"，即引人入胜。不过，非虚构并非都是提供静态的知识，它还展示动态的行动（acts）或者事实（facts）。非虚构的魅力即在于客观事实性。事实即一种客观的存在。不管合理不合理，事实就在那儿。虽然黑格尔说过"存在即合理"，但是要让散乱的客观事实得到合理的解释，却并不容易。某种意义上，知识便是客观事实的系统化和观念化。知识之外，这个世界还有海量的事实无人关注。非虚构就是要在海量的事实中淘金，让世人聚焦一类事实，以期得到重视。就此而言，儿童非虚构文学特指聚焦儿童健康成长的非虚构文学作品，它有助于儿童间接获取各种知识和人世经验，好读且有趣，又有行动召唤力。

非虚构文学似乎内含一种矛盾性，既然是文学就离不开文学性，离不开创造性和艺术性。非虚构文学的文学性和虚构类文学的文学性截然不同，它强调事实性，因而不允许在内容方面进行创造性的想象，其文学性多体现于语言的生动性和结构的创意性。因此非虚构作品的真实性与虚构类作品的真实性有所不同。非虚构的真实性更强调其事实的准确性（accuracy）或本真性（authenticity），反对浮华夸饰，反对将自然现象拟人化（anthropomorphism）或给自然现象贯穿一种目的论（teleology）。② 按照事物或事实本来的样子进行描述，这是非虚构得以成立的基础。实事求是可谓非虚构文学的灵魂。

二、非虚构儿童文学的意义

知识是得到系统化解释或组合的事实。知识是我们打开世界的窗口。对于尘世经验不足的儿童来说，更是如此。而世界作为一本大书，其中的人事场景更是具有潜在的教育功能，所谓事实胜于雄辩。很多大道理抵不上一个让人刻骨铭心的事实。那些促人奋进逼人反思的客观事实更是儿童成长源源不断的动力。非虚构儿童文学的意义体现在以下三方面：

一是储备应付复杂世界的知识种子。

书到用时方恨少。知识类图书都是各种知识的种子库。只要我们愿意接近，

---

① 桑德斯，赵霞. 关于非虚构儿童文学的对话：知识、诚实与文学性［N］. 文艺报，2020-02-14（7）.

② KIEFER，HEPLER. Hickman：Charlotte Huck's Children's Literature（Ninth Edition）［M］. New York：McGraw-Hill Companies，2007：595.

就可以收集储存。作为儿童虚构文学的知识类图书，从内容到形式都非常讲究。内容上往往都是儿童感兴趣或希望了解的知识。形式上力求表达生动形象，而且往往图文并茂。对知识的选择也寄寓着写作者的良苦用心。如房龙写有一系列的非虚构作品，所有内容都是他精心选择的，希望得到世人的关注。其中《人类的故事》荣获1922年纽伯瑞奖，可谓儿童了解人类史的最佳读本，文风活泼，富有创意。

是否所有的知识都值得向儿童介绍？这是一个令人头疼的问题。理论上说，知识是人类的共有财产，只要孩子愿意去了解，他们就有权利获取相关方面的知识。但知识对儿童也有副作用。知识一定程度上削弱儿童对世界的想象，让儿童看世界的眼光变得更加客观理性。波兹曼"童年消逝"论指出，在电子媒介时代儿童可以轻松获得各种隐秘知识，因而童年和成年的分界线也变得模糊。"电子媒介完全不可能保留任何秘密。如果没有秘密，童年这样的东西当然也不存在了。"[1] 所以波兹曼的观点是应该区别公共知识和隐秘知识，隐秘知识应当对儿童保密，因为"保密是保证儿童健康、有序地成长的条件"。[2] 笔者非常认同波兹曼上述观点，坚持认为用图画书对低幼儿童进行性教育是一件得不偿失的做法。

二是激发探索未知领域的兴趣和好奇心。

知识类图书对于儿童来说更大的价值可能是激发兴趣和好奇心。比尔·布莱森的《万物简史》，荣获英国皇家学会颁发的世界最著名的科普图书大奖"安万特科学图书奖"。作者用清晰明了、幽默风趣的笔法，叙述了从宇宙大爆炸到人类文明发展进程中所发生的繁多又妙趣横生的故事。他自述写《万物简史》的最初灵感，是来自他在念小学四五年级时读过的一本科普读物。当时他被其中的地球剖面图所震惊，他说："我无论如何也无法想象，人的脑子怎么能确定在离我们几千公里下面的地方是个什么样子，是由什么构成的，而那可是肉眼根本看不见、X射线也穿不透的呀。在我看来，那简直是个奇迹。自那以后，这一直是我对待科学的态度。"[3] 布莱森因为一幅地球剖面图而痴迷上科学，似乎只是个特例，但也说明了科普类图书的确能对儿童带来终生的影响。

儿童非虚构知识类或科普类要想达到最大效果，必须从形式上创新，因为

---

[1] 波兹曼. 娱乐至死·童年的消逝［M］. 章艳, 吴燕莛, 译. 桂林: 广西师范大学出版社, 2009: 237.
[2] 波兹曼. 娱乐至死·童年的消逝［M］. 章艳, 吴燕莛, 译. 桂林: 广西师范大学出版社, 2009: 248.
[3] 布莱森. 万物简史［M］. 严维明, 陈邕, 译. 南宁: 接力出版社, 2007: 引言.

知识总是显得枯燥乏味。三度荣获"安万特青少年奖"的自然探秘系列《可怕的科学》很能说明问题。借用书封面上新东方教育集团文化研究院院长徐小平的推荐语,"《可怕的科学》的可贵之处在于,它把对科学的探索以恐怖悬念、喜剧冒险的形式表现出来,以幽默搞笑的方式颠覆了说教式科普,在不知不觉间拉近了孩子与科学的距离,这样就轻易触发了孩子们的求知欲望和创新意识"。记得我儿子小学时对这套书非常着迷,还在老师安排的课堂演讲中兴致勃勃地向同学们介绍书中的有趣内容。

三是吸纳成长的勇气和智慧。

知识也有短板。维特根斯坦说:"即使一切可能的科学问题都已得到解答,也还完全没有触及人生问题。"① 他还说:"并不是我的抽象的头脑必须得到拯救,而是我的具有情感的似乎有血有肉的灵魂必须得到拯救。"② 维特根斯坦可贵地将理论引向了实实在在的现实人生。尼采直接宣判了知识的"死刑":"知识为人类展开了一条美妙的穷途末路。"③ 托尔斯泰倒是温和一些,并没有将知识一棍子打死。他认为知识不是目的,生命的目的绝不只是获得更多的知识。④ 我们要当心错误的知识,要努力追求真正有益于生命的知识。"人生的意义是什么?什么对人生有益?"这才是一门最基础的科学,"倘若离开了这个科学,所有其他形式的知识与艺术将变得暗淡无光,甚至极其危险"。⑤ 可见,我们更应该追求的是有益于生命(人生)的知识,而不是一味追求知识的数量。在此,儿童非虚构文学可以助我们一臂之力。

儿童非虚构中许多鲜活的个体生活便是最好的"事实",比大道理更能深入人心,尤其是那些名人的年少时代的生活。沈从文的《从文自传》写的是作者"在这地面上二十年所过的日子,所见的人物,所听的声音,所嗅的气味",这是他"真真实实所受的人生教育"⑥。沈从文在此书中所传达出来的"读一本小书同时又读一本大书"的信念非常有益于儿童将眼光从书本移向大自然,进而学会在大自然中陶冶情操。而那些默默无闻却也能在困境里积极生活的人,也因为他们真实存在而更能促人向上。冰心奖获奖作家韩青辰用二十年时间打造

---

① 维特根斯坦. 游戏规则 [M]. 唐少杰,等译. 西安:陕西师范大学出版社,2003:2.
② 维特根斯坦. 游戏规则 [M]. 唐少杰,等译. 西安:陕西师范大学出版社,2003:112.
③ 尼采. 哲学与真理 [M]. 田立年,译. 上海:上海社会科学院出版社,1993:69.
④ 托尔斯泰. 生活值得过吗:托尔斯泰智慧日历 [M]. 李旭大,译. 北京:中国发展出版社,2006:200.
⑤ 托尔斯泰. 生活值得过吗:托尔斯泰智慧日历 [M]. 李旭大,译. 北京:中国发展出版社,2006:19.
⑥ 沈从文. 从文自传 [M]. 北京:人民文学出版社,2017:1.

的"我心飞翔"系列中,有四本报告文学集,即《雨季里的向日葵》《永不放弃》《遥远的小白船》《飞翔,哪怕翅膀断了心》。韩青辰在剖析青少年成长心理危机方面独树一帜,其作品无不高扬直面阴暗努力向阳的精神。相对于那些歌功颂德的青少年读物,这些涉及儿童自身成长危机的非虚构作品更具有意义,因为只有身心健康的儿童才是未来世界的守护者。

三、非虚构儿童文学的分类

哈克儿童文学教材将非虚构类分为十大类,显得有些琐碎。本着化繁为简的原则,我们将非虚构类分为四大类:

知识分享类:以提供相关知识和信息为目的。各门学科(自然科学、人文社会科学等)都可以以儿童非虚构文学的形式出现。《昆虫记》《万物简史》《可怕的科学》等属于此类。

人物传记或回忆录:传记和传记体小说不同,前者更讲究材料的真实性,后者则有着较大的虚构性。诺贝尔和平奖得主威塞尔代表作《黑夜》,与《安妮日记》齐名,回忆了他少年时代与家人在奥斯威辛和布痕瓦尔德两所集中营的真实遭遇。有很多人物传记类的图画书或漫画书,如美国童书作家、艺术家杰西·哈特兰专门为青少年创作的漫画版《史蒂夫·乔布斯传:我能改变世界》。

访谈见闻录:是对访谈对象生活的如实记录。舒辉波的作品《梦想是生命里的光》跨越十年的跟踪采访,透视一群特殊孩子对梦想的坚守。袁凌《寂静的孩子》耗时四年,作者踏遍二十一个省市及偏远山区,真实记录了近百位儿童的生存境况。阿列克谢耶维奇《最后的见证者:101位在战争中失去童年的孩子》是苏联卫国战争幸存儿童的口述实录。

个人日记:《安妮日记》最具代表性,该书记录了一位十四岁小姑娘在纳粹统治时期藏身封闭厂房的困顿生活,字里行间却处处洋溢着永不放弃理想的积极生活信念。

第二十五讲 心灵成长史:安妮《安妮日记》赏析

二战期间,为躲避纳粹逮捕,安妮·弗兰克(1929—1945)一家和彼得一家以及职业医生杜瑟尔共八人躲在父亲公司大楼,直到被人告密。《安妮日记》真实记录了躲避期间(大约两年零两个月)的困顿生活。《安妮日记》既是纳粹时代的创伤记录,更是一个犹太少女的心灵成长史,从中我们可以窥见安妮身上超越时空的伟大精神。

一、纳粹时代的创伤档案

在揭露纳粹时代状况的各种艺术作品之中,《安妮日记》有着无可比拟的优势,那就是它真正的儿童视角和即时性。对于和平年代的人,这些身处恐惧之中的经历和体验,无疑是一剂热爱生活的"良药"。

安妮开始记日记乃是因为身边没有朋友,想把日记当作知心朋友,尽情吐露自己的孤独。可是不到一个月,她就遭遇到了比孤独更可怕的境遇。1942年7月8日她写道:"从星期日到今天短短的几天时间就好像过了好几年。发生了许许多多的事,仿佛天塌地陷了!"① 因为姐姐玛戈收到了德国党卫军的传讯,父亲决定举家躲藏起来。翌日他们就来到躲藏地,父亲公司办公大楼的一个密室,开始了担惊受怕的隐匿生活。"我怕我们会被发现、被枪杀。这个念头像一块可怕的大石头压着我。"② 外面的形势越来越严峻。1943年1月13日的日记记录了当时的场景:

> 外边很可怕。白天和黑夜都有可怜的人被拖走,除了一个背包和一点钱外,什么都不准带(这点财产后来也被拿走)。
>
> 家庭被拆散,男人、女人和孩子。孩子们从学校回来后,再也找不到他们的父母。或者女人们上街置办东西回来,站在贴了封条的房子前,这会儿家人已经被带走了。③

这样的场景一直持续着。1944年3月29日,安妮还专门以战后回望者的视角叙述了战时残酷的日常生活片段。

死亡的威胁无处不在。躲藏的恐惧氛围也越来越浓。一点点风吹草动,就紧张得要命。1943年11月8日安妮写道:"今天晚上,当艾莉还在这儿时,门铃不停地响。我的脸白得像张纸,肚子疼,心怦怦直跳,害怕得几乎昏过去。我晚上躺在床上,一直做噩梦。"④ 1944年4月11日的日记:第一句就是"我的太阳穴突突直跳!"这是最万分惊恐的一次经历,小偷光顾库房,又引来了警察。安妮写道:"你想一想,两夜一天,就这么在恐惧中坐着,是什么滋味!我

---

① 安妮. 安妮日记[M]. 宁瑛,译. 北京:商务印书馆,2015:21.
② 安妮. 安妮日记[M]. 宁瑛,译. 北京:商务印书馆,2015:29.
③ 安妮. 安妮日记[M]. 宁瑛,译. 北京:商务印书馆,2015:85.
④ 安妮. 安妮日记[M]. 宁瑛,译. 北京:商务印书馆,2015:161.

们什么也不想,只是在黑暗中呆坐着,因为范·丹太太把灯关了,我们只能悄悄耳语,只要有一点响声,就有人发出嘘声。"①

除了纳粹时代的恐惧档案之外,安妮还零星地记录了温暖人心的正义力量。1944年1月28日,安妮对那些冒着生命危险救助别人的组织(比如"自由荷兰")致以崇高敬意。她说:"最好的榜样就是我们的保护人","我们从没有听见过一句说我们是负担的话——可我们的确是负担!他们中没有一个人抱怨过他们为我们出了多大力","尽管人民在战争中和反对压迫的斗争中表现出那么多的英雄行为——但是我们绝不会忘记我们的朋友们在这里的牺牲,它每天都是关切和爱的证明"②。

二、犹太少女的心灵成长史

日记是一个人私生活的展览馆。《安妮日记》阶段分明地展现了一个犹太少女的心灵成长史,从一个以自我为中心的"小女孩",到一个能够换位思考且能看到别人优点的"大姑娘",最终成为一个能够全面而清醒地认识自我的独立个体。

成长的转机发生在1944年年初。1944年第一篇日记(1月2日)是《安妮日记》中最重要的篇章之一。安妮翻看过去的日记,震惊于对待母亲的粗暴态度,她反思自己为什么会走到这一步。她开始意识到:"我以前和现在都为情绪所左右,因为我——形象地说——如同一个在水中的潜水员,看什么都是变形的。我主观地看待一切,根本不尝试平静地思考别人说的话。"她进而反思了母女关系:

> 我过去常常对母亲生气,现在有时还这样。她不理解我,这是肯定的,但是我也不理解她。我是她的孩子,她对我好,温柔。我经常使她处于不愉快的境地,她对我发火也可以理解。通过这事,再加上她经历的所有其他烦恼,她想必也变得神经质,易怒。我没认识到这点,就出口伤人、粗暴、放肆,那她就伤心了。这样一来二去,误会和烦恼就产生了,而这对我们两人都不好。但是现在都过去了!③

---

① 安妮. 安妮日记[M]. 宁瑛,译. 北京:商务印书馆,2015:279.
② 安妮. 安妮日记[M]. 宁瑛,译. 北京:商务印书馆,2015:202.
③ 安妮. 安妮日记[M]. 宁瑛,译. 北京:商务印书馆,2015:180.

身心的成长同时进行，1944年第二篇日记（1月5日）中安妮坦露生理周期到来时"心里有一种甜蜜的秘密感"①。新年第三篇日记（1月6日）更披露了一个对她产生重大影响的梦。她梦见先前结识的一个男孩子彼得·魏色尔：

……我们翻阅一本图画书。梦是那么清晰，我能清楚地回忆起图画。我们的目光相遇，我久久地望着彼得漂亮的深蓝色眼睛。然后彼得非常轻柔地小声说："假如我早知道，我早就来找你了！"

我猛地一下转过身来，因为我心中的感动如此强烈。这时我感到彼得的脸轻柔地贴在我的脸上，我心中多么舒服，多么舒服啊！……②

哪个男儿不多情，哪个少女不怀春。性的成熟，让个体开始意识到异性魅力，个体也逐渐能尝试从他者眼光看待这个世界。安妮1944年1月22日的日记真实记录了这一天的到来："我有一种感觉，自从我做了那个梦以后就长大了，更是一个'成熟的人'了。假如我现在对你说，如今我对范·丹太太的评价也不同了，你一定会很惊讶。我不再从我们原先的立场看那些争论和摩擦。"为什么会这么改变呢？因为安妮学会了从别人的角度考虑问题，而不是"一个人只看到另一个人坏的一面"③。不仅如此，这个梦还让安妮发现了自己对男孩子的渴望，她开始意识到自己渴望一个男朋友。

恰好身边就有一个男孩子，范·丹太太的儿子彼得。当安妮向父亲袒露自己和彼得的交往后，父亲可能担心安妮不能很好地控制自己的感情，就劝诫安妮不要老是上楼找彼得。安妮毕竟青春年少，被美好的感情冲昏了头脑，给父亲写了一封言辞激烈的信。这封信可谓安妮的"独立宣言"，一个渴望独立的少女形象跃然纸上。信中写道："我知道，我是一个能自己承担责任的人，面对你们，我觉得，我绝对没有一点责任。""我在身体上和精神上都是独立的，我不再需要母亲，经过所有这些斗争，我变得坚强。""你不能用你的善心阻止我上楼去。或是你禁止我做一切，或是完全相信我。只是别打扰我！"④ 面对如此无视父母的言辞，我们可以想见安妮父亲的感受了。父亲的宽容和循循善诱再次让安妮又成熟了一步。安妮写道："从这件事开始，不要再趾高气扬地看待别

---

① 安妮. 安妮日记 [M]. 宁瑛, 译. 北京：商务印书馆，2015：182.
② 安妮. 安妮日记 [M]. 宁瑛, 译. 北京：商务印书馆，2015：185.
③ 安妮. 安妮日记 [M]. 宁瑛, 译. 北京：商务印书馆，2015：194-195.
④ 安妮. 安妮日记 [M]. 宁瑛, 译. 北京：商务印书馆，2015：311.

人，或者随便指责别人。"①

经历了这次与父亲的"较量"，安妮虽然"输"了，但她却变得更加独立。她不再依靠彼得，也不再把父亲当作完美的偶像了。她越来越觉得自己是这么坚强、能够承受很多，又是"这么自由自在、这么年轻"②。《安妮日记》最后一篇，我们看到了一个真正成熟的大人形象了。安妮认识到自己是一个矛盾的复合体，拥有两个灵魂，一个是肤浅表面的轻松灵魂，一个是深刻的沉重灵魂。她写道："我肤浅、表面的那一面，总是比深刻的那一面更强，压倒深沉的特性。""可爱的安妮还从来没在公众面前露过面，一次也没有出现过，但是在我独处的时候，却总是她在说话。"③

一个能全面认清自己矛盾复杂性的人，便是一个成熟的人。安妮终于破茧成蝶。

三、安妮精神

安妮说："我希望在我死后，仍然继续活着。"④ 她真的做到了。这本日记如今已家喻户晓。如果用一句话概括安妮精神，那就是："头脑清醒！心灵纯洁！"⑤

这本日记最让我吃惊的一点，是小小的安妮竟然反思战争的人性根源：

> 我不相信，仅仅是领导人、政府和资本家应该对战争负责。不是，小人物看来也有责任，否则就不会有那么多民众跟着干！人的心中存在一种毁灭的欲望，屠杀、谋害和大肆破坏的欲望。只要整个人类不经过一次彻底的变化，就还会有战争。那些建设好的、被保护的、成长的，都将受到践踏，被毁灭殆尽，人类必须重新开始。⑥

这段文字与阿伦特的"平庸之恶"论不谋而合。对一个时年 15 岁的姑娘来说，这些反思极为罕见，充分地显示出安妮平时广集博览善于独立思考的敏锐心灵。

---

① 安妮. 安妮日记 [M]. 宁瑛，译. 北京：商务印书馆，2015：315.
② 安妮. 安妮日记 [M]. 宁瑛，译. 北京：商务印书馆，2015：367.
③ 安妮. 安妮日记 [M]. 宁瑛，译. 北京：商务印书馆，2015：373.
④ 安妮. 安妮日记 [M]. 宁瑛，译. 北京：商务印书馆，2015：274.
⑤ 安妮. 安妮日记 [M]. 宁瑛，译. 北京：商务印书馆，2015：224.
⑥ 安妮. 安妮日记 [M]. 宁瑛，译. 北京：商务印书馆，2015：309.

头脑清醒才能在极端情境下，直面困境，接受命运，保持勇气，并积极行动起来，乃至超然于世。安妮说："我们犹太人不允许感情用事，必须勇敢、坚强，必须接受我们的命运，不怨天尤人，必须尽力而为，相信上帝。"① 积极生活是安妮救赎苦难的最大法宝。她坚信"唯一能够转移注意力的方法是学习"②。其实不仅仅是学习知识，她还有其他转移注意力的方式。1944年4月4日的日记写道："我一埋头写作，一切问题就都解决了，烦恼也消失了，又重新鼓起了勇气。"③ 除了写作，安妮还有一大堆的兴趣和爱好，如王族家谱、历史、古希腊和罗马神话、电影明星的照片和家庭照片，等等。④ 安妮不仅能够在困境之中不断让自己积极行动起来，还可贵地拥有一种超然于世的眼光。她说："我经常垂头丧气，但是从不绝望。我把这种隐匿的生活看作是一次浪漫、有趣、危险的冒险经历。……即使在这危险的时刻，我也看到境况的幽默之处，甚至不得不笑出来。"⑤

安妮精神的另一表现是"心灵纯洁"。用她的话来说，心灵纯洁之人也就是"善良和有德性之人"⑥。安妮是如何保持心灵的纯洁的呢？首先是胸怀人类。安妮说："我不会做一个平平常常的人。我将在这个世界上为了人类而工作。"⑦ 她的确有一颗博大之心，前文已指出过她曾反思人类的重生之道。其次是在内心和大自然中感悟大道和美。她说："我发觉内心的幸福感胜过肤浅的、快活的外表。渐渐地我变得冷静些了，而且体会到一种对一切美和善的无限追求。"⑧ 虽然安妮经常借助"上帝"之名来感受善与美，但仍然具有启示意义。"上帝"可以象征那至大无外至小无内的存在者。安妮不止一次说及在大自然之中感受一种"巨大的幸福感"："当我向外眺望，感受到上帝就在大自然深处，此刻我感到幸福，除了幸福没有其他感觉。"⑨ "走出去，到田野上，到大自然中和阳光下，在自己的内心和上帝那里寻找幸福。想着在你心中和你周围一再出现的

---

① 安妮. 安妮日记 [M]. 宁瑛，译. 北京：商务印书馆，2015：284.
② 安妮. 安妮日记 [M]. 宁瑛，译. 北京：商务印书馆，2015：156.
③ 安妮. 安妮日记 [M]. 宁瑛，译. 北京：商务印书馆，2015：274.
④ 安妮. 安妮日记 [M]. 宁瑛，译. 北京：商务印书馆，2015：275.
⑤ 安妮. 安妮日记 [M]. 宁瑛，译. 北京：商务印书馆，2015：309.
⑥ 安妮. 安妮日记 [M]. 宁瑛，译. 北京：商务印书馆，2015：362.
⑦ 安妮. 安妮日记 [M]. 宁瑛，译. 北京：商务印书馆，2015：284.
⑧ 安妮. 安妮日记 [M]. 宁瑛，译. 北京：商务印书馆，2015：238.
⑨ 安妮. 安妮日记 [M]. 宁瑛，译. 北京：商务印书馆，2015：221.

美好事物，你就感到幸福了！"① 这也意味着心灵纯洁，也就是幸福之道。"财富、名望，一切你都可以失去，你心中的幸福最多只可能被蒙上一层阴影，然而只要你活着，总会使你得到新的幸福。只要你能毫无畏惧地仰望上天，只要你知道，你的心灵是纯洁的，幸福总与你同在。"②

唯有心灵纯洁，才能良心平静。"良心平静，即可坚强！"③

【讨论话题】

话题：儿童非虚构文学中事实的力量何在？知识信息与生命故事哪个更重要？

绘本1：马蒂克文，布莱科尔图《寻找维尼》（2016凯迪克金奖）。

绘本2：斯特普托文图《发光的孩子》（2017凯迪克金奖）。

理论：桑德斯《问题的文学：非虚构文学与批判的儿童》（2018）。

【推荐书目】

阿列克谢耶维奇. 最后的见证者：101位在战争中失去童年的孩子[M]. 晴朗李寒, 译. 北京：中信出版社, 2021.

安妮. 安妮日记[M]. 李文雅, 译. 北京：商务印书馆, 2017.

法布尔. 昆虫记[M]. 肖旻, 译. 北京：商务印书馆, 2017.

房龙. 人类的故事[M]. 庆学先, 译. 北京：商务印书馆, 2017.

凯勒. 假如给我三天光明[M]. 北京：商务印书馆, 2017.

威塞尔. 黑夜[M]. 袁筱一, 译. 海口：南海出版公司, 2018.

布莱森. 万物简史[M]. 严维明, 陈邕, 译. 南宁：接力出版社, 2017.

傅雷, 朱梅馥, 傅聪. 傅雷家书[M]. 南京：译林出版社, 2018.

韩青辰. 飞翔，哪怕翅膀断了心[M]. 南京：江苏凤凰少年儿童出版社, 2018.

郝广才. 今天[M]. 北京：新星出版社, 2017.

郝广才. 有一天[M]. 台北：格林文化事业股份有限公司, 2017.

沈从文. 从文自传[M]. 北京：人民文学出版社, 2017.

---

① 安妮. 安妮日记[M]. 宁瑛, 译. 北京：商务印书馆, 2015：239.
② 安妮. 安妮日记[M]. 宁瑛, 译. 北京：商务印书馆, 2015：221.
③ 安妮. 安妮日记[M]. 宁瑛, 译. 北京：商务印书馆, 2015：362.

舒辉波. 梦想是生命里的光［M］. 上海：少年儿童出版社，2016.

徐刚，王燕平. 星空帝国：中国古代星宿揭秘［M］. 北京：人民邮电出版社，2021.

袁凌. 寂静的孩子［M］. 北京：中信出版社，2019.

第十二章

现代图像文本（一）：图画书

第二十六讲 幸福的种子：中外名家论图画书的意义

图画书（Picture Book），也叫绘本，作为文字（或明确写出或暗藏画中）与图画合奏（图文或同存一页或跨页并存）的一种童书样式，一般几十页，主要通过图文互补互动的形式来达到认识世界、播种善根、培育情商的功能。图画书可谓图画版的儿童文学。前文所述的所有儿童文学体裁都可以在图画书中出现。本章着重探讨图画书的意义。只有对图画书的意义有全面的认识，我们才能获得正确打开图画书的"金钥匙"。

一、外国儿童文学著名学者论图画书的意义

在世界儿童文学理论双璧的第一部《书，儿童与成人》（1932）中，阿扎尔对图画书只字未提。大约20年后，理论双璧的另外一部《欢欣岁月》（1953）中，李利安专门设置一章论述图画书。她比较关注儿童心智的成长，认为"图画书不仅唤醒了幼儿的感知能力，也在召唤他们的心智和情感"[1]。"儿童在一本图画书里追寻的是一场历险"，满足了他们的想象力和好奇心，进而让他们获得审美愉悦。优秀的图画书会让儿童在无意识中经历某种审美经验。如果这种审美经验一再重复的话，就会在孩子身上形成一种高标准的艺术品位，可以形成"将他与低质量、赝品以及平庸之作相隔绝的一道防护墙"[2]。此外，图画中主人公与他们之间不同的经历，"会给他们带来一种超越日常的局限性的生活环境的体验，并开阔他们的视野"[3]。

"日本图画书之父"松居直也非常关注图画书之于儿童健康成长的意义。从

---

[1] 史密斯. 欢欣岁月 [M]. 梅思繁, 译. 长沙：湖南少年儿童出版社，2014：160.
[2] 史密斯. 欢欣岁月 [M]. 梅思繁, 译. 长沙：湖南少年儿童出版社，2014：161.
[3] 史密斯. 欢欣岁月 [M]. 梅思繁, 译. 长沙：湖南少年儿童出版社，2014：177.

他的《幸福的种子》(1973，1981)、《打开绘本之眼》(2003)、《松居直喜欢的50本图画书》(2008)等书中，我们可以概括出松居直对于图画书意义的几个主要见解：

淡化用途，强调快乐。"图画书对幼儿没有任何'用途'，不是拿来学习东西的，而是用来感受快乐。"① 当父母抱着孩子给他们读图画书的时候，孩子用耳朵倾听的不仅仅是故事，更是朗读者的情感。同时孩子也在用眼睛竭力从画面中搜索并体验快乐。

淡化认知，强调想象力。"图画书使我们更清楚地看到、更深刻地感受到许多事物。这些事物我们常常不经意地看到、注意到，而且感兴趣，但是却没有真正用心去体会。"② 相对于认知能力，松居直更强调图画书"是培育孩子的想象力的启蒙工具"③。他特别反感大人在孩子看图画书时问一大堆的问题，因为这些问题干扰了小孩子的自由想象。

淡化自我中心，培育共存感。松居直认为"人类在大自然中与其他生物共存，才是正确的"④。"与其他生物共存"这一体验最初是与亲人尤其是妈妈共存。亲子阅读图画书，婴儿会清楚地感受到和谁在一起，并因此安心。"在人类成长的起点拥有的这种真挚的实际感受，终会成为人与人'共同生存'的体验。"⑤

松居直特别看重图画书对于婴幼儿的意义，不过后来也开始重视图画书对于成人的意义。他说："图画书，是喷涌而出的语言的世界。图画书让孩子感受生的欢乐，给予孩子生的力量，也是让成人恢复青春活力的语言的源泉。"⑥《松居直喜欢的50本图画书》(2008)的前言中又明确指出："我深信图画书并

---

① 松居直. 幸福的种子：亲子共读图画书 [M]. 刘涤昭，译. 南昌：二十一世纪出版社，2013：20.
② 松居直. 幸福的种子：亲子共读图画书 [M]. 刘涤昭，译. 南昌：二十一世纪出版社，2013：45.
③ 松居直. 幸福的种子：亲子共读图画书 [M]. 刘涤昭，译. 南昌：二十一世纪出版社，2013：67.
④ 松居直. 幸福的种子：亲子共读图画书 [M]. 刘涤昭，译. 南昌：二十一世纪出版社，2013：17.
⑤ 松居直. 松居直喜欢的50本图画书 [M]. 郭雯霞，杨忠，译. 王林审校. 南昌：二十一世纪出版社，2011：139.
⑥ 河合隼雄，松居直，柳田邦男. 绘本之力 [M]. 朱自强，译. 贵阳：贵州人民出版社，2011：2.

<<< 第十二章 现代图像文本（一）：图画书

不仅仅是面向孩子的书，它也是面向大人，阐释深刻的寓意，令其深思的书。"① 然而就目前来说，图画书之于成人的意义还只停留在浅层次上，并没有被深入地研究。

加拿大著名儿童文学学者诺德曼对图画书也颇有研究，著有《话说图画：儿童图画书的叙事艺术》。他在其名作《儿童文学的乐趣》中专门一章论及图画书。诺德曼对于儿童文学的主要信念就是：儿童文学不仅仅属于儿童也适合成人，它是一项极具乐趣的经验，儿童文学所提供的乐趣大多来自对话，即与别人一起谈论、思考甚至争辩。② 图画书提供的主要乐趣在于：读者能够感受到插画家是如何利用文字与图画之间的差异来说故事。诺德曼的主要精力就是放在如何帮助读者阅读图画书并感受其乐趣。因为乐趣的获得需要读者具备相关图像的解码能力，所以他进而把图画书作为一种"益智游戏"：

图画的细节吸引读者注意其中的隐含意义；静止的画面要求读者猜测它们所代表的行为与动作；无字书中的图画要求读者揭开它们所隐含的故事；而在配有文字的图画书中，文字与图画同时讲述不同的故事，需要读者解开两者互相关联的谜团。所以图画书的乐趣不仅仅在于它们讲述的故事，弄清那些故事究竟是什么也是一种乐趣丛生的游戏。③

难道图画书的意义就在于提供乐趣吗？在其最近的著作《隐藏的成人：定义儿童文学》（2008）中，诺德曼对乐趣说已不再热衷，转而聚焦儿童文学中的"影子文本"。他说："儿童文学文本的简单性只是其真相的一半，它们还有一个影子，一个无意识——对世界、对人的一种更复杂、更完整的理解，这种理解在简单的表面之外处于未被说出的状态，但又为那个表面提供了可理解性。"④ 图画书也是如此，图画书中精心设计的细节往往都是在向有洞察力的观者传递特定的意义。虽然图画书看起来简单，但"图画包含并传递抽象的、理性化的

---

① 松居直. 松居直喜欢的50本图画书［M］. 郭雯霞，杨忠，译. 南昌：二十一世纪出版社，2011：前言.
② 诺德曼，雷默. 儿童文学的乐趣［M］. 陈中美，译. 上海：少年儿童出版社，2008：1.
③ 诺德曼，雷默. 儿童文学的乐趣［M］. 陈中美，译. 上海：少年儿童出版社，2008：488-489.
④ 诺德曼. 隐藏的成人：定义儿童文学［M］. 徐文丽，译. 北京：中国社会科学出版社，2014：214.

151

文化知识的那些感觉信息仍在，并在传递文化知识的同时继续传递它自己"①。如此看来，乐趣之外，儿童文学还提供了对于世界和人生的理解。

其实诺德曼相当重视图画书带给读者的一些安身立命的价值标准和智慧启迪。他在谈及图画中描绘的具体对象的意义时指出："这些对象通过所唤起的语境而产生意义，让读者把它们同自己的知识以及对生活、文学及视觉艺术的经验联系起来。"其中就涉及观念和态度，因为图画书为年轻的读者"提供了关于美与丑、洁净与污秽、邪恶与善良等事物的观念和态度，同时也肯定地告诉他们哪些观念是正常的、为人所接受的"②。

以上是外国学者对图画书意义的阐述，我们选择了三个代表人物。李利安可以代表世界儿童文学理论在奠基之时对于图画书的理解。松居直可以代表日本学者对于图画书的理解。诺德曼代表儿童文学理论成熟阶段对图画书的理解。

二、中国儿童文学著名学者论图画书的意义

我们再来看看中国大陆几位著名学者对图画书意义的论述。老一代以蒋风为代表，新时期以来的儿童文学资深学者中以朱自强、方卫平为例，职业图画书研究和推广人以彭懿为例。

蒋风在其《新编儿童文学教程》（2013）图画书一章中专列一节谈"图画书的意义和作用以及在儿童文学中的地位"，其核心思想可以从以下一段话见出：

> 图画书是孩子在人生道路上最早接触的书。优秀的图画书往往以轻松幽默的文字、充满想象的图画、妙趣横生的故事、饱含哲理的主题构成它独特的魅力，吸引着孩子们，并让他们把阅读当成一种游戏、一种娱乐，从而爱上了书、爱上了阅读，让书伴随着他们健康成长。虽然不能保证每个读过图画书的孩子都聪明过人，但可以保证每个得到过图画书滋养的孩子，心灵都会更加美，更加充盈。③

具体说来图画书的意义可以从六方面显示出来：图画书是打开孩子心灵的

---

① 诺德曼. 隐藏的成人：定义儿童文学 [M]. 徐文丽，译. 北京：中国社会科学出版社，2014：269.
② 诺德曼，雷默. 儿童文学的乐趣 [M]. 陈中美，译. 上海：少年儿童出版社，2008：470-473.
③ 蒋风. 新编儿童文学教程 [M]. 杭州：浙江大学出版社，2013：63.

第一扇窗；图画书促进儿童认知能力的发展；图画书对儿童早期语言的发展有着特别重要的意义；图画书启发儿童的想象力和创造力；图画书激发儿童更加愉快的情感；图画书引导儿童进入一个有趣的书的世界。[1]

朱自强在《亲近图画书》（2011）中对图画书的价值也颇为重视。他首先认可图画书像其他儿童文学文类一样，具有帮助儿童成长，发展儿童语言、思维、情感以及想象力等作用。不过，他更看重的是图画书自己的三大独特价值：一是培养良好的图像读者。朱自强认为，图画书可以很好地培养幼儿的图像阅读能力。一个人年幼时期没有阅读图画书，就会成为"图盲"。二是给儿童以身体阅读的乐趣。图画书不仅仅是用眼睛阅读，而且有些给幼儿的图画书还要运用身体的其他器官来进行阅读。三是最能与读者对话、互动的书。他认为图画书因为是文字和图画的交互作用的产物，因而更需要读者去寻找和建构故事的意义。[2]

在《享受图画书》（2012）一书中，方卫平在认可优秀图画书具备一般儿童文学作品所具有的认知和审美教育作用的前提下，强调图画书的如下两大特殊功能：一是审美和艺术熏陶。受到松居直的影响，方卫平认为，相较于日常生活纷繁迷乱的色彩和图像，图画书为儿童"提供了一种纯正的视觉欣赏艺术，从而有助于培养孩子纯正的审美感觉"。不仅如此，图画书的不同艺术风格对阅读的孩子来说也是一种天然的艺术启蒙。二是心理能力发展。与影视的移动画面相比，图画书对儿童早期的心理能力的发展具有特殊的促进作用。图画书促进了什么心理能力呢？"观察、记忆、想象和心理组织能力"，进而指向波兹曼所谓的"成熟话语"特征，即"理性、有序、具有逻辑性的思维和话语方式"[3]。

作为职业的图画书研究者与推广人，彭懿在《图画书应该这样读》中概括了图画书的"好处"，虽然并没有提出多少新的见解，但却言简意赅地将上述蒋风、朱自强、方卫平的论述融会贯通在一起：

阅读图画书，可以推开一扇窗，帮助孩子了解我们的世界；培养孩子的想象力和学习力，发展情商和智商；还可以提升孩子的美感经验，学会观察和思考图画的能力，迈入艺术的门槛。[4]

---

[1] 蒋风. 新编儿童文学教程 [M]. 杭州：浙江大学出版社，2013：64-69.
[2] 朱自强. 亲近图画书 [M]. 济南：明天出版社，2011：19-22.
[3] 方卫平. 享受图画书 [M]. 济南：明天出版社，2012：36-41.
[4] 彭懿. 图画书应该这样读 [M]. 南宁：接力出版社，2012：7.

如果按照康德对心理能力的知、意、情的界定，中国学者重视的是知（与知识相关的了解、智商、学习力、认知能力、逻辑、思维等）和情（与艺术相关的美感经验、情商、想象力、创造力、艺术熏陶、图像阅读等）的作用，相对忽视意（与伦理相关的人际关系、意志、自由、善、幸福等等）的作用。此外，他们还相对忽视了图画书对于成人的意义。中国学者重视的东西（知、情），外国学者也给予了充分的关注，而中国学者忽视的东西（意），外国学者却有所关注，虽然并没有全面深入地给予论述。

要全面审视图画书的意义，就不仅仅要看到图画书对于儿童的意义，更要强调图画书对于成人的意义；同时图画书对儿童心理能力的发展作用，也不仅仅局限在知识和情感两方面，也要凸显图画书对儿童意志行为的意义，后者直接与生活的意义密切相关。

我们把图画书的终极意义落实在意，即与伦理密切相关的善和幸福，而不仅仅是与知识相关的真和博学，以及与审美相关的美与诗意。对儿童来说，图画书就是预演未来生活的图谱；对成人来说，图画书就是反思并重建生活的镜子。图画书的意义就在于为每个人播下幸福的种子，其目标便是幸福的生活。

第二十七讲　生活图谱：图画书对于儿童的意义

语言充其量只是一个媒介，对儿童来说图画书提供的价值和意义也可能与语言无关，不管这种语言是文字还是图画，而更可能是与一起阅读的人（父母、老师或朋友）以及图画书故事本身有关。这正是斯琵兹的洞见，她说："我首要的目的就是强调成人与儿童之间的这种互动，进而指出：通过大声阅读和倾听来分享文化经验，成人和青少年是如何在密切而快乐的融洽中，参与将价值观念一代代传下去的传统使命。"[1]

图画书属于儿童文学，所以它也具有第一章所阐述的儿童文学的意义。图画书又有其独特性，它是一种图文并茂（甚至没有文字只有图画）的儿童文学，是儿童最早接触到的书籍。所有的图画书作者都应该明白：图画书是儿童走向生活世界的一个桥梁。

---

[1] SPITZ E H. Inside Picture Books [M]. New Haven and London: Yale University Press, 2000: 13.

<<< 第十二章 现代图像文本（一）：图画书

一、孕育健康的生活模式

所谓生活模式，就是一个人在其日常生活中所表现出来的较为固定的行为方式。它是儿童在生命最初的四五年间"在心灵和肉体之间建立起最基本的关系"的结果。生活方式通过言行举止表现出来，但其心理根源却是每个人内在的固定的思想和情感逻辑。阿德勒的个体心理学的一个基点就是认为，这种生活模式在童年早期形成后不再改变。①

那么，图画书给予儿童最初的最有意义的东西是什么呢？我想引用李利安的一个观点，她认为："安全感绝不仅仅来自物质的保证，它还必须有某些植根于个体深处的价值观念。……优秀的儿童书籍会给予喜欢它们的儿童某种稳固的力量，好像狂风中的备用锚。它不是什么道德上的模糊概念，而是可以紧紧抓牢的。"② 在生命的最初，吃喝玩乐可能最让儿童感兴趣，只要他们能够吃喝玩乐，他们便会无忧无虑。安全感不全是这些物质本身所能给予的，更是吃喝玩乐的过程中所展示出来的种种价值观念。图画书通过父母的亲子阅读传递给孩子的正是这些实实在在的真善美的价值观念，它们可以让孩子在心理上健康安全，进而渗透到日常生活方式。

首先是培养一双发现真相的眼睛。图画书因为要培养孩子的综合心理能力，往往在图画中暗藏玄机等待儿童去发现。父母在朗读的时候，儿童不仅仅通过听在头脑中构思并想象听到的意象或意境，而且他们还会积极地在图画书的画面上找宝贝似的扫描，往往会有意想不到的收获。安东尼·布朗的图画书经常隐藏许多细节，比如《朱家故事》中就藏有许许多多的猪头形象，让小朋友开怀不已。除了暗藏的猪头之外，还有些其他细节也会被细心的小朋友发现，比如封面上爸爸脸上的两个白光点、结尾处父子三人端着盘子时脸上同时都有两个白光点，可是妈妈脸上却多了一抹黑灰。这些光点很好地解释了故事的发展变化。

图画书中的这些细节作为一种"真相"，被置于大背景之中。儿童经常阅读图画书，可训练其见微知著的本领。当然，图画书给予儿童的"真"远不止这些暗含的"真相"。所有的图画书都暗含儿童视角，通过儿童的眼睛看到的世界往往更加真实。真诚、真情、真理遍布图画书的每一个角落，而与之相应的虚伪、矫情、谬论在图画书里则往往备受讽刺搞笑。

---

① 阿德勒. 让生命超越平凡［M］. 李心明，译. 北京：西苑出版社，2003：33.
② 史密斯. 欢欣岁月［M］. 梅思繁，译. 长沙：湖南少年儿童出版社，2014：8.

优秀的图画书都会滋养一颗善良、美丽又充满爱的快乐心灵。库尼《花婆婆》讲述一个女人长长的一生，其核心思想是"你一定要做一件让世界变得更美丽的事"。每一个读过《花婆婆》的孩子，都可能会被画面遍野的鲁冰花和花婆婆的美丽心灵所感染。温格尔《三个强盗》乍一看似乎黑暗暴力，实际上却是一曲对爱与美的赞歌。儿童可谓人间天使。小姑娘就是拯救这三个黑暗灵魂的天使。

这并非意味着图画书就没有黑暗的内容。有些敢于创新的图画书作者，一扫童书温情脉脉的一面，转而提供一些让儿童警醒或反思的现象。海德尔巴赫的《女王吉瑟拉》像戈尔丁的小说《蝇王》一样，也暴露了人性（哪怕是小孩子）的阴暗的地方，图画书将小姑娘吉瑟拉懒惰、任性、不讲理，甚至残酷的一面形象地暴露出来，足以让每一个儿童读者反躬自省。

二、形象化的生活教育

图画书的另一大功能是开拓儿童的视野。与其他儿童文学相比，图画书以其独特的形象生动的图画语言在生活与艺术之间架起一座绚丽多彩的桥梁，使得漫游其中的孩子不仅仅眼界大开，更加有意义的是，可以让小孩子耳濡目染地受到不同程度的生活教育。着眼于孩子的未来，这种生活教育最为重要的是以下三点：

生命教育：图画书的世界往往是图像化的泛生命世界。经常阅读图画书的小朋友肯定会滋养出一种博大的同情心、爱心。佐野洋子的《活了100万次的猫》让我们认识到浑浑噩噩没有爱的生活，无论活得多长久也没有生命的意义和价值。埃布鲁赫的《当鸭子遇见死神》将生命（鸭子）与死神放在一起，描绘了一曲生死共舞的交响乐。雅尼什的《爷爷的红脸颊》也以一种精彩的艺术形式阐述死去的人永远活在所爱者的心中。凡此种种，足以显示图画书强大的生命教育功能，而其核心便是：热爱生命，珍惜生命，敬畏生命，并勇于追求生命的意义。

积极生活：绝大多数的儿童都无忧无虑地生活在温暖的世界里。随着年龄的增长，他们会越来越感到生活的艰难，因此在其遭遇艰难困苦之前，就让他们在图画书里适当地接触到的现实生活可谓是一种生活预演。很多图画书讲述了一个人一生的故事，张扬一种乐观的积极向上的力量。比如鲍尔的《爷爷的天使》，病床上的爷爷回顾一生，暗示了"天助自助者"的道理。有些图画书让主人公遭遇挫折，但并未让其沉沦，相反却敢于还手，向命运挑战。李奥尼的《小黑鱼》将渺小战胜强大演绎得轰轰烈烈。还有很多图画书都在呼请小朋友们积极地去实现一种愿望。大卫·夏农《鸭子骑车记》中的鸭子为小朋友树立了一个榜样：敢于行动，让想法成为现实。

探索未知世界：儿童文学的一个巨大功能就是疏解儿童内心各种各样对于神秘未知的恐惧，进而呼唤儿童勇敢地正视它们。很多图画书就聚焦小朋友内心对黑暗以及未知物的恐惧，如荣格的《第五个》。儿童是世界的未来，儿童对未来也总是充满想象。鉴于此，对未知世界的探险在图画书里层出不穷。这类图画书竭力宣扬的便是勇气和冒险的精神。梅士高利的《小黑鱼》中的小黑鱼不满意祖祖辈辈待在一个小地方，它渴望看到更远的世界。奥尔斯伯格的《勇敢者的游戏》以游戏的形式来挑战小朋友冒险的胆量。这本图画书充分地迎合了小朋友喜欢冒险和游戏的天性，同时也在不知不觉中培养了孩子的勇气。

图画书作为一种形象化的生活教育，既让孩子们看到了广博的生活世界是什么样的，不仅仅有真善美，也存在假恶丑，同时也培育了他们积极进取、敢于冒险的探索精神。在一些图画书里他们所看的生活也许就是未来生活的预演。

三、培育自由意志

图画书是培育儿童自由意志的沃土。图画书让儿童在生动形象趣味横生的画面和故事中，感受到认同自己的乐趣，同时也能体验到反抗权威的快感，也可以借助幻想的世界尽情疏解内心的压抑和恐惧。不仅如此，儿童还可以在图画书中与各种各样的人共同分享无限温情的时空，也能在大自然中放牧毫无拘束的灵魂。

反抗权威和惯例：许多优秀的图画书都聚焦对权威、传统以及一些惯例的故意违背，旨在唤醒小孩子身上的闯劲和自由意识。我们在现代图画书的开端就见识了儿童内心的反叛。波特的《彼得兔的故事》之所以备受小朋友欢迎，其中一个原因就是小兔子彼得身上有种不听话的特征。大卫·香农的《大卫，不可以》既反映了成人的威严，也折射出儿童的反抗。桑达克的《野兽出没的地方》最为典型地表现了小孩子内心的压抑与反抗。图画书对反叛精神的描绘不仅仅体现在对家长或成人权威的挑战，还表现了对一些传统惯例，尤其是对经典童话的颠覆上面，如柯尔的《顽皮公主不出嫁》、威斯纳的《三只小猪》、史塔克的《怪物史莱克》，等等。

自我认同：图画书常常关注儿童的自我认同，尤其是那些有各种各样不完美的孩子的自我认同。维尔修思的《我就是喜欢我》说的是一只自卑的青蛙终于认识到自己的与众不同。伯宁罕的《宝儿》则是一只没有羽毛的野鸭对自我身份的坚守的故事。施威格的《没有耳朵的兔子》讲的也是自我认同的道理。

每个生命都是珍贵的礼物，无论贵贱与美丑。

和睦家庭：图画书中儿童与祖辈的关系往往都是充满无限的温情，如鲍尔《爷爷的天使》、卡班《长大做个好爷爷》、吉尔曼《爷爷一定有办法》等等。儿童与其他家庭成员就没这么简单了，虽然大都充满着温馨的爱，但有时候也会有抵触或不满的一面。桑达克的《野兽出没的地方》及大卫·香农的《大卫，不可以》中暗含对妈妈的不满。安东尼·布朗的《大猩猩》则暗含着单亲家庭中女儿对父亲的一种不满，而他的《隧道》则表现了兄妹之间的矛盾。这些图画书既疏解了儿童的成长压力，也缓和了父母与子女之间的紧张关系。

与他者共存：阿德勒的个体心理学有一个深入人心的基本观点，即"所有失败者的共同点都表现在合作方面的无能"①。合作就是与他者友好相处，一起为一个目标积极行动。格雷涅茨的《月亮的味道》反映的就是与他者一起进行一项行动。更多的时候我们与他者只是生活在一起，共同分享一个生活世界。彼得·西斯的《马德林卡》的视角从太空中的地球到纽约一座多国公民聚集的公寓。一个下雨天，小女孩玛德琳卡发现一只牙齿要掉，高兴地从高楼跑下来绕着公寓外大街跑了一周，依次告诉她遇到的八个人，他们分别来自八个国家。图画书最后镜头又推远到宇宙中的小小地球。八个人，八扇窗，让我们看到八种文化，他们友好共处。

与万物相亲：尊重万物、善待万物以及与万物融为一体是图画书的一大主题。麦克洛斯基的《让路给小鸭子》中那个胖警察阻止车辆让野鸭妈妈带领八个小鸭子穿过马路的画面，相信所有的读者都会对此心生怜爱与感动。拉特曼的《晚安，大猩猩》从动物园管理员的角度描绘了一幅人与动物相亲相爱的温情画面。马可·塞蒙的《树真好》从树的视角表现了人类与大自然的相依相伴的亲缘关系。而舒利瓦茨的《黎明》则以远近不同的镜头语言描绘了一个天人合一的诗意的自然，让人悦目悦神。

如果用一个词来概括图画书对儿童的意义，那就是：生活图谱。所谓生活图谱，在此强调的便是图画书关于生活的系统的描绘，目的是让儿童见识生活的方方面面，协助儿童尽早奠定一个良好的生活模式，从而引导儿童在未来更好地生活。

---

① 阿德勒. 让生命超越平凡 [M]. 李心明，译. 北京：西苑出版社，2003：33.

<<< 第十二章　现代图像文本（一）：图画书

第二十八讲　生活之镜：图画书对于成人的意义

"最优秀的童书都是混合视角建构而成，与一种儿童视角联系在一起的是我们称作'成人'的曾经的儿童的谨慎视角。"[1] 童书的双重视角使得亲子阅读之时大人和小孩往往各有领会。成人更倾向于思想性，儿童更倾向于故事和乐趣。斯琵兹指出，最优秀的图画书不仅仅吸引孩子们，而且也吸引选择并购买它们并用来大声读给孩子听的成人们，"总之，它们必须能吸引一代代的人。为此，它们必须要在好几个层次上传达意义"[2]。

一、图像时代的慢生活方式

1903年人类有史以来第一架动力推进的飞机起飞，由此引发的运输革命直接导致了快节奏的现代生活。从图画书的诞生历史来看，如果以1902年《彼得兔的故事》作为现代图画书的开端，那么也就意味着图画书也是伴随人类一道进入飞速发展的现代世界。

图画书的出现也顺应了图像时代的到来。1839年摄影术诞生，到19世纪90年代，照片已经可以通过杂志和报纸被廉价复制。1888年推出的柯达相机，标志着直接由中产阶级消费者而非专业摄影师创作的照片的初次亮相。"摄影在日常生活中频繁出现预示着一个日益兴盛的影像世界。"[3] 1895年法国卢米埃尔兄弟成功放映了人类历史上的第一部电影，标志着电影时代的到来。可以说，摄影、电影、复制印刷等因素汇聚一起，造就了图像时代。图像时代里的人们，视觉的作用越来越优于听觉，同时人们也逐渐习惯于快速阅览图像而非慢慢细品文字。从某种意义上，图像时代与快节奏的现代生活可谓意气相投。

现代社会里时间与效率越来越凌驾于人类生活的所有方面。由此看来，短小精悍图文并茂的图画书也可以说是现代生活、图像时代的必然产物。如今，随着数码技术以及手机拍照技术的改进，图像的传播与复制更为迅捷，数量更

---

[1] GRENBY M O, IMMEL A. The Cambridge Companion To Children's Literature [M]. Cambridge: Cambridge University Press, 2009: 159.

[2] SPITZ E H. Inside Picture Books [M]. New Haven and London: Yale University Press, 2000: 7.

[3] 玛丽亚. 摄影与摄影批评家 [M]. 郝红尉, 倪洋, 译. 济南: 山东画报出版社, 2005: 163.

大。但是图画书自有其优势：短小精悍，比较适合工作繁忙的现代人士；图文并茂，非常适合亲子阅读（尤其是读给不识字的学龄前儿童），共享天伦之乐。阅读图画书，尤其是亲子阅读，可谓现代人的一种慢生活方式。图画书中色彩斑斓的童心世界，与枯燥单调的成人世界截然不同。随着一页页地翻读，随着与天真的孩子的亲密互动，生存的压力，工作的烦恼，全都烟消云散。这将是一天最放松的时光，是播种幸福种子的时光，也可以说是悦目悦心悦神的悠闲时光。

二、生活之镜

自图画书诞生以来，人类社会在20世纪发生了天翻地覆的变化，也遭遇到前所未有的生存困境。图画书的作者们自觉或不自觉地在呈现世界变迁的同时，也把他们对于人类社会的反省融入其中。图画书就像是一面镜子，照出人类的历史，同时每个人也会从中反观自我，认清自己当下的生活状况。

（一）审视人类

残暴的人类。一部文明史同时也是一部野蛮史。人性中的兽性总是在威胁着人类的健康发展。桑达克《野兽出没的地方》历来被解读成儿童借助幻想疏解内心压抑或无聊，进而安顿好内心的野兽。其实对于经历过二战残酷历史内心充满阴影的桑达克来说，此书可能另有隐藏，即他很可能折射了人类的残暴。作为儿童的小男孩的发泄自然让我们联想：成人如何宣泄内心压抑或恐惧呢？很可能是暴力，尤其以孩子或弱者为对象。小男孩幻想中的野兽国何尝不是现实世界的一种象征呢？英诺森提的《大卫之星》《铁丝网上的小花》这两本图画书虽然没有出现血腥暴力的场景，也成功地传出二战时期法西斯的残暴。

异化的人类。马克思的"异化"学说揭示了现代社会以来人与自然、人与人、人与自我、人与机器等等和谐关系的全面变质。米勒的《推土机年年作响，乡村变了》和伯顿的《小房子》都是对城市化破坏乡村文明的控诉。而米勒的《森林大熊》可谓现代文明的寓言，揭示了人与自然关系的异化，也是人类失去自我认同的悲歌。

（二）反观自我

你是否为这个世界承担了责任？你是否认为远处世界发生的一切都与自己无关？斯坦伯格的《不是我的错》可能更应该是给成人看的，旨在唤醒每个人的责任意识。

外面的世界总是暗藏凶险但又充满诱惑，你是希望平平安安守在家里，还是轰轰烈烈闯天涯？梅士高里的《小黑鱼》足以让所有故步自封畏首畏尾不愿走出去开拓生命时空的人汗颜不已。

你是否忙于追逐，却忘记爱惜生命？埃布鲁赫的《当鸭子遇见死神》可谓对现代人的一剂清醒药。懂得生死相依才会正视死亡并与之共舞于生命的戏台，才会珍惜生命享受当下，适时与生活和解，并高贵地走向死神。

你是否总想着独占所爱的人？卡瑞吉特的《莉娜和野鸟》以及蒙梭的《狐狸与我》这两本图画书都包含着爱的反思。从儿童角度来看，儿童对所爱的"宠物"的占有，违背了自然规律，因为它们属于大自然。从成人的角度来看，我们对所爱的人（孩子、恋人、伴侣等等）的过度占有，也会让爱变得苍白无力甚至枯萎死亡。

你是否得到的越多，却越感觉不到快乐，是否成功了却没有幸福感？尤塔·鲍尔的《幸福》虽然对幸福的理解缺乏所谓的崇高意义，但它也同时说出了最为根本的幸福观念：幸福说到底就是一种自我知足，能和所爱的人和喜欢的东西在一起共享时光。

总之，图画书对于儿童来说更多的是让他们感受到生活和世界的美好，但对于成人来说还不仅仅如此，还要让他们认识到人类的黑暗历史以及个体日常生活中的种种困境和问题，进而呼唤重建一个更加美好的世界。

三、教育和生活宝典

很多图画书大师其实也是思想家，他们对教育以及对现代生活的思考，被深深隐藏在图画书之中，等待细心人去发现。可以说，那些优秀的图画书无异于教育和生活宝典。

（一）教育之道

图画书蕴含着丰富的教育思想，值得每一个家长和老师认真领会和借鉴。本人最感兴趣的是以下几条教育启示：

要关注孩子，而不是漠视孩子。杜朗的《卡夫卡变虫记》看似荒诞，但却揭示了一个事实：生活中大人往往忙忙碌碌，对孩子不管不顾，对小孩子的言行举止都视而不见听而不闻。弗斯的《你睡不着吗》与之形成鲜明的对比，淋漓尽致地展示了大熊对小熊细心而温情的呵护。密切关注儿童，善待儿童内心黑暗，直面而不逃避，春风化雨，唯有温柔的怀抱才能化解儿童所有的阴影。

保养儿童的好奇心与信心。对小孩子的天真想法要给予充分的理解和尊重，而非打击甚至讽刺挖苦。布霍茨的《莎娜想要演马戏》中的小姑娘莎娜非常想当马戏演员。终于有一天马戏团来了。她跑去找驯兽师找空中飞人找飞刀手，他们都断然否决，不乏嘲笑的语气。只有小丑答应和莎娜一起试试。这与马克·西蒙特的《公主的月亮》可谓异曲同工。反观现实，面对孩子的很多稀奇古怪的要求，大人往往认为都是无理取闹进而粗暴对待，却不知道去了解孩子真正的愿望和身心需要。每个人都希望得到认可，小孩子也不例外，所以我们也要学会鼓励和欣赏孩子，培养孩子的自信心。雷诺兹的《点》表现的就是这个道理。

站在儿童立场看待儿童。大人在处理孩子的问题时往往先入为主站在大人的立场上，而忽视小孩子的视角。伯宁罕的《迟到大王》意在告诫我们要站在儿童这一边看问题。图画书中小男孩上课一再迟到，每一次都有理由。图画书其实以一种象征手法说明小男孩可能遇到了一些稀奇古怪的事情，但在大人看来却往往不能理解。站在孩子一边看问题，就是要试着去用小孩子的眼睛看世界，用小孩子的心思想象世界。艾斯的《在森林里》中的那位父亲做到了这点。当爸爸知道孩子在跟动物朋友们说话时，爸爸很清楚小孩子是在幻想，但却没有揭露他，相反却告诉他："我们该回家了。也许它们会一直等着你，下次再来一起玩。"松居直认为能说出这话的，才称得上是真正的大人，因为这句话使得森林里愉快的幻想世界完整地保留在了小男孩的心里。①

(二) 生活之道

儿童文学的独特之处在于，以儿童为中心来编织复杂的关系世界，这意味着儿童文学不仅仅写儿童生活，也写成人生活。儿童读者可能更多地会关注儿童角色，而成人读者往往会关注儿童所深处其中的各种关系网；儿童读者往往只对表层的故事情节感兴趣，成人读者则可能深入到深层去感受诺德曼所谓的"影子文本"。"儿童文学可被理解为通过参照一个未说出来但隐含着的复杂的成人知识集成而进行交流的简单文学。"② 正因为此，儿童文学也蕴含着丰富的生活智慧。图画书更是将许许多多的生活智慧暗藏其中。

在日常生活中灌注诗意。日常生活中的成人们往往为生计日夜奔波疲惫不堪。其实有时候可以换一种活法，把物质需求看淡一些，转而关注精神世界，也许会有意想不到的收获。这便是李奥尼的《田鼠阿佛》给予我们的启示。这本图画书当然不是教我们好吃懒做坐享其成，而是希望我们在功利的日常中保持一份纯粹的诗意，因为它会在物质匮乏的日子里滋养我们。

重建更加和谐的家庭生活。安东尼·布朗的图画书大都关注家庭问题，《朱

---

① 松居直. 打开图画书之眼 [M]. 林静，译. 海口：南海出版公司，2013：28.
② 诺德曼. 隐藏的成人：定义儿童文学 [M]. 徐文丽，译. 北京：中国社会科学出版社，2014：215.

家故事》聚焦的是家庭琐事分工不公所引发的矛盾。该图画书不仅形象地嘲讽了男权中心主义在家庭中的霸道，呼唤尊重女性平等地位，同时也希望两性在家庭日常事务中互相帮助互相学习。这个故事告诉我们：家庭琐事，不分男女老少，只要力所能及理当适当互相分担。家庭和谐至关重要，因为和谐的家庭是一个孩子健康成长的关键因素之一。

白日梦的力量。"比起成人的大脑，幼儿的大脑各部分之间实际上更加联系紧密。幼儿比成人能拥有更多的神经通路。随着我们渐渐长大，经历更多，我们的大脑就'减掉'较弱的、不太使用的神经路径，并加强那些更加频繁使用的路径。"[1] 忙碌的现代人是否也应该向儿童学学，让自己的大脑放个假，不去苦苦算计，而是去超越日常的轨道，去神游一番呢？图画书就是个不错的让大脑神游的媒介。英诺森提的《最后的胜地》表现的就是这样一个神游的故事。每个人来到此地都有所追求，而且都能如愿以偿。无论怎么解读，最后的胜地都是安抚受挫心灵的地方。白日梦虽然容易破碎，但却让心灵在疲惫的时候得到暂时的放牧。

还有许许多多的生活之道，比如上文所述生活之镜中反观自我的时候，一方面我们看到了自己的不足，另一方面我们也看到了努力的方向。这些方向都通往更加和谐生活的道路。

第二十九讲　创造自己的童话：巴可维斯基《小小花国国王》赏析

柯薇·巴可维斯基（1928— ），捷克著名插画家，1992年国际安徒生奖插画家获得者。她50岁时才开始儿童插图创作，《小小花国国王》便是她59岁时献给儿童的杰作。这本图画书在构图运笔色彩搭配等方面都匠心独具，很好地传达了思想主题。不仅如此，它还意蕴丰厚，耐人寻味。《小小花国国王》可以视作世界一流图画书的范本。

一、文字部分：一个传统童话

这本图画书的文字全文如下：

---

[1] GOPNIK A. The Philosophical Baby [M]. New York: Pcador, 2009: 11.

在很久很久以前，有一位国王，一位很小很小的国王。他住在很远很远的一个迷你小城堡里面。有一天早上，小小国王在城堡的花园里散步。在他袍子的口袋里，装了满满的郁金香球根。小小国王停下脚步，不断地在地上挖洞，然后小心地把球根种到土里。

每天早上，他都会给球根浇水。然后，一直、一直地等待着……

小小国王等着，等着，直到一个天气晴朗的早晨，城堡的花园里开满了小小的郁金香花苞。

从那天起，小小王国就被花朵团团围起。小小花国国王觉得十分满意。

尽管如此，小小花国国王却还是不开心。他还需要完成一件能够让他真正感到快乐的事情。因为，小小花国国王总觉得心里空落落的，好像在期待着什么……

突然，小小花国国王大声地喊道："我知道我需要什么了。我需要……一位公主。"

于是，小小花国国王立刻出发去寻找他的公主。

小小花国国王整天不停地寻找。

不论晴天，或是雨天；不论白天，或是黑夜。

"我在这里！"一个小小的、轻柔的声音从郁金香花里传了出来。一扇窗户打开了。小小花国国王停下来，眼睛眨也不眨地望着。这位，就是他一直寻找的公主吗？

终于，小小花国国王与公主找到了彼此。小号手们在城堡外，等着迎接他们。

"欢迎你们！欢迎回来！"

小小花国国王与公主的婚礼就在当天举行。而小小公主……

成了小小花王国后。

小小花国国王觉得自己从来没有这么幸福过。

现在，在这小小花国里：有一位国王，他是小小国王。有一位王后，她是小小王后。他们一同住在小小的城堡里。他们是那么快乐，直到永远。[1]

小小花国国王便是普通平凡的我们的象征形象，而公主则象征理想，象征我们努力追寻的一切美好的东西。这个童话隐喻着一个大道理：每个人生活在

---

[1] 巴可维斯基. 小小花国国王 [M]. 麦田文化，译. 天津：天津人民美术出版社，2013.

自己的世界里，追寻着自己内心的理想，唯有理想和爱才能让人永远幸福。

二、图画部分：一个后现代童话

巴可维斯基用她的创意和画笔为这个老套童话穿上了一件耐人寻味的形式，颇有些"后现代"的拼贴意味。这本综合拼贴画、水粉画、素描等形式的图画书，作者在用文字叙述童话的同时，也在用画笔解构这个童话。

从头到尾，这本图画书的颜色总给人以一种冲击力，有时候是各种颜色的反差对比，有时候是一种颜色的铺天盖地。这很好地体现了巴可维斯基如下观点："一幅画并非其所是。它不应该而且也不能伪装。它表达的是我们的情感和思想。我渴望做到最大程度的对比。"

封面封底都是硬纸板，中间开着一个正方形窗口。封面大红底色，窗口站着一个大红鼻子全身大红的小人，很显然这就是主人公小小花国国王。封底是白色底子，上有多彩花鸟，窗口里有一张窗帘似的小纸片，掀开后纸片背面九个心形图案，纸片下是一对小人，即小小花国国王和王后。封面和封底摊开放在一起看，反差强烈，的确有视觉的冲击力。无论封面还是封底，都能发现拼贴的痕迹。封面的吉祥鸟最为显眼，有碎报纸、田字格本碎片、签字笔写的序号标签纸、锡纸片等等。乍看之下真的有些"不敢恭维"。很有可能这是作者有意在暗示读者：本童话纯属捏造，但却是一扇窥见人世秘密的窗口。

图画书的正文部分也就是那个王子找到公主的童话故事。封面的那扇窗口一直贯穿正文9页。第10页便是"princess"的字母拼图。可以说前10页的主题便是发现理想。翻页时，窗口中的小小花国国王总是微笑着在那儿。第1页白底上是第一段文字。第2页白底上一个彩色小城堡，所占面积不到页面的四分之一。现实中绝大多数时光可能都是苍白的，但小小花国国王始终微笑面对，始终在播种郁金香球根。终于生活有了色彩。第6、7页整页色彩斑斓。第6页小小花国国王被花鸟环绕。第7页整页都是城堡，主打黄色。第8、9页再次回到第1页那样的满页白底，象征着小小花国国王遭遇到一个精神危机：尽管生活五颜六色，但仍然不快乐。第10页小小花国国王找到了自己的方向：princess（公主）。这个单词被分成两行字母拼凑而成。第一行四个字母prin用色多样，以红色块最多，其次是绿色，接下来是蓝色、黄色，等等。第二行四个字母cess则用色单一，全是黑色。这样构图用色意在表明：理想并非总是那么绚烂轻盈，理想本身也是沉重的，需要努力承受追寻过程中的一切苦难。第一个窗口背后的秘密就是：在日常之中发现理想。

第11~20页的主题是追求理想。小小花国国王发现自己的理想之后，便"立刻出发寻找他的公主"。第11页是一只吉祥鸟，浑身以红色为主调，其喙下弯曲延伸的红线也全是红色。吉祥鸟伴随小小花国国王一起追求公主。吉祥鸟可以解读成美好事物或品质的象征。小小花国国王一直和美好的事物相伴。弯曲又绵延的红线象征着追求理想的艰难曲折和道路漫长。第12页是一个小小花国国王的特写镜头。夸张的大鼻头，浑身上下绝大部分都是红色。一看就知道他激情满怀，打了鸡血一般。第13、14页跨页展示小小花国国王为了理想苦苦追寻之情景。他手里的那根线变成了全黑色，跨页的底色是厚重的牛皮纸色，这些象征着路途之艰辛、生存之沉重。小小花国国王和吉祥鸟的颜色依旧以大红为主，表明追求理想的意志依然坚定不移。第15页白色，只有一上一下两行字："不论晴天，或是雨天；不论白天，或是黑夜。"这页其实是一个过渡，叙述节奏加快。白色意味一无所获。第16页小小花国国王在雨中似乎心情不佳，脸上的笑容也消失了。吉祥鸟身上出现了粗粗的黑色块。画面有些杂乱。这些都意在呈现追求理想过程中的困顿状态。小小花国国王手中的线条出现了一小截绿色。绿色象征希望，在此可能象征着小小花国国王在给自己打气。第17、18页承接前页，跨页展示黑夜中小小花国国王的追求情景。底色是浓浓的黑色。消失的笑容又回来了，他手里的线条变成了银白色。城堡就在不远处的下方，暗示他们曾经可能打过退堂鼓。但现在变得更加理性了。天空中拟人化的月亮笑望着他们。第19、20页峰回路转，小小花国国王千寻万寻的公主，原来就在郁金香的花朵里！人生可能就是这样，刻意追求理想却不得，而无意之中的邂逅却可能正是我们所要追求的东西，正所谓"众里寻他千百度，蓦然回首，那人却在灯火阑珊处"。至此，小小花国国王的理想实现。小小花国国王在追求过程中始终不改初心，激情满怀；而理想的实现与其先前的播种密切相关。

接下来14页便是回归现实。小小花国国王带上公主回到城堡，举行婚礼并幸福地生活在一起。第30页又出现了一个窗口，这是这本图画书除了封面和封底的第三个窗口。窗口里小小花国国王（其实是在第32页）咧开了大大的嘴巴，窗口之外都是花花绿绿的爱心图案。第29页是公主的特写镜头。第31页是一个大大的城堡图，也就是封面背面的那个城堡，主打绿色，象征着无限的希望和生机。窗口中是第29页公主特写镜头的大大红嘴唇，这是爱和柔情的象征。其实童话至此也可以结束了。但作者却又添了两页，让这个童话更加有意味。第33页正中是一个城堡，城堡的颜色依然绚烂，城堡正中的窗口是一对小人，即小小花国国王和王后。整页下半部分，由隐隐约约的红晕到红色斑点，再到画面厚重的大红色。城堡上方云朵里也布满了红色色块和线条。城堡外一左一右两朵郁金香。城堡圆钟的12数字的颜色变成了全黑。童话故事（想想《灰姑娘》）中12点是一个关节点，过了12点，魔法即消失。这就不难理解第34页为什么是白色底子了。第34页中间部分是九个心形图案，颜色为红黄绿。这九个心形图案其实是最后一页（第35页）城堡草图中能掀开的窗帘的背面。第33、34页作者想表达什么？童话中的人物回到了现实日常生活，只要有爱（爱心图案），只要有热情（大红色），并继续播种美好（郁金香），那么生活依然会多姿多彩。

正文部分，作者很好地利用了文字和图画之间的互文效果，既传达出经典童话的魅力，同时也利用夸张的构图和用色乃至随意的拼贴，以至于让童话又拥有了一份戏谑或反讽的意味。作者仿佛时时在提醒读者，这不过是编造的童话而已。童话有意义，但不能沉湎其中，所有的童话都将回到现实，而现实却总在童话结尾被一笔带过。

三、弦外之音：创造自己的童话

这本图画书暗藏一个机关。封面背面是一个以绿色占主导地位的城堡，此图也是正文中小小花国国王找到公主并举行婚礼之后的一幅图，此时的小小花国国王觉得自己从来没有这么幸福过。标题页也是版权页，中间部分是一个未完工的城堡草图，一半没有填色，只是铅笔勾勒的城堡外形。封面背面充满无限希望的绿色城堡和版权页的半成品城堡草图并列，作者用意何在？无独有偶。封底背面和封底其实是一幅图的正反面而已，只不过封底多贴了四块锡纸片。与封底背面并列的一页，也就是图画书的最后一页，它是故事讲完之后附上的一张城堡草图，几乎都是铅笔画，只有局部地方填了一些色彩。

两张草图就是一个界限，童话内外的界限。两幅草图之间便是作者用文字用画笔讲述的童话故事。封面和封底（包括它们的背面）仍然是童话世界。这两张未完工的草图有何寓意呢？我觉得这本图画书的绝妙之处正在此。相对于五颜六色的城堡和花鸟图，两幅草图虽然局部有色彩，但总体而言不能不说有些单调，且平淡无味。这不正是我日日身处其中的日常生活吗？我们的日常生活不正是如此的平淡吗？未完工意在呼唤完成，呼唤我们拿起画笔去填充颜色。如果说第一幅草图意在表达作者是在做示范。那么最后一幅草图则是呼唤读者自己去填色。作者仿佛想说：既然我能够用画笔创造一个童话，那么你们也可以用自己的画笔在苍白平淡的现实中创作出自己的童话来。

我们更应该善待现实。生活并非童话，幸福来之不易，多姿多彩的生活需要自己去精心描绘。当我们凭借自己的努力创作了自己的生活,也就是创造出自己的童话。

【讨论话题】

话题:绘本对于儿童和成人分别有什么意义?

绘本1:桑达克《野兽出没的地方》(1963)。

绘本2:熊亮《梅雨怪》(2015)。

理论:松居直《幸福的种子》(1973,1981)。

【推荐书目】

理论类:

诺德曼. 话图:儿童图画书的叙事艺术[M]. 杨茂秀,等译. 台东:儿童文化艺术基金会,2010.

马图卡. 图画书宝典[M]. 王志庚,译. 北京:北京联合出版公司,2017.

河合隼雄,松居直,柳田邦男. 绘本之力[M]. 朱自强,译. 贵阳:贵州人民出版社,2011.

松居直. 幸福的种子:亲子共读图画书[M]. 刘涤昭,译. 南昌:二十一世纪出版社,2013.

郝广才. 好绘本如何好[M]. 南昌:二十一世纪出版社,2009.

林文宝. 插画与绘本[M]. 新北:空大,2013.

彭懿. 世界图画书阅读与经典[M]. 南宁:接力出版社,2011.

作品类:

齐米勒斯卡. 眼[M]. 明书,译. 南宁:接力出版社,2021.

温格尔. 三个强盗[M]. 张剑鸣,译. 上海:少年儿童出版社,2006.

巴可维斯基. 小小花国国王[M]. 麦田文化,译. 天津:天津人民美术出版社,2013.

艾斯. 在森林里[M]. 赵静,译. 南昌:二十一世纪出版社,2008.

李奥尼. 田鼠阿佛[M]. 阿甲,译. 海口:南海出版公司,2010.

桑达克. 野兽国[M]. 宋珮,译. 贵阳:贵州人民出版社,2021.

史塔克. 怪物史莱克[M]. 任溶溶,译. 南昌:二十一世纪出版社,2000.

佐野洋子. 活了100万次的猫[M]. 唐亚明,译. 南宁:接力出版社,2017.

布莱克. 小怪兽[M]. 方素珍,译. 北京:北京联合出版公司,2012.

布朗. 朱家故事［M］. 柯倩华，译. 石家庄：河北教育出版社，2009.
余丽琼，朱成梁. 团圆［M］. 济南：明天出版社，2008.
熊亮. 梅雨怪［M］. 济南：明天出版社，2015.

第十三章

现代图像文本（二）：儿童漫画和图像小说

第三十讲　图读时代：儿童漫画和图像小说概要

现行中西儿童文学教材均无儿童漫画（Caricature）和图像小说（Graphic Novel）。鉴于儿童漫画和图像小说广受儿童读者喜爱的阅读现状，本课程将它们纳入儿童文学范畴之中。即便有些儿童漫画和图像小说都是"无字书"，但也并不能否定其具有"文学性"。它们都是形象思维的产物。没有文字并不等于语言缺席，恰恰相反，这些无字漫画和图像小说，更能做到"无字胜有字"，即让读者自由填补其中被略去的语言。儿童漫画和图像小说是图像性、趣味性和故事性的统一体，对于儿童的健康成长大有裨益。

一、儿童漫画的界定及其意义

"漫画（caricature）"一词源于意大利文"caricare"，意为夸张。直到17世纪下半叶，真正的漫画一词"caricature"才在意大利悄然出现。①中国古代虽无"漫画"之说，但却有漫画存在。1925年，郑振铎主编的《文学周报》陆续发表丰子恺漫画，并冠以"子恺漫画"之名，"漫画"一词才在中国流行开来。②

英语中"漫画"除了 caricature 这个词来表达外，常见的还有 cartoon, comic, manga。Cartoon 一般指报刊中意在娱乐的漫画，尤其与政治或时事有关。我们常说的"动画片""卡通片"用英语说即 animated cartoon。被赋予生命的卡通漫画，即动画。这意味着动画可以由漫画发展而来。在动画大国日本，漫画的"动画化"是其动画生产的主要方式。Comic 侧重的是连环漫画，comic book 一般就是连环漫画杂志（尤指给孩子看的），the comics 主要指的是报纸上的连

---

① 林奇. 西方漫画史 [M]. 张春颖, 译. 北京：中央编译出版社，2011：9.
② 周兰平. 动漫的历史 [M]. 重庆：重庆出版社，2007：2.

环漫画专栏。Manga 是日本漫画的特有形式，其基本特征是引入特写、全景、广角等电影分镜头手法以及拟声词等特有符号。

"漫画"有何特征？从词源学来说，漫画便是运用夸张手法表达的绘画。夸张在此主要指对所画对象的扭曲变形，以至于和自然状态不成比例。正如柏格森所言："这是一门需要夸张的艺术，但是仅以夸张为目的则远非这门艺术的全部，因为世界上确实存在着比肖像画还要逼真的漫画，以及夸张得令人难以察觉的漫画。"[1] 夸张只是漫画的手段，漫画的灵魂在于娱乐和批判。漫画其实是一种大众艺术，它是随着现代印刷术发展而兴盛起来的，而且也与民主进程密不可分。只有在民主的氛围中，漫画才能对现实世界自由评判。拿中国来说，清王朝覆灭后漫画才开始传播，比欧洲晚了约两个世纪。新中国成立后，漫画盛行。"文革"十年，漫画被禁。直到十一届三中全会之后，漫画再次盛行。[2] 某种意义上，漫画家都是社会的"牛虻"，他们明察秋毫，善于抓住现实生活的问题症结之所在，并用一种大众喜闻乐见的形式表达出来。"伴随漫画最本质的特质就是笑"，这种笑不是幼稚可笑，而是"意识上的幽默滑稽"[3]。漫画带给人们的笑是心领神会的笑。

现实生活中，漫画无处不在。"漫画可说是最通俗的视觉语言。"[4] 儿童漫画在此特指那些聚焦儿童成长话题，反映儿童生活，或有益于儿童健康成长的连环漫画。某种意义上，儿童漫画是最能体现"寓教于乐"的一种儿童文学样式。

儿童漫画的意义最主要体现在两方面：

一是协助儿童快乐成长。漫画没有不让人一看就想笑的。那些能够让儿童沉浸其中的儿童漫画，给他们带来的快乐是无价之宝。快乐塑造着儿童的性格，快乐也储存着儿童的童年记忆。朱德庸的漫画集哲思、幽默及创意想象于一体，是华人世界不可多得的漫画精品。其献给儿童以及大人心中的儿童的漫画集《绝对小孩》更是始终洋溢着创意的快乐氛围。大人与小孩之间的二元对立，无处不在。世界一分为二，一个是大人世界，一个是小人世界。《绝对小孩》主旨有二，一是让小孩拥有做梦和想象的权利，二是让大人随着孩子们的梦找到自己心中躲起来的小孩。不过一味将大人小孩对立起来而褒扬小孩的做法，可能

---

[1] 林奇. 西方漫画史 [M]. 张春颖，译. 北京：中央编译出版社，2011：14-15.
[2] 方成. 报刊漫画学 [M]. 台北：亚太图书出版社，1993：21.
[3] 林奇. 西方漫画史 [M]. 张春颖，译. 北京：中央编译出版社，2011：15.
[4] Steve Edgell with Brad! Brooks and Tim Pilcher. 漫画创作实务全览 [M]. 陈宽祐，译. 永和：视传文化事业有限公司，2002：8.

并不可取。儿童必须面向未来以担当责任，相反，大人则需要面向童年以纯净灵魂。纵然如此，对于儿童读者而言，阅读《绝对小孩》所带来的快乐却是实实在在的。卜劳恩的《父与子》是世界儿童漫画精品中的精品，在忍俊不禁之中，将父亲对儿子的无限柔情展示得淋漓尽致。中国漫画家王晓明的《快乐营》更是将快乐当作漫画的事业。

二是培育儿童批判思维。暗藏漫画中的批判思维也无疑对儿童产生潜移默化的影响。儿童从漫画中能更全面地认识世界的复杂性，对社会的阴暗面保持清醒的批判心态，因而有助于儿童养成正派的行为作风。张乐平的《三毛流浪记》中的三毛始终闪耀着人性的光辉。虽然三毛所生活的时代已经一去不复返，但三毛所遭遇到的社会问题和人情冷暖依然在全世界每天上演。身处绝境自身难保时，人性中的劣根往往疯狂滋长，以至于为了生存而不择手段损人利己，甚至谋财害命。台湾作家三毛与漫画中的三毛可谓心灵相通，她坚持的也就是三毛精神，用她自己的话来说就是："有个性、意志坚强、富有正义感、经历了很多折磨却坚持人生光明信念。"①

儿童漫画有哪些种类呢？我们可以根据故事发生的场景或人物关系，将儿童漫画大致分为四大类：

家庭漫画：以儿童为主要角色的家庭成员之间的日常生活写照。德国漫画家卜劳恩的《父与子》可做代表。

校园漫画：以校园为主要场景的儿童漫画，反映师生以及同学之间的日常生活。近年来比较流行的打了个渔编绘的《少年纪事》以及派先生的《小狮子赛几爆笑校园漫画》属于此类。

社会漫画：以儿童视角展示社会生活图景，可谓批判现实主义漫画。张乐平的《三毛流浪记》最为典型。

幻想漫画：故事在现实中不可能发生的漫画。埃尔热的《丁丁历险记》和王晓明的《快乐营》属于此类。

二、儿童图像小说的界定及其意义

"图像小说"在中文世界是21世纪以来才开始流行的一个新词。台湾视传文化总编辑陈宽祐认为："图像小说可说是综合媒体，举凡徒手绘、摄影或电脑处理之3D或2D的连续图像来表现一种具有戏剧主题的艺术形式，都可称之为

---

① 张乐平. 三毛流浪记（珍藏版）[M]. 上海：少年儿童出版社，2016：序.

图像小说。"①

  图像小说在欧美世界是如何出现的呢？它和传统的连环漫画有何区别呢？20世纪50-60年代，欧美连环漫画都是短篇故事或长篇故事中的一个片段。很多连环漫画都是古典名著改编或简化而成，而且常常是在报刊分期连载。1978年美国漫画家埃森纳出版的《与上帝有约》以其具备长篇、复杂、人物导向的故事内涵推进了漫画书的发展。现在一般认为埃森纳是"graphic novel"一词的创始人。② 1986年美国 D. C. 公司出版的蝙蝠侠系列之《黑骑士再现》和《监视者》是连环漫画出版界的重要转折点，可以视作图像小说成熟的标志。这两本书颠覆了传统的惩恶扬善的英雄形象，塑造了带有后现代价值观的超级英雄形象。这两本书初稿并非图像小说，都是如连环漫画一般连载，直到连载结束才结集出版。从上述图像小说的诞生历史来看，"图像小说实属长篇故事集、以绘画作表现、受文体本身主宰、不需要前传或续集加以阐述"③。同样是以图像来叙事，相对连环漫画而言，图像小说呈现的是完整的长篇故事，而且受众群体一般是年龄层较高者。"如果说漫画书像电视连续剧里的单集，那么图像小说就像是一部结合特效及声光影像的完整电影了。"④

  图像小说其实与中文世界的"连环图画"（通常所谓的"连环画"）很接近。中国的"连环图画"正式定名是在民国时期。1925年，上海世界书局出版了五部图画书《三国志》《西游记》《水浒》《封神榜》《岳传》，正式定名"连环图画"，自此，这一名称开始流行。连环画单独成册，图文结合，具备连续性和叙事性。⑤ 这些都与图像小说相似。但是连环画一般不采用漫画格，其绘画风格以写实为主，而且版式固定，不像图像小说多用漫画格，版式灵活，而且漫画风格突出，更有电影手法的运用。

  图像小说并非都适合儿童阅读，尤其是那些过多展示社会以及人心阴暗面以及渲染色情的图像小说。儿童图像小说特指那些聚焦儿童成长话题，反映儿童生活，或有益于儿童健康成长的图像小说。儿童图像小说图文并茂，更能激

---

① Mike Chinn. 图像小说的编写与绘制 [M]. 张晴雯，译. 永和：视传文化事业有限公司，2005：序.

② Mike Chinn. 图像小说的编写与绘制 [M]. 张晴雯，译. 永和：视传文化事业有限公司，2005：6.

③ Mike Chinn. 图像小说的编写与绘制 [M]. 张晴雯，译. 永和：视传文化事业有限公司，2005：9.

④ Mike Chinn. 图像小说的编写与绘制 [M]. 张晴雯，译. 永和：视传文化事业有限公司，2005：12.

⑤ 王志庚. 民国时期连环图画总目 [M]. 北京：国家图书馆出版社，2013：1.

173

发儿童阅读的兴趣，可以作为从完全读图阶段到纯粹阅读文字书之间的桥梁书。相对于儿童漫画，儿童图像小说更以其故事性胜出一等。这些故事都蕴藏着真善美的种子。好故事胜于一切说教。随着儿童一页页翻看这些图像小说，其中的种子也可能慢慢播进他们的内心。林秀穗、廖健宏著、蒋孟芸绘的《猎梦》便是一本绝佳的呼唤人与动物友好相处的图像小说，从头至尾，读者的心仿佛被一根无形的线拉着，迫不及待地一页页翻下来，弥漫其中的好奇与神秘让人欲罢不能。茜茜·贝尔《超听侠》更是振奋人心之作。这本图像小说可谓发出了所有身体残疾者的心声："与众不同就是我们的超能力。"①

按照故事场景来划分，和儿童漫画一样，儿童图像小说也可以分为如下四类：

家庭类图像小说：以家庭为主要场景或以家庭成员关系为主要内容的图像小说。若里斯·尚布兰编、奥雷莉·内雷绘《樱桃日记》，玛利亚·马斯登、布伦娜·桑姆勒编绘的《绿山墙的安妮》属于此类。

校园类图像小说：以校园为主要场景或以同学关系为主要内容的图像小说。梅子涵著、昆特·国斯浩里兹、万昱汐绘的《戴小桥和他的哥儿们》属于此类。

社会类图像小说：反映社会生活的图像小说。弗雷德·福德姆编绘的《杀死一只知更鸟》可做代表。

幻想类图像小说：以幻想世界为故事场景的图像小说。西比琳娜·德马齐埃著、热罗姆德·阿维奥绘《小雨滴和他的15个怪朋友》，宫崎骏的电影脚本《千与千寻》属于此类。

三、儿童漫画、儿童图像小说与儿童绘本的区别

儿童漫画和儿童绘本的区别在于：儿童漫画可以连载，而儿童绘本则独立完整；儿童漫画构图更加灵活，漫画格的使用使得画面更加繁杂，而儿童绘本相对来说少用漫画格；儿童漫画中的文字往往嵌入漫画格之中，而儿童绘本的文字则往往独立存在，甚至一页之中只有文字存在而没有图画；儿童漫画的文图之间的张力不大，儿童绘本的文图之间往往互相补充以产生更多意蕴；儿童漫画风格夸张，人和物往往扭曲变形或简化，儿童绘本中的人和物相对而言较为写实，如其所是。

儿童图像小说与儿童绘本的区别在于：儿童图像小说有更多的漫画格的运用，而儿童绘本则较少采用漫画格；儿童图像小说一般是容量较大的长篇故事，

---

① 茜茜·贝尔. 超听侠[M]. 袁禾雨，译. 贵阳：贵州人民出版社，2019.

而儿童绘本的故事一般短小精悍；儿童图像小说文图张力也不如儿童绘本文图张力大；从受众来说，儿童图像小说阅读者年龄一般要高于儿童绘本读者的年龄。

第三十一讲　童年之殇：舒尔茨《花生漫画（1999—2000）》赏析

美国漫画家查尔斯·舒尔茨（1922—2000）小时候学业优秀，曾跳过两级。然而上了高中则常常充满挫败感。[1] 每一门功课都不及格，物理还得过"鸭蛋"的成绩。社交上更是笨拙，高中时还从未和女孩约会过。[2] 但舒尔茨自有其天赋，他从小就爱好漫画。他没有读过正式大学，只是完成了一所联邦学校的绘画课程。《花生漫画》从1950年10月2日诞生，到2000年2月13日终止，持续了50年。美国前总统奥巴马这样评价舒尔茨："他细致地描述出童年里的辛酸和温柔，正如童年本身的那般模样。他展示出童年里所有的痛苦、喜悦和焦虑。"[3]《花生漫画》的最大价值莫过于它全面呈现了童年景观，尤其是对童年之殇的生动传神的描摹更是打动人心。我们以其去世前两年的《花生漫画（1999—2000）》为例，具体剖析一下舒尔茨心中的童年之殇以及童年之志。

一、生活充满失望

《花生漫画》的独特之处何在？在其问世之前，报纸漫画多半是笑话、社会和政治观察、通俗喜剧、肥皂剧和各种各样的嵌字游戏。《花生漫画》50年不改初衷，"始终指向了作者自身的内在危机"。这一内在危机的表现便是萦绕在画面中的痛苦、悲伤、挫败和缺乏安全感。[4] 舒尔茨的创作观念，用《花生漫

---

[1] 舒尔茨. 史努比漫画全集（1999—2000）[M]. 任腾杰, 译. 天津：天津人民美术出版社，2020：314.
[2] 郝广才. 今天（上）[M]. 北京：新星出版社，2017：25.
[3] 舒尔茨. 史努比漫画全集（1999—2000）[M]. 任腾杰, 译. 天津：天津人民美术出版社，2020：序言.
[4] 舒尔茨. 史努比漫画全集（1999—2000）[M]. 任腾杰, 译. 天津：天津人民美术出版社，2020：314-315.

画》的前身《小家伙》中的一句话来说就是："我坚持的是真正的黑暗感。"[1]

《花生漫画》中的主要人物个个都有自己的伤心之处，其核心便是没有存在感，不被认可。先来看看一号人物查尔斯·布朗。1999年4月4日周日版漫画画的就是布朗去向心理医生咨询如何改变生活。当他说"我想知道如何能够成为聚会的核心人物"时，心理医生望着布朗，连声哈哈大笑。回家后，妹妹莎莉问及他心理咨询的内容，同样哈哈大笑。布朗无限沮丧感慨道："说实话，我还没有被邀请过参加聚会……"[2]

布朗的痛主要来自两方面，一是社交方面不被接纳，二是户外运动方面总是失败。布朗暗恋一个红头发女孩。1999年1月3日周日版漫画中，布朗和好友莱纳斯去商店退货。嘴快的莱纳斯告诉售货员，这是为一个红头发女孩准备的圣诞礼物，但是他太害羞不好意思送给她。1999年2月14日，布朗推着一个手推车去信箱准备收取信件，结果发现没有情人卡。翌日布朗向史努比抱怨："怎么可能会有人没有收到情人卡呢？怎么可能会有人连一张情人卡都没收到呢？这种感觉真是太可怕了，不是吗？"[3] 布朗有所不知的是，他真的连他的狗都不如，因为史努比在前一天从莱纳斯弟弟礼让那里收到一份手绘情人节卡片。风筝和棒球似乎永远是布朗的克星。放风筝时总是把自己缠得结结实实。身为棒球队队长兼投手，也从来没有赢过比赛。1999年4月2日画的是碧蒂嘲讽他的情景。碧蒂问布朗比赛怎么改期了，布朗叹息道："唉，我们落后了40分，还下起了大雨，比赛只好取消……"没想到碧蒂却赞扬他"反击得好"。布朗不知道是在嘲讽他，还辩解那不是反击而是取消比赛。碧蒂终于哈哈大笑说："对你而言那就是反击。"[4] 1999年6月3日队员露茜问布朗是否领先时，布朗坚定地说："没有，我们没有领先，我们可能永远都领先不了！"[5] 的确如此。50年来，布朗带领的球队一次也没有获胜，他是十足的"常败将军"。

布朗最好的朋友莱纳斯永远都在护卫着自己的安全毯。漫画中不时有史努

---

[1] 舒尔茨. 史努比漫画全集（1999—2000）[M]. 任腾杰, 译. 天津：天津人民美术出版社, 2020：299.

[2] 舒尔茨. 史努比漫画全集（1999—2000）[M]. 任腾杰, 译. 天津：天津人民美术出版社, 2020：42.

[3] 舒尔茨. 史努比漫画全集（1999—2000）[M]. 任腾杰, 译. 天津：天津人民美术出版社, 2020：22.

[4] 舒尔茨. 史努比漫画全集（1999—2000）[M]. 任腾杰, 译. 天津：天津人民美术出版社, 2020：41.

[5] 舒尔茨. 史努比漫画全集（1999—2000）[M]. 任腾杰, 译. 天津：天津人民美术出版社, 2020：68.

比抢夺他的毛毯的镜头。连自己的弟弟也取笑他。1999年7月4日的漫画中，礼让看到哥哥手拿毛毯，便对他说，昨天晚上，祖父讲了一个故事，是列夫·托尔斯泰写的，故事说的是一位妇人有四个孩子，他们都一起睡在一个很大的摇篮里，她将孩子们抱上床后，都会给每个孩子分一张"口水巾"。莱纳斯听着听着，知道是在笑话他，便走开了。礼让坏笑地说："好好享受你的'口水巾'吧。"① 礼让也有自己的伤心事。他总想要自行车和狗，但都得不到。1999年9月24日，当礼让在布朗家发现两只多余的狗（史努比的兄弟安迪和奥拉夫），而布朗又愿意免费送给他时，他兴奋地用手推车把狗推回家。可是妈妈却拒绝养狗。礼让只得又将它们送回去。连图中的狗狗们也不禁感慨："生活充满失望。"② 除此之外，礼让在幼儿园也经常受挫。他喜欢画地下漫画，可是老师总是要求他们画花。他认真作画，可是同学却故意捣乱。他的画被单独张贴"示众"，而且还被倒贴着。再看他们的姐姐露茜，爱慕施罗德，却总是得不到回应。在布朗的球队中，永远都是技术最差队员所在位置，即守右外场，连史努比都不如，后者还充当游击手的角色。

总的来说，《花生漫画》中孩子们的快乐场景严重缺乏，而沮丧之事却铺天盖地，童年之"丧"触目惊心。

二、童趣照亮世界

《花生漫画》所画的童年之灰暗，有目共睹。可是为什么全世界的男女老少还照样喜欢呢？其中一个重要原因，便是舒尔茨式的幽默，不动声色之中，让读者笑了又笑，而且这些幽默都深深根植于一颗并不纯粹的童心。所谓不纯粹乃是因为在这些笑声中，也暗含着对成人的刻意反讽。《花生漫画》中的童趣是一个大人回顾童年时五味杂陈的童趣，时常让人内心隐隐作痛。

最有童心的人物是礼让。这个刚上幼儿园的小男孩，浑身洋溢着激动人心的童趣。第一次去艺术博物馆的车上，礼让问同座马尾辫女孩去那儿做什么，同座回答说看照片呀。礼让激动地说："真的吗？说不定他们会有我妈妈的照片……"同座问为什么。他骄傲地说："她非常漂亮……"③ 礼让这种源于母亲

---

① 舒尔茨. 史努比漫画全集（1999—2000）[M]. 任腾杰，译. 天津：天津人民美术出版社，2020：81.

② 舒尔茨. 史努比漫画全集（1999—2000）[M]. 任腾杰，译. 天津：天津人民美术出版社，2020：116.

③ 舒尔茨. 史努比漫画全集（1999—2000）[M]. 任腾杰，译. 天津：天津人民美术出版社，2020：13.

的自豪感与窗·道雄的童谣《小象》异曲同工，让读者倍感温暖。

礼让完全活在自己的世界里，根本无视大人世界各种规则。姐姐露茜常常担任大人角色教导礼让言谈举止。新年到了，她会教导礼让遇到人要说"新年快乐"，感恩节到了，就要说"感恩节快乐"，等等。可是每次，礼让都会反问姐姐如果他说了，对方是否会送给他东西。不仅如此，他总想着别人能送给他想要的东西。1999年4月19日，礼让和姐姐一起在等待什么。礼让问姐姐："如果我在这儿站得足够久，你觉得会有人给我一辆自行车吗？"姐姐给出否定回答。礼让失望地说："那太糟了……"又说："我喜欢不劳而获……"① 舒尔茨借助礼让之口，说出了现实大人世界的行动逻辑，那就是功利原则。但是这些话从一个幼儿园小男孩的口中说出来，却显得天真无邪。

礼让三番五次去查理家，甚至没话找话，其实是孤独没有人玩的征象。1999年3月16日，礼让来到布朗家门口，问莎莉："春天到了吗？"莎莉有些不解问他为什么不问哥哥姐姐。礼让说："当我问愚蠢问题的时候，他们会生气。"莎莉顺口说下周就是春天了。礼让说："谢谢你没有生气……"② 1999年8月31日，礼让来到布朗家门口，对莎莉说："早上好……我是来做民意调查的……"莎莉问他想问什么。礼让说："不是我问，而应该是你来问我，我再向你提出想法……"莎莉看穿了礼让没话找话的伎俩，反问道："你就没更好的事情可做了吗？"礼让答："我对此没有什么想法！"③

礼让的确很孤独。在家里，无人陪他玩。在幼儿园，总是不被认可。他只得去找史努比玩，甚至和小鸟一起玩。1999年3月14日周末漫画里，礼让和两只小鸟一起玩拍头游戏。姐姐看到后质问礼让在干吗。礼让说他在给小鸟拍头，还说莱纳斯以前也这么做的。露茜非常恼火，斥责礼让立刻住手，并赶走小鸟。没想到，一只小鸟又主动返回来让礼让拍头。最后一幅画面礼让回头对姐姐说："我没办法……他已经预约了……"④

相对于礼让，碧蒂的言行就有些滑稽了，这种滑稽却也透露出儿童对自由自在生活的渴望，对各种无聊枯燥之事的天然反感。碧蒂很显然有着高中时期

---

① 舒尔茨. 史努比漫画全集（1999—2000）[M]. 任腾杰, 译. 天津：天津人民美术出版社, 2020：49.
② 舒尔茨. 史努比漫画全集（1999—2000）[M]. 任腾杰, 译. 天津：天津人民美术出版社, 2020：34.
③ 舒尔茨. 史努比漫画全集（1999—2000）[M]. 任腾杰, 译. 天津：天津人民美术出版社, 2020：106.
④ 舒尔茨. 史努比漫画全集（1999—2000）[M]. 任腾杰, 译. 天津：天津人民美术出版社, 2020：33.

舒尔茨的影子，功课差劲，被人嘲笑。与舒尔茨感到挫败不同，碧蒂却显得无所顾忌，对被老师列入"D-名人榜"毫不羞愧，反而沉浸其中，将恣意童年进行到底。然而碧蒂也是孤独的。她喜欢查理，可是却得不到回应。她想和查理比赛橄榄球，可总是被拒绝。2000年1月2日周末漫画应该是查理终于答应了比赛邀请。但图画中却没有查理的影子，只有碧蒂一人在大雨中大呼小叫，直到天黑。玛茜打着伞来喊她回家。玛茜对碧蒂说，大家都回家了，你也应该回家了。碧蒂说："玛茜，我们玩得很开心，是不是？"玛茜说是的。碧蒂背对着玛茜，伫立雨中悻悻地说："没有人握手并说一句'有趣的游戏'。"① 如果碧蒂是恣意童年的象征人物，那么她的同学玛茜则是学习工具的象征人物。她们是两个极端。舒尔茨将她俩形影不离地放在一起，颇有意味。不能不说，碧蒂更能打动人心，因为碧蒂身上有一种无拘无束和恣意生活的精神。真正的童趣，难道不就是这种解放身心的力量的表现吗？

三、生命是一篇千字文章

人生的大赢家总是那么稀少。不如意事常八九。人生的残缺普遍存在。《花生漫画》的伟大之处，不仅仅是全面呈现童年景观，不仅仅是暗暗发送真正的童趣光芒，更是内涵一种一如既往的失败者的勇敢之心。

虽然50年来，布朗没有收到过一封情书，但也并不妨碍他始终保持一颗对美好事物的期待之心。《花生漫画》倒数第二次报纸连载漫画是在2000年2月6日，画面中布朗认真地清洁信箱，不仅钻进信箱，还爬到信箱顶上，里里外外将信箱擦得干干净净。他对妹妹说："我们要时常清理信箱内部，为收到情书做好准备……"② 这就是布朗的人生态度。用他自己在1999年7月26日引用祖母的话说就是："当你在早上醒来时，应该向到来的新一天致以感谢，并且计划做一些积极的事情……"③

50年来，布朗带领的球队没有一次赢得比赛，但也没有阻止他对胜利的向往。身为队长，他内心充满挫败感。1999年7月8日，三幅图画的是比赛失败后布朗的三种表现。第一幅是布朗低着头沮丧地走路，第二幅是用脚怒踢棒球

---

① 舒尔茨. 史努比漫画全集（1999—2000）[M]. 任腾杰，译. 天津：天津人民美术出版社，2020：161.

② 舒尔茨. 史努比漫画全集（1999—2000）[M]. 任腾杰，译. 天津：天津人民美术出版社，2020：166.

③ 舒尔茨. 史努比漫画全集（1999—2000）[M]. 任腾杰，译. 天津：天津人民美术出版社，2020：91.

手套，第三幅是看着卡车从棒球手套上碾过去。然而每个赛季的第一场比赛前，布朗都要给队员打气，希望队员保持"勇气、坚韧和奉献"，唯有如此才能赢得比赛。① 布朗并非没有努力做出改变。1999年12月27日，他还在幻想着用"乔·托瑞之视"来管理球队。他自信地说："我要像乔·托瑞那样管理我的球队，我要这样盯着每一个人，然后我们就能赢下每场比赛。"②

1999年3月8日，布朗有两句内心独白可以作为舒尔茨的生活观："有时我夜不能寐，问：'生命是一道选择题还是对错题？'""然后有个声音从黑暗中传来：'我们真不想这么说，但生命是一篇千字的文章。'"③ 生命绝非选择题和对错题那样简单，生命是一篇长文章，需要耐力，需要谋篇布局，需要起承转合，需要善始善终，而最主要的是凝聚文章的永不言弃的精神。

【讨论话题】

话题：漫画是否属于儿童文学？

漫画1：卜劳恩《父与子》

漫画2：朱德庸《绝对小孩》

【推荐书目】

理论类：

Mike Chinn. 图像小说的编写与绘制［M］. 张晴雯，译，永和：视传文化事业有限公司，2005.

Steve Edgell with Brad! Brooks and Tim Pilcher. 漫画创作实务全览［M］. 陈宽祐译. 永和：视传文化事业有限公司，2002.

林奇. 西方漫画史［M］. 张春颖，译. 北京：中央编译出版社，2011.

方成. 报刊漫画学［M］. 台北：亚太图书出版社，1993.

甘险峰. 中国漫画史［M］. 济南：山东画报出版社，2008.

王建华. 中外动漫史［M］. 北京：中国建筑工业出版社，2015.

---

① 舒尔茨. 史努比漫画全集（1999—2000）［M］. 任腾杰，译. 天津：天津人民美术出版社，2020：40.

② 舒尔茨. 史努比漫画全集（1999—2000）［M］. 任腾杰，译. 天津：天津人民美术出版社，2020：157.

③ 舒尔茨. 史努比漫画全集（1999—2000）［M］. 任腾杰，译. 天津：天津人民美术出版社，2020：31.

作品类：

埃尔热. 丁丁历险记（全22册）[M]. 芮苑苑，译. 北京：中国少年儿童出版社，2021.

卜劳恩. 父与子[M]. 东方董，译. 北京：中国友谊出版公司，2018.

德迈齐埃，德阿维奥. 小雨滴和他的15个怪朋友[M]. 陈潇，译. 上海：上海文化出版社，2021.

贝尔. 超听侠[M]. 袁禾雨，译. 贵阳：贵州人民出版社，2019.

舒尔茨. 史努比漫画全集[M]. 任腾杰，译. 天津：天津教育出版社，2019.

福德姆. 杀死一只知更鸟（图像小说版）[M]. 刘勇军，译. 上海：上海文艺出版社，2020.

马斯登，桑姆勒. 绿山墙的安妮（图像小说版）[M]. 立人，译. 长沙：湖南文艺出版社，2019.

张乐平. 三毛流浪记[M]. 上海：少年儿童出版社，2017.

朱德庸. 绝对小孩（全三册）[M]. 北京：北京联合出版有限公司，2018.

第十四章

现代图像文本（三）：儿童动画与儿童电影

第三十二讲　童真影像：儿童电影与儿童动画概要

如果说图画书、漫画书以及图像小说都是现代图像静态文本的代表，那么儿童电影（children's film）和儿童动画（children's animation）则是现代图像动态文本的代表。历来儿童文学教材均将儿童动画归属儿童电影，其实二者遵循不同的制作途径，差不多是两种艺术形式。我们可以将儿童动画视作一种广义上的儿童电影，它遵循电影艺术的一般规律。本讲将儿童动画和儿童电影并列，意在突出两者之间的不同制作途径。无论儿童电影还是儿童动画，都必须具备"儿童性"，即关注儿童健康成长，符合儿童审美习惯。它们都是用影像来呈现童真保养童真的绝佳艺术形式。

一、儿童电影的界定及其意义

儿童电影的界定至今没有公论。但是有两点似乎越来越得到广泛认可，如张之路所概括的："今天，当我们界定一部电影可不可以算作儿童电影的时候：一就是看它是不是以少年儿童为主角；二就是看这部电影适不适合少年儿童观看。"[①] 第一点好判定，第二点就不太容易澄清了。"适不适合少年儿童观看"的界限何在？世界儿童文学的发展越来越表现出一个倾向：几乎所有的禁忌题材（诸如性、吸毒、暴力、死亡等）都可以从儿童文学中找到相关作品。这里的关键问题不是可不可以写，而是怎么写才适合儿童阅读。电影也是如此，不是可不可以拍摄，而是如何去拍摄。尤其是对于电影这种影像艺术，更应讲究表现方式。血腥画面和色情镜头理应作为儿童电影的两条红线，前者会让儿童恐惧，后者会过早让儿童失去童真。

"适不适合少年儿童观看"还不能仅仅从表现方式着手，还应该着眼于少年

[①] 张之路. 中国儿童电影百年史话[M]. 武汉：长江少年儿童出版社，2021：6.

儿童的"成长"。适合不是迎合，适合更多的是协助，协助儿童健康成长。张之路说得好："我们反对那些过于讨好孩子的影片，一味地给孩子吃奶油和巧克力是一种物质上的娇惯，而一味地把孩子本来应该承担的责任和受到的锻炼错误地简化为成人世界带给他们的痛苦，则是一种精神上的娇惯。"①

儿童电影可以分为广义和狭义两种。广义上的儿童电影泛指一切适合儿童观看且有利于儿童健康成长的电影。比如一些有助于儿童认识世界和社会的纪实电影（纪录片，如法国导演雅克·贝汉的天地人三部曲《迁徙的鸟》《微观世界》《喜马拉雅》等等），就非常适合儿童观看。狭义上的儿童电影特指真人出演且聚焦儿童生活世界的电影。儿童生活世界包括两个世界，一是儿童身处其中的现实世界，二是儿童幻想的世界。谭凤霞对儿童故事片如下三大基本特征的归纳同样适用于狭义的儿童电影："一是以儿童（18岁以下的孩子，即包括一般所说的儿童和少年）为主人公；二是主要反映儿童的生活和生命世界，内容适于儿童观看，有利于其心性成长；三是影片的艺术表现适合并能促进儿童的审美能力的发展。"②

儿童电影的意义也可谓是儿童文学的意义，因为儿童文学的所有体裁都可以搬上银幕。但儿童电影自有其优势，那就是其从头至尾具备视觉冲击力的影像性。儿童电影的最大意义便是：让儿童通过影像身临其境地认识世界的复杂性，以及体会到生活的值得性，因为高悬影像之上的始终是一颗纯真的童心和倔强的意志。某种意义上，所有的儿童电影都意在关注童心的健康成长，以便其应对将来的成人世界。1956戛纳电影节最佳电影短片《红气球》可做注脚。红红的气球便是童心的象征。童心是脆弱的，需要呵护。童心中往往又有糟糕和残酷的一面，需要感化。童心又是顽皮的自由的，需要放飞翱翔。儿童电影的另一个意义就是从儿童立场反思成人世界。教育并非只是教育孩子，大人也需要教育。儿童电影对大人的最大意义莫过于此。特吕弗的《四百击》这部带有自传性的电影聚焦青少年教育。教师古板刻薄，家长总在争吵甚至在外偷情，孩子弱小无力备受粗暴对待。整个环境压抑而冷漠，一如布列松电影《钱》。最后一个镜头小主人公从教养院逃出来奔向大海，应该是电影中唯一一个开放镜头，也是导演有意在抚慰这个备受压抑却毫不反抗的小男孩。然而逃出来之后怎么办呢？影片结束于小男孩正面走向观众。爱滋养爱，冷漠滋生怨恨。每一个问题少年的出现，背后想必都有一个问题家庭，甚至是问题学校、问题社会。

---

① 张之路. 中国儿童电影百年史话［M］. 武汉：长江少年儿童出版社，2021：7.
② 谭凤霞. 雕刻童年时光：中国儿童电影史探［M］. 郑州：海燕出版社，2020：绪论.

从类型上看，儿童电影一般可以分为三大类：

故事片：以现实世界（当下或历史）为背景的聚焦儿童生活的影片。《草房子》《小鞋子》《放牛班的春天》《红气球》《四百击》等等皆是优秀的儿童故事片。

幻想片：电影中推动情节发展的力量都是来自现实无法存在的人或物。那些真人出演的科幻、奇幻电影属于此类，如《宝葫芦的秘密》（1963）、《霹雳贝贝》（1988）、《流浪星球》（2020）、《霍比特人》系列、《哈利·波特》系列等等。

纪录片：作为儿童电影的纪录片特指反映儿童生活的纪实电影。这里推荐几部优秀的儿童纪录片：反映幼儿园生活的张以庆导演的《幼儿园》（2004），反映感染了艾滋病的小男孩生活状态的《颍州的孩子》（2007年第79届奥斯卡最佳纪录片奖），反映体操少年训练生活的干超导演的《红跑道》（2008），反映多国孩子和谐共处的《不再是陌生人》（2011年第83届奥斯卡最佳纪录短片奖），反映两个挪威小孩子去工厂割鳕鱼舌打工生活的《割鱼舌的孩子》（2017），反映越南北部一名12岁赫蒙族少女生活的《云雾中的孩子》（2021），等等。

二、儿童动画的界定及其意义

动画与电影之间关系颇具戏剧性。1923年里乔托·卡努杜发表《第七艺术宣言》，将电影作为第七艺术，电视、广播和摄影统称第八艺术，漫画是第九艺术，而动画则被称作"第七艺术双号"。其实，动画早于电影，因为"将静止图片连续移动而形成运动的想法要早于电影技术的发明"①。现代动画的出现离不开科学技术。让动画变成公开演出的人是埃米尔·雷诺，他于1888年发明"光学影戏机"。1892年10月28日，雷诺利用他改进的光学影戏机在巴黎格雷万蜡像馆首次放映《光哑剧》，大获成功。然而，好景不长，卢米埃尔兄弟用他们发明的记录和投影方法将过去的放映机纷纷淘汰。1895年12月28日，卢米埃尔兄弟利用他们研制出的电影放映机公映了他们制作的影片，标志着电影的诞生。之后，雷诺被世人遗忘。

然而电影的诞生并没有让动画消失，相反动画却借助电影这一载体得到了新生，这就是动画电影的逐渐流行。1906年美国人布莱克顿摄制的电影胶片动

---

① 科特. 百年世界动画电影史［M］. 张建，王星辰，译. 北京：北京大学出版社，2021：2-4.

<<< 第十四章　现代图像文本（三）：儿童动画与儿童电影

画《滑稽脸的幽默相》被公认为世界上第一部真正意义上的动画片。但其电影技术水平并没有比当时常见的电影高出很多。真正让动画电影成为一种艺术的是埃米尔·科尔和温瑟·麦凯。① 埃米尔·科尔被誉为"现代动画之父"，1908年8月17日他的第一部电影《幻影集》上映，这是一部带有强烈个人风格的动画电影。

动画电影说到底是以电影为载体的动画。传统意义上的电影都需要现实的动态影像，而"动画电影是指所有通过图像连环拍摄技术创作的电影"②。或者也可以说，"如果现实电影是通过一系列照片记录并重现运动，那么一系列图片也可以产生本不存在的运动"③。

动画电影是电影技术和动画技术的合唱，它并非专门为儿童所制作。儿童动画电影特指那些适合儿童观看有益于儿童健康成长的动画电影。前文所述儿童电影的意义同样适用于儿童动画电影。不过儿童动画电影更有其独特性，首当其冲的便是"魔术特性"，因为它能让一切在时间中静止的被认为没有生命的物体或材料神奇般地活过来。动画一词（animation）来自拉丁语中的 anima，意为生命的气息和灵魂，因此，动画的核心即在于给予生命。④ 动画片这种神奇的魔术特性尤其能吸引儿童，因为儿童天生对魔法着迷。由此观之，儿童动画往往比儿童电影更能打动儿童并深入他们的心灵，在美轮美奂的视觉盛宴中把真善美的营养输入儿童的心灵世界。

宫崎骏的动画电影最能说明问题，它们都在故事之中暗藏忧伤，同时也在播种善根。《龙猫》揭示的是一个忧伤的时代。电影从搬迁开始，从都市来到山野。很显然是男主人有意为之，希望给生病的妻子疗养之所，更希望两个女儿健康成长。山野中人与人、人与自然都能相亲相爱。男主人仍然在忙碌的都市里谋生，女主人在医院治疗迟迟不归。未来仍然堪忧。长亭更短亭，何处是归程？电影把现代人的困境形象地表现出来。《天空之城》同样也在反思人类现代文明。导演让天空之城从众人向往的天堂到毁于一旦，所有高科技的东西剥离殆尽，并在众目睽睽中让天空之城最后的景象，即一棵巨大无比盘根错节的树，

---

① 科特. 百年世界动画电影史［M］. 张建，王星辰，译. 北京：北京大学出版社，2021：11.

② 科特. 百年世界动画电影史［M］. 张建，王星辰，译. 北京：北京大学出版社，2021：2.

③ 科特. 百年世界动画电影史［M］. 张建，王星辰，译. 北京：北京大学出版社，2021：16.

④ 科特. 百年世界动画电影史［M］. 张建，王星辰，译. 北京：北京大学出版社，2021：2.

慢慢升空。导演似乎是在提醒我们：是守望天堂，还是守护文明之根、大地之根？除了对人类现代文明本身进行反思之外，宫崎骏动画更多的是呼唤人与自然之间的和谐关系。《风之谷》呼唤与大自然交朋友。生态恶化触目惊心，人类不思悔改却变本加厉争夺地盘相互残杀。相反大自然自身却在悄悄净化工业遗留下的废墟。巨神兵象征着人类具有的邪恶力量。王虫代表大自然。人类只有与大自然交朋友，而非一味满足各自发展欲望，才能走出腐海的阴影。《悬崖边的金鱼姬》则意在呼唤人与海洋和谐共处的新纪元。

从类型而言，儿童动画分为三类：

一是定格动画："是最古老的动画形式，通过逐帧移动拍摄物体或人造模型来拍摄动画。"① 定格动画主要有实物动画、木偶动画以及黏土动画。

二是平面动画：即一切运用二维技术的动画。平面动画主要有剪纸动画、绘画动画以及纸上动画。中国独有的水墨动画"把中国水墨画的技法运用于动画片的人物造型和环境空间造型，突破了世界各国动画片通常使用的单线平涂造型方法"②。《小蝌蚪找妈妈》是中国第一部水墨动画，而《牧笛》则是中国水墨动画的经典之作。

三是电脑动画：顾名思义即通过电脑技术制作的动画，又分为平面动画（2D）和三维动画（3D）。

从题材来分，儿童动画也可以分为三大类：

现实类：反映现实中的儿童生活的动画片，如雅克布·弗莱2015年的动画短片《礼物》。

幻想类：故事情节在现实中不可能发生的动画片，如王树忱、钱运达导演的《天书奇谭》。

科教类：以科学教育为主要目标的动画片，如根据轰动全美的自然科学图书《神奇校车》改编的同名动画。

三、世界著名儿童电影节

儿童电影其实在世界电影界非常受重视，许多国家都设立了国际儿童电影节。这里列举十个设立较早且影响广泛的国际儿童电影节：

捷克：兹林国际儿童电影节（1961年创立）

意大利：吉冯尼电影节（1971年创立）

---

① 卡瓦利耶. 世界动画史[M]. 陈功，译. 北京：中央编译出版社，2012：400.
② 宫承波. 中国动画史[M]. 北京：中国广播影视出版社，2015：85.

伊朗：伊斯法罕国际儿童及青少年电影节（1982年创立）
美国：芝加哥国际儿童电影节（1983年创立）
美国：纽约国际儿童电影节（1997年创立）
美国：圣地亚哥国际儿童电影节（2003年创立）
日本：KINEKO国际儿童电影节（1992年创立）
中国：国际儿童电影节（1989年创立）
中国：台湾国际儿童影展（2004年创立）
韩国：釜山国际儿童青少年电影节（2005年创立）

第三十三讲　现代之殇：宫崎骏《千与千寻》赏析

2002年《千与千寻》赢得德国柏林电影节金熊奖，翌年此片又荣获美国奥斯卡金像奖。宫崎骏名震欧美。《千与千寻》是迄今为止唯一一部同时获得金熊奖和金像奖的动画电影。宫崎骏本人并不鼓励孩子过多地看电视或电影，而主张孩子应该更多地去接触周边世界。他说："不管是动画、电影或是电玩游戏，甚至是教育活动，如果剥夺了孩子与现实接触的时间，都是不对的。"[1] 这就不难理解，为什么宫崎骏所有的动画都会暗藏着对现实的批判性反思。《千与千寻》也不例外。该片在无与伦比的光影声色之中，将日本文化传统巧妙地植入现代文明社会之中，它既是对传统的呼唤，也是对现代的批判。

一、神明的退隐

《千与千寻》在台湾地区被译为《神隐少女》。该片日文原名直译即《千与千寻的神隐》。所谓神隐，是日本自古以来的一种民俗现象，指人毫无缘由突然消失。神隐在日本民间故事中颇为常见，根据日本民俗学家小松和彦研究，神隐中那些闯入异界的人，"在异界遭遇挫折、或学习、或经验恐惧；进而对应自己生活的日常世界，学习如何批判现世、肯定自我、找出存活的正道"。[2]《千与千寻》说的就是十岁女孩千寻搬家那天随父母的车来到一个山坡森林地带突然消失后又突然归来的过程。那么宫崎骏为什么要写这个神隐故事呢？按照他自己的说法，这部电影与其说是一般描写异世界的故事，还不如说是日本民间

---

[1] 游珮芸.宫崎骏动画的"文法"：在动静收放之间[M].台北：玉山社，2010：73.
[2] 游珮芸.宫崎骏动画的"文法"：在动静收放之间[M].台北：玉山社，2010：78.

故事中出现的"麻雀之家"或是"老鼠的宫殿"的"直系子孙"。游珮芸认为宫崎骏在此借助这两个日本人耳熟能详的人类进出"异界"的民间故事，其实想传达给观众的是："在日本传统的民俗信仰中，人的日常生活世界与神灵的异界是并存的。"①

那么宫崎骏又为什么要强调人类日常生活世界与神灵世界的并存呢？我觉得这就是本片对现代文明社会的第一个反思。现代文明从文艺复兴运动就开始酝酿，经启蒙运动到工业革命而迅速崛起。人性战胜神性。神灵在人类世界的地位如今主要存在于宗教。而日常生活世界中，神灵再也没有往日威风。马克思针对现代文明有一句名言："一切坚固的东西都烟消云散了，一切神圣的东西都被亵渎了。"②《千与千寻》一箭双雕：既表现了传统社会人神共在的世界状态，又暗示了现代社会神灵从人类日常生活的隐退。

和《龙猫》一样，《千与千寻》从搬家开始。在现代社会，"无家可归状态成了世界的命运"。无家可归状态就是无根状态，就是漂泊不定。③ 搬家是漂泊不定的表征之一。宫崎骏让主角从都市搬到山野小镇。当千寻父亲把车开进没有沥青油铺设的马路时，他们就进入了一个与现代工业社会无关的领地。进入这个领地的关口便是那个隧道。千寻以一个小孩子的直觉，感受到隧道的恐怖与神秘。可是又不敢独自守在外面，只得随着父母穿越隧道，来到一个新的国度：神灵世界。这个世界是被人类抛弃的世界。虽然是一片大草原，但却不再有人居住在此。破败的房子，古旧的石像，干涸的河床，这些都暗示着此地生态失衡不宜居住。被人类放弃的世界恰恰是神灵来此放松的胜地。魔女汤婆婆掌控这片天地。核心建筑是写有"油屋"字样的巨大阁楼。每到夜晚降临，各方神明来此沐浴放松。神明去浴场泡澡，在日本也有民俗支撑。宫崎骏接受采访时坦言其灵感来自民间"霜月祭"，即农历十一月，村民进行特有的祭典活动，将日本各地的神明请来，招待入浴，让其洗去一年污秽，以便其净化重生。④ 原本神明一年一次沐浴，宫崎骏改造成每晚都可以泡澡。何以如此？因为各方神明太多，因为神明太疲惫。神明为什么疲惫不堪呢？因为他们的地盘遭到了人类的侵害和污染。

电影中的腐烂神最能说明问题。腐烂神所到之处，污水横流臭气冲天，汤

---

① 游珮芸. 宫崎骏动画的"文法"：在动静收放之间 [M]. 台北：玉山社，2010：79.
② 伯曼. 一切坚固的东西都烟消云散了：现代性体验 [M]. 徐大建，张辑，译. 北京：商务印书馆，2003：23.
③ 张公善. 小说与生活：探索一种小说教育学 [M]. 北京：北京大学出版社，2016：66.
④ 游珮芸. 宫崎骏动画的"文法"：在动静收放之间 [M]. 台北：玉山社，2010：83.

屋里人人捂鼻躲闪。千寻为了拯救父母，只得接受汤婆婆的安排，去接待腐烂神。当千寻发现腐烂神身上扎了一根刺样的东西，汤婆婆才恍然大悟，知道这位客人根本不是腐烂神。她施展法术，指挥众人，用绳索拽住那根刺往外拉。结果拉出来的是小山般的工业垃圾，旧自行车，碎铜烂铁，应有尽有。腐烂神原来是大名鼎鼎的河神。河神身上的垃圾被拉出来之后，他由衷地感叹"太舒服了"，还赠送给千寻一个药丸子。连著名的河神都这般被人类污染和亵渎，可以想见其他神明了。

二、语言的无力

《千与千寻》这部电影名中就包含了两个名字"千"和"千寻"。两个名字，其实是一个人。将两个名字并列，宫崎骏有何用意呢？"千"是汤婆婆对千寻的命名。"千寻"则是父母给的名字。现在绝大多数的人都将之解读成一个十岁小女孩的成长过程，即从汤婆婆掌控之下的"小千"经过一番努力终于找回自我回到原初的"千寻"。然而，问题可能并非如此简单。因为宫崎骏在电影中设置的一些细节却透露出另外的题旨，即对现代社会中的语言的反思。按照宫崎骏自己的说法："语言就是力量，至今仍是真理。只不过有太多无力、空洞的语言，无意义地充斥在世上罢了。"①

千寻的全名"荻野千寻"，荻野是姓，而千寻则是其父母给予她的私人名字。千是数字，寻是丈量单位，千寻字面意思就是非常高或深。日本民俗文化中，万物有灵，语言也不例外。语言中的"灵的力量"叫作"言灵"或"言魂"。千寻这个名字中的"灵"是什么？那就是父母希望千寻的人生有无尽的幸福。② 那么千寻在拥有荻野千寻这个名字的十年里，表现如何呢？电影当中并没有正面涉及。但一些细节暴露出了千寻的教育状况，影片一开始，当妈妈说新学校还挺漂亮呢，千寻瞟了一眼就武断地说："还不如以前呢……"爸爸妈妈要进隧道，千寻一个劲喊"我就是不去"，可还是因为害怕慌忙跟上去。爸妈因为吃了汤婆婆准备给神明的食物而变成了猪之后，经白龙的引荐，千寻找到锅炉爷爷时，也不知道称呼，开口居然是"那个……"锅炉爷爷让小玲带千寻去找汤婆婆时，千寻既不知道对小玲说"请多关照"，也不知道跟锅炉爷爷道谢。千寻来到汤婆婆的房门前，连门都不敲。见到汤婆婆的第一句话仍然没有礼貌，称呼也没有，直接就对汤婆婆说："那个……请让我在这里工作吧！"凡此种种，

---

① 游珮芸. 宫崎骏动画的"文法"：在动静收放之间［M］. 台北：玉山社，2010：87.
② 游珮芸. 宫崎骏动画的"文法"：在动静收放之间［M］. 台北：玉山社，2010：89.

表明十岁的千寻是一个武断、没有礼貌、任性又胆小、没有家教的姑娘。难怪汤婆婆说"来了一个没有家教的野丫头",又说千寻这个名字"太奢侈"。

　　宫崎骏其实借助于人物的名字和其名字所暗示的"灵"之间的巨大差距,反思了两个问题:一个是现代家庭的教育问题,即父母对子女往往寄予了很高的希望(从对子女的命名就能看出来),可又不能脚踏实地对之进行教育;二是现代人对语言并不尊重,或者说,并不像古人那样认为语言有"灵"的力量。当我们不尊重语言本身所拥有的"灵魂",只知道利用语言表达自己的一己之愿,那么语言本身也就失去了力量。这就是现代社会的另一个问题:语言失去力量。宫崎骏对现代社会"言不符实"的反思与海德格尔的语言观有些不谋而合。在海德格尔眼里,最初的语言,本质上就是诗。纯粹的语言乃是存在的家园。然而语言也有遮蔽存在的可能性,尤其是在现代社会。所以海德格尔呼吁要"保护和净化语言"。因为语言具备危险性,它遮蔽存在,从而危及存在者。[1]

　　魔女汤婆婆很显然明白语言的力量,因为她深知对一个人命名就等于掌控了这个人的命运。很有意味的是,汤婆婆并没有给自己的孩子取名字。电影中我们只能听到她口口声声喊"宝宝",只能看到宝宝身上始终有一个"坊"字。言下之意,汤婆婆始终希望自己的孩子是"坊宝宝"。汤婆婆为什么不给孩子取名字?汤婆婆的家里为什么看不见她丈夫的身影?如果按照电影里的命名法,如果有丈夫,那么一定就是"汤公公"或"坊公公"。唯利是图的汤婆婆要想永远掌控汤屋,就不能有长大的孩子,更不能有能与她抗衡的丈夫。让宝宝永远是"宝宝",就等于让宝宝永远没有威胁她的力量。这就不难理解,白龙为什么要千寻一定要坚持对汤婆婆说想要工作。因为当千寻一个劲说想要工作,尤其是当她拼命喊"我想要在这里工作"时,深知语言力量的汤婆婆也就无法拒绝了。不仅如此,汤婆婆让想要工作的人都签一份契约,也是意在维持"工作"这个词的威力。这份契约的最终废除也是"言实相符"的结果。当汤婆婆让千寻从十二头猪里找到自己的父母时,其实是一个最残酷的陷阱,因为无论千寻选哪两个,都将是失败。然而火眼金睛的千寻给出的答案是"我的爸爸和妈妈都不在这里面"。可谓以其人之道还治其人之身。正是语言的力量战胜了汤婆婆。

---

[1] 张公善. 批判与救赎:从存在美论到生活诗学[M]. 合肥:安徽人民出版社,2006:41.

三、意义的缺席

《千与千寻》对现代社会最深层的反思是现代人生活的无意义感。汤婆婆、白龙以及无脸男这三个角色最为明显地体现出宫崎骏对现代生活精神空虚的批判。汤婆婆迷恋物质财富以及控制欲,其精神世界也是残缺而灰暗。其居所的低调镜头足以给人以压抑之感,而那三个老人头更是瘆人。相对而言,钱婆婆的家就给人以温暖之感。

白龙本来是千寻小时候住家附近的一个小河神,千寻曾经为了捡鞋子,落入河中被白龙救起。后来土地开发,小河已经被填起来。白龙来到汤屋以牺牲名字沦为奴仆为代价向汤婆婆学习魔法,可能也是另有隐情。电影最后,千寻帮助白龙找回了自己的名字,但实际上白龙已经无家可归。但从白龙斩钉截铁的"我也会回到原来的世界去"这句话,也可能暗示着白龙找到了自己的精神皈依,那就是不再迷恋魔法,而是回到人间,回到爱的怀抱。

无脸男更是孤独而沉默、又没有话语权的现代人的象征。现代人戴着面具,借助于别人的声音说话,而真正的自我却隐而不见。宫崎骏让无脸男拜倒在小千的童真面前,可谓意味深长。童心正是现代人最为缺乏的东西。无脸男最终成了钱婆婆的助手,也等于回归温暖的家庭生活。

宫崎骏的动画的一贯主题是"孩童的生命力的觉醒"。[①] 然而生命的可持续健康发展,又必须保养那些来自童年的美好品质。在此意义上,宫崎骏的动画也担当了保养儿童生命力的使命。这些最原初的品质,往往是最为本真的人性因素,它们的根深深扎在人类最古老的时代。保养儿童与生俱来的美好品质,是儿童走向成人社会之后应对复杂问题的精神支柱。而这些美好品质之中,爱是最为终极的品质,也是生命的终极意义。只有爱才能带来爱,只有爱才是最终的归宿。

【讨论话题】

话题:儿童电影对于成人和儿童分别有什么意义?
电影:伯顿《查理与巧克力工厂》

[①] 游珮芸. 宫崎骏动画的"文法":在动静收放之间 [M]. 台北:玉山社,2010:74.

【推荐书目】

理论类：

科特.百年世界动画电影史［M］.张建，王星辰，译.北京：北京大学出版社，2021.

卡瓦利耶.世界动画史［M］.陈功，译.北京：中央编译出版社，2012.

宫承波.中国动画史［M］.北京：中国广播影视出版社，2015.

史壹可.经典儿童电影赏析［M］.上海：复旦大学出版社，2021.

谭凤霞．雕刻童年时光：中国儿童电影史探［M］.郑州：海燕出版社，2020.

张之路．中国儿童电影百年史话［M］.武汉：长江少年儿童出版社，2021.

作品类：

［俄罗斯］亚历山大·彼德洛夫《老人与海》（1999）.

［法国］克里斯托夫·巴拉蒂《放牛班的春天》.

［美国］彼特·道格特、鲍勃·彼得森《飞屋环游记》（2009）.

［美国］蒂姆·伯顿《查理与巧克力工厂》（2005）.

［日本］宫崎骏《千与千寻》（2001）.

［日本］是枝裕和《如父如子》（2013）.

［瑞士］弗兰迪·M.米偌《想飞的钢琴少年》（2006）.

［伊朗］马基德·马基迪《小鞋子》（1999）.

万籁鸣、唐澄《大闹天宫》（1961、1964）.

徐耿《草房子》（2000）.

结语　儿童文学的未来

王泉根的《百年中国儿童文学编年史》将中国儿童文学的起点定于1900年，颇有见地。正是在这一年二月，梁启超发表《少年中国说》，大声疾呼："少年智则国智，少年富则国富；少年强则国强，少年独立则国独立；少年自由则国自由；少年进步则国进步；少年胜于欧洲，则国胜于欧洲；少年雄于地球，则国雄于地球。"从此拉开了新民育人的历史帷幕。而中国现代儿童文学的诞生正源于"儿童"在五四时期的"被发现"。

回顾中国儿童文学百年发展史，我们发现中国儿童文学始终在实用（教育儿童）和审美（陶冶情操）之间保持着或大或小的张力。在民族危难时期，儿童文学的宣传教育功能普遍被夸大，甚至沦为服务于时政的工具。而在思想解放的新时期，儿童文学的审美功能则越来越受到重视。纵然如此，当下的儿童文学依然存在着功利和审美之间发展的不平衡问题，主要表现于过于侧重于儿童本位、过于倾向民族性，以及过于看重现实教育性。未来的中国儿童文学，要想得到长足进步，势必要处理好三大关系，即儿童性与成人性、民族性与世界性，以及现实性与幻想性之间的关系。任何凸显一方而盲视另一方的做法都可能不利于儿童文学的健康发展。质言之，中国儿童文学的未来，理应朝向三个"统一"的方向发展。

一是儿童性与成人性的统一。

儿童文学的本体性即儿童性。我们再怎么强调儿童文学的儿童性都可以理解。然而儿童性并非拒绝成人性。相反，如果考虑到儿童必然要长大成人，儿童性就必然暗含这种面向大人世界的成人性。长不大的孩子彼得·潘，只存在于幻想世界。这就是儿童文学的悖论所在，强调儿童性，就必然要连带认可成人性。不过儿童文学的成人性也绝非成人文学中的成人性。儿童文学的成人性必须在儿童性的统领之下才被允许存在。儿童文学的成人性还暗含着儿童文学对于成人的意义。儿童文学绝非小儿科，优秀的儿童文学同样是成人读者的重要精神食粮。

二是民族性与世界性的统一。

民族性对于儿童文学来说可谓意识形态使命。一个国家（民族）的儿童文学必须宣扬该国家（民族）在人类大家庭中的美好形象。这一点无可非议，而且非常有必要。然而如果民族性是以牺牲他者性、无视世界性为代价，那就意味着一种文化自恋主义。各民族共同存在，和而不同。儿童文学要突破小家子气，就必然要走向一种开阔的高远境界，必然要将民族性和世界性紧密结合起来。

三是现实性与幻想性的统一。

现实性是儿童文学的终极使命。儿童文学的最终目标便是让儿童更好地投入现实世界，过一种更加和谐健康的生活。然而，令人遗憾的是，儿童文学的现实性往往被狭隘地对待，以至于沦为工具性，要么是对儿童灌输各种知识或处世之道，要么是为各类考试服务。正如强调儿童性，必然要接纳成人性，儿童文学的现实性最终也还是要借助于幻想性才能真正落实。这就意味着，儿童要想真正能在现实中站稳脚跟，就必须要经过幻想世界的锻炼。儿童文学的幻想性与儿童对未知世界的好奇心不谋而合。正是对美好未来的筹划和憧憬，给我们的当下现实生活注入一股清新之气，它让我们觉得：当下生活虽然艰难，但却值得一过。

附录

论儿童文学的成人性

内容提要：儿童文学是儿童性与成人性统一的文学。长期以来，儿童文学的儿童性备受重视，而成人性却不被认可。对儿童文学成人性的强调，是对儿童性的全面捍卫。儿童文学的成人性与成人文学的成人性的不同之处在于，它始终在儿童性的统领之下。认可儿童文学中的成人性元素，有助于救弊儿童文学中的儿童中心主义，让儿童文学理直气壮地走向成人；认可儿童文学的成人性还有助于让儿童文学更加成熟，并有望与成人文学并驾齐驱。

关键词：儿童文学；成人文学；儿童性；成人性；儿童中心主义

探讨儿童文学的成人性，有些不得人心，甚至大逆不道。顾名思义，儿童文学便是与儿童有关的文学。儿童文学的本体性必然是儿童性无疑。你凭什么来谈儿童文学的成人性呢？儿童文学的成人性的合法性何在？其实我在此对儿童文学成人性的强调，是对儿童文学儿童性的全面捍卫。当前（也许一直是）儿童文学最大的尴尬之处莫过于：这种目前几乎都由成人作者创作的文学样式，却被公众想当然地认为是提供给儿童阅读的。这种局面着实令人沮丧。儿童文学只要是文学，就理应向所有读者开放。男女老少，都可以阅读儿童文学。不仅如此，儿童创作的儿童文学也不应该被忽视乃至被否定。[1] 本文就是想以成人性作为切入点，来挑战当下的一些保守的儿童文学观念。最主要的有两个：一是儿童文学是成人写给儿童看的文学；二是儿童文学永远以儿童为本位，即聚焦儿童之为儿童的特性。[2]

---

[1] 格伦比、雷诺兹在《儿童文学研究必备手册》一书中已经注意到网络时代儿童创作的儿童文学的存在，并指出"儿童创作的儿童文学这一课题正变得成熟，可用于学术研究"。（雷诺兹. 儿童文学研究必备手册［M］. 孙张静，等译. 上海：华东师范大学出版社，2019：28.）

[2] 目前几乎所有的儿童文学研究者都遵从一个似乎约定俗成的界定：儿童文学是成人写给儿童看的文学，不包括儿童自己写的文学。儿童文学研究领域的儿童本位思想，聚焦的是儿童与成人之间的差异性而非相似性。在儿童文学批评领域，亨特主张的"儿童主义"文学批评可谓儿童本位论典型体现。（亨特. 批评、理论与儿童文学［M］. 韩雨苇，译. 上海：华东师范大学出版社，2019：248.）

我们首先来界定一对概念：儿童性与成人性。儿童性即儿童之为儿童的特性，但并非儿童所独有。儿童性只是在儿童身上最为典型。可以说，儿童性即童真性。同样地，成人性即成人之为成人的特性，也并非成人所独有，但更为集中地体现在成人身上。成人性的核心是责任。以上是就人而言何谓儿童性与成人性。就儿童文学而言，其儿童性要求作品从内容到形式都应适合儿童身份。这一点从儿童文学的诞生之时就备受重视。相对而言，儿童文学的成人性一直未被学界正式提出。儿童文学界长期盲视成人性的主要原因，窃以为是二元对立思维所造成，即将儿童与成人对立起来。于是一说起儿童文学，便下意识地觉得与成人无关，与成人文学无关。

中外儿童文学史都有一个共同特征：儿童文学诞生之前，成人主导儿童读物，儿童读物成了道德训诫的工具；儿童文学诞生之后，成人依然主导儿童文学，依然以教育为名，竭力阻挡一切不利于儿童健康成长的东西。如果说儿童文学诞生之前的儿童读物重视成人性，但往往以牺牲儿童性为代价，那么儿童文学诞生之后的儿童文学则重视儿童性，又往往以牺牲成人性为代价。温室中的花草禁不起风雨，而在自然风雨中成长起来的花草则更加顽强。鉴于此，我们倡导儿童文学的成人性，以期平衡儿童文学界过于倾斜的儿童性。由此，儿童文学实际上就变成一种儿童性、成人性、文学性三者之间形成互动的文学。这也就是朱自强提出的儿童文学得以成立的如下公式所蕴含的内容：儿童文学＝儿童×成人×文学。① 用诺德曼的话来说，儿童文学"聚焦于把儿童文学的特异性视为两个不同社会群体——成人和儿童——之间的交易媒介"。② 不过，朱自强和诺德曼并没有充分认可儿童文学的成人性元素。③

当我们探讨儿童文学的成人性时，其成人性究竟意味着什么呢？此时成人性有双重含义：一是与普遍的人（human）密切相关，即儿童不仅是儿童，也是人，所以儿童和成人一样分享一些共同的人性。二是与长大的人即成人（adult）密切相关，即儿童必然要长成大人。那么何为成人呢？目前联合国儿童权利宣言把18岁作为分界线。未满18周岁者皆为儿童，已满18周岁者即是成人。这种以特定岁数来区分儿童和成人，并没有顾及世界各民族的民族性，也没有顾及儿童作为个体的身心发展的不平衡性，因而有一刀切之嫌。考虑到普适性，

---

① 朱自强. 儿童文学概论［M］. 上海：华东师范大学出版社，2021：25.
② 诺德曼. 隐藏的成人［M］. 徐文丽, 译. 北京：中国社会科学出版社，2014：127.
③ 朱自强的"儿童文学就是儿童本位的文学"已是学界共识（朱自强《儿童文学概论》第28页）。诺德曼也认为作为一种体裁，儿童文学"明显缺乏使之'成人化'，因而被认为不适合儿童读者的那些特质"（诺德曼《隐藏的成人》：135页）。

有一个硬性年龄规定也的确有必要。但我们必须明白，18岁只是一个人为规定，并不能符合所有实情。在此，我想提一个软性的补充条件，即认为成人是拥有自主意识并能对自己的言行负有责任意识的人。很显然，这一成人特性，正是儿童文学希望赋予儿童的东西。儿童并非静态的生命状态，儿童必然要向成人发展。我们提倡儿童文学的成人性，就是要强调儿童的这一发展性。

众所周知，"儿童文学"诞生于"儿童的被发现"。此时，儿童文学的目标读者往往就是儿童。儿童文学成了成人专门写给儿童看的文学。那么在儿童文学诞生之前，是否存在儿童文学呢？这个问题听起来似乎有逻辑错误。但实际上并非没有道理。因为现在被认为属于儿童文学的作品，不少是在儿童文学诞生之前就出现了。其中有的作品是儿童主动占领的成人文学作品，如《格列佛游记》《鲁滨逊漂流记》《天路历程》等等；还有的是成人认为适合儿童阅读的作品，如古希腊神话、伊索寓言等。朱自强先生坚持认为，古代的一些作品之所以被认为是儿童文学，那是站在今人立场而言的，是以今人儿童文学观念为标准的结果。① 这种说法还是让人有些困惑，一方面认为儿童文学诞生于现代，一方面又勉强认可古代一些作品可以作为儿童文学。我们知道，现代社会诞生的一些观念其实在古代就有不少相关论述，比如生态美学的思想就可以在《老子》中窥见端倪。儿童文学也当如是观。儿童文学诞生于现代，但在古代也存在，只不过当时人没有这个意识。我们或许可以将儿童文学诞生之前的儿童文学称作"潜在的儿童文学"。一言以蔽之，认为儿童文学诞生于古代没有道理，但否定古代存在儿童文学也没有道理。儿童被发现于现代，而儿童自古有之，儿童文学亦然。作为一种观念的儿童文学诞生于现代儿童的被发现，而作为一种文学形态的儿童文学则古已有之。

现在我们再来审视儿童文学诞生前后儿童的不同存在方式。儿童文学诞生之前，儿童并非作为一种特殊的生命存在，而只是"小大人"。儿童文学诞生之后，儿童的特殊性才备受重视，儿童的本己需求（而非成人需求）才被重视，儿童此时就是"小孩子"。可问题是儿童的本己需求并非仅仅与儿童当下天性有关。"儿童不是缩小的成人，却是成人的萌芽。"② 正如小树要长大，儿童也要长大。成长理应包含在儿童的本己性之中。长不大的彼得·潘，只能发生于童话之中，也只能是大人想挽留童年的一厢情愿。儿童不仅仅是"当下的小孩子"，更是"未来的大人"。我们反对视儿童为"小大人"，因为这种观念无视

---

① 朱自强. 中国儿童文学研究的三种方法［J］. 中国文学批评, 2022（2）.
② 朱鼎元. 儿童文学概论［M］. 民国时期的儿童文学研究. 太原：希望出版社, 2020：85.

197

儿童之为儿童的天性；我们也反对仅仅视儿童为"小孩子"，因为这种观念无视儿童长大成人的生命需求。一句话，儿童首先是"小孩子"，其次是"未来的大人"。儿童是"小孩子"，所以儿童文学必须具备儿童性；儿童又是"未来的大人"，因此儿童文学又必须具备一种有别于成人文学的成人性。

接下来，我们分别从儿童和成人视角来谈谈儿童文学的成人性，然后再探讨一下儿童文学的成人性与儿童性的关系。

一、儿童文学的成人性（一）：儿童视角

从儿童视角审视儿童文学的成人性，意在聚焦儿童的未来。此时，儿童文学可谓儿童走向成人的人生导师。我曾将儿童文学之于儿童的意义定性为"生活启蒙"，也就是要强调儿童文学的成人性。① 儿童文学让儿童享受无忧无虑的童年的同时，也让他们明白，童年很快消逝，必须直面成长的困境，顺应并适应成人世界的风风雨雨。好的儿童文学肯定有助于儿童在童年立志成为一个文明的人，一个有益于社会的人，乃至一个大写的人。

儿童文学的成人性首先表现在它让儿童成为一个文明人。此处所谓"人"，即拥有普遍人性的人。人不同于动物，就在于人性中除了兽性，还具备人性和神性。人是兽—人—神的统一体。性恶论（荀子）与性善论（孟子）自古以来就争论不休。其实，人性中天然具有善和恶的成分。梭罗说得好："善恶之间，从无一瞬休战。……自知身体之内的兽性在一天天地消失，而神性一天天地生长的人是有福的，当人和劣等的兽性结合时，便只有羞辱。"② 既然人性中有恶的成分，那么儿童身上也必然潜在地具备某种恶的力量。戈尔丁的小说《蝇王》便是聚焦人性恶的经典之作。故事背景设置在想象中的第三次世界大战。一群6~12岁的儿童因为飞机失事被困于一座荒岛。从一开始的和睦相处到后来的相互残杀，戈尔丁揭示了人性中恶的力量的残酷性，读来惊心动魄。《蝇王》惊世骇俗之处在于，它是通过儿童来揭露人性恶的。

儿童身上的人性恶其实早已受到人类关注。在儿童文学发展史上，对儿童的态度有一个从"儿童生而有罪"观念到"儿童天真无邪"观念的转变。儿童生而有罪的观念在清教徒那里最为明显。他们认为孩子的灵魂要么被救赎，要么下地狱。清教徒编了许多致力于将孩子从地狱中拯救出来的作品。杰示威

---

① 张公善. 生活启蒙：国际安徒生奖获奖作家导读 [M]. 芜湖：安徽师范大学出版社，2015：13.
② 梭罗. 瓦尔登湖 [M]. 徐迟，译. 长春：吉林人民出版社，1997：206-207.

1671年出版的《儿童的标记：皈依天主、神圣楷模及数名孩子欣然赴死的事迹》可做代表。同时代的另一本诗文训诫书，曲尔的《儿童的明镜》也很有名。此外，还有班扬专门为儿童写的《写给男孩和女孩的书》（1686）。这些书都旨在道德训诫，以拯救儿童。① 儿童天真无邪的观念源于洛克1693年出版的《教育漫话》。在此书中，洛克提出一种"白板论"，即认为儿童出生之时犹如一张白纸，需要后天的教育来填补。由此，洛克提倡用一种更加温和的方式来教育儿童。他说："给孩子们一些简单有趣适合他们的图书……在这些书中，他们会发现，乐趣会让他们更加愿意读，也能对他们付出的努力有所回报……"② 正是在洛克等人的影响下，儿童的无邪天性开始受到人们的重视。此后给儿童读的书中的"乐趣"也逐渐增多。1743年英国出版家纽伯瑞出版的《美丽小书》是一个标志性事件，被认为是现代儿童文学诞生的标志。在《美丽小书》的扉页上即题有"寓教于乐"的字样。③ 洛克的《教育漫话》出版69年后，即1762年法国哲学家卢梭出版了后来被誉为第一部儿童小说的《爱弥儿》。从此，儿童作为儿童的独特性以及儿童作为"高贵的野蛮人"的观念深入人心。可是，恶并没有离开儿童。儿童世界的恶依然存在。

对"孩子与恶"做过专题研究的日本心理学家河合隼雄一再提醒我们："单纯地排斥恶，会招来更大的恶。"④ 恶对孩子而言，很可能是个性的显现。恶可以成为"自立的契机"，因此，河合隼雄认为让孩子体验恶是有意义的。他说："在孩提时代有机会体验一下深度的根源恶，知道有多么吓人，才会下一个坚定的决心：我再也不敢了。"⑤ 当然他不是意在让孩子去主动行恶，而是当孩子作恶时大人所应持有的态度。大人要竭力通过爱去拥抱孩子，而不是一味斥责乃至打骂。"面对恶，如果大人的忍耐力更强一些，孩子就会活得更加生气勃勃，能够跟大人们一起品尝情感丰富的人生。"⑥ 河合隼雄还说："充分认识到自己作为一个人的限度，认识到这一点，对与孩子建立健康的关系是很有用的。"⑦ 让儿童成为一个人，就是要让儿童去做一个文明人，让他们充分认识到做一个人可能的限度。个人认为，让儿童体验恶所划定的人性限度的最安全有效的方

---

① 汤森. 英语儿童文学史纲[M]. 王林, 译. 长沙：湖南少年儿童出版社, 2020：5-12.
② 汤森. 英语儿童文学史纲[M]. 王林, 译. 长沙：湖南少年儿童出版社, 2020：13.
③ 汤森. 英语儿童文学史纲[M]. 王林, 译. 长沙：湖南少年儿童出版社, 2020：17.
④ 河合隼雄. 孩子与恶[M]. 李静, 译. 上海：东方出版中心, 2016：34.
⑤ 河合隼雄. 孩子与恶[M]. 李静, 译. 上海：东方出版中心, 2016：36.
⑥ 河合隼雄. 孩子与恶[M]. 李静, 译. 上海：东方出版中心, 2016：142.
⑦ 河合隼雄. 孩子与恶[M]. 李静, 译. 上海：东方出版中心, 2016：37.

式，便是让他们阅读那些呈现儿童角色恶行的儿童文学作品。

儿童文学的成人性其次表现在它可以协助儿童逐渐认识成人世界的丰富复杂性。许许多多的儿童文学都竭力想保护儿童，不让他们看到成人世界的本来面目。这是一种得不偿失的做法。诺德曼的合作者雷默说得好："想要阻止孩子们不接触成人世界的知识和疑问，以此来保持他们的童真，完全是一种错误的做法。"① 当今世界对于儿童教育工作者的最大尴尬之处莫过于此：一方面他们竭尽全力维护儿童成长环境的纯粹性；另一方面网络又无时无刻不在暴露着成人世界的复杂与残酷。与其遮遮掩掩，不如引导儿童在其儿童时期带着一种积极的价值观去初步认识成人世界，这将有助于他们顺利进入并适应长大后的成人世界。虽然儿童文学的主角绝大多数都是儿童，但儿童不是孤立存在，他们的身边是大人，是社会，是国家，乃至整个世界。我们可以用"生活世界"来统称儿童所身处其中的世界。这个世界目前主要由成人所掌控。儿童作为未来的成年人，在当下几乎没有发言权。成人世界自有其游戏规则，它与儿童世界的游戏规则截然不同。总体而言，成人世界的游戏规则充满功利性和残酷性，乃至阴暗面。儿童要想成为这个生他养他的成人社会的一员，"他们必须了解这个社会的价值标准——接受社会的挑选，成为他们应该成为的那类人，才能成功地生存下去"②。郑振铎当年为叶圣陶童话集《稻草人》写的序言中，就力倡儿童文学要直面世界的残酷性，他说："把成人的悲哀显示给儿童，可以说是应该的。他们需要知道人间社会的现状，正如需要知道地理和博物的知识一样，我们不必也不能有意地加以防阻。"③

将成人性作为儿童文学的一个维度，我们就可以名正言顺地谈论儿童文学对世界残酷性以及阴暗面的揭示，也可以更加开放地接纳儿童文学中出现的成人生活所特有的一些内容，诸如血腥暴力、爱情乃至性等等。在中国儿童文学发展史上，至少有两次大的争论与儿童文学中的社会阴暗面描写相关。一次是在新中国建立前夕的1949年上半年，中国儿童读物作者联谊会（1947年4月20日正式成立）组织了一次关于"儿童读物应否描写阴暗面问题"的笔谈会。陈伯吹在总结此次笔谈会时将论战的参与者分成两派：一派是文艺写作者，他们坚持文艺必须揭示社会阴暗面；一派是教育工作者，他们认为描写阴暗面的儿童读物害多益少。陈伯吹总结指出："儿童读物应该描写阴暗面，应该从阴暗写

---

① 诺德曼，雷默. 儿童文学的乐趣［M］. 陈中美，译. 上海：少年儿童出版社，2008：12.
② 诺德曼，雷默. 儿童文学的乐趣［M］. 陈中美，译. 上海：少年儿童出版社，2008：150.
③ 王泉根. 民国时期的儿童文学研究［M］. 太原：希望出版社，2020：39.

到光明。但描写阴暗面应该有个限度，这限度的条件是至少要顾及儿童的年龄（也应该顾到性别），理解的程度，心理的卫生。"① 这次争论并没有触及儿童文学成人性问题，认为应该描写阴暗面乃是艺术本身的使命，而如何描写阴暗面则完全立足儿童的当下性。20世纪80年代，儿童文学评论界再次触及儿童文学中的社会复杂性问题。当时，针对丁阿虎的《祭蛇》（1983）和常新港《独船》（1984）等少年小说，评论界也产生了较大分歧。周晓、曾镇南等人持认可态度，认为这些小说反映了生活的深广多样，有着深邃的人生内容。樊发稼、官锡诚等人则持批评观点，乃至否认这些作品的"儿童文学"身份。他们认为这些作品"成人化倾向十分强烈"，理应刊登在成人文学刊物上。在这次论争中，王泉根所写的《为"成人化"一辩》一文可谓是中国儿童文学理论批评史上最早触及儿童文学成人性的文章。王泉根从少年时期的儿童特点出发，认为少年文学应该"机智而巧妙地把儿童化与适度的成人化因素结合起来"。② 很显然，王泉根看到了少年时期的过渡性特点，即少年是童年与成年之间的中介。少年期作为过渡时期可能会同时具备童年和成年的某些特征，由此，少年文学理应具备一些成人性元素。不过，王泉根并没有完全接纳所有类型的儿童文学中的成人性。

成人世界除了存在阴暗面和残酷性，爱情常被认为其专属领域。在中国，儿童"早恋"一直是让学校家庭头疼的事情。儿童文学界，更是视之为禁区。儿童文学研究领域，对儿童文学中的爱情专题研究几乎一片空白。在世界范围之中，儿童文学中的爱情描写已经越来越被更多的人接纳。不过，那些早期描写儿童之间爱恋的儿童文学，出版时往往都受到争议。我们到底在怕什么？欲望。东西文化传统都有一种根深蒂固地对肉体欲望的轻视乃至敌视态度。古希腊的柏拉图担心文艺作品（诗歌）会刺激人的低等级欲望，因而将诗人作为危险人物赶出理想国。中国宋代理学更是极端，竟然提出"存天理，灭人欲"的口号。然而谁能否认欲望也有美好的一面呢？没有欲望，何谈文明的发展呢？欲望是生命力的一大表征。墨西哥诗人帕斯说得好，"最初的、原始的火就是性欲，它升起爱欲的红色火焰，后者又升起另一个摇曳不定的蓝色火焰并为之助燃：爱情的火焰。爱欲与爱情：生命的双重火焰"③。不同于动物只有性本能，人是拥有另外的双重火焰（爱欲和爱情）来提供能量的高级动物。既然儿童是

---

① 方卫平. 中国儿童文学理论发展史［M］. 上海：少年儿童出版社，2007：285.
② 方卫平. 中国儿童文学理论发展史［M］. 上海：少年儿童出版社，2007：377.
③ 帕斯. 双重火焰：爱与欲［M］. 蒋显璟，等译. 北京：东方出版社，1998：序言.

人，既然爱情是人性之需，那儿童之间为什么就不能存在爱情呢？异性相吸，是天性，也是人性。如果我们将爱情视作异性之间相互爱慕之情，那么在儿童世界也自然存在这种情愫。只不过，儿童的爱情与成人的爱情有着本质的不同，那就是儿童之间的爱情更多的是一种精神之恋，而成人之间的爱情则必然走向肉体之欲。说白了，我们真正担心的是儿童之间的爱情会从精神之恋滑向肉体之欲。如果我们因为存在这种坏的可能性，而杜绝儿童之间的纯真情怀，也可能让儿童生活少了许多生机活力。非常有讽刺意味的是，家长教师们都允许孩子们沉浸于童话之中，中学教育也热衷于《红楼梦》的整本书阅读，可就是不能允许现实中的孩子越雷池一步。殊不知，对人类各种情感的体验对于儿童的健康成长大有裨益。正如童话中的爱情曾经影响了无数儿童，让他们内心充满美好情感地向往长大成人，儿童文学的其他体裁中的爱情，如果处理得当，也会在儿童的内心播下健康的爱情观念。更有甚者，儿童还可以通过爱情感受到许多其他为人处世的大道理。阿扎尔说：

"对于爱情，儿童们懂得些什么呢？什么都不懂，和彼得·潘一样。然而在它的形式下，他们所感受到的却是一系列最高贵的情感；为了爱做出的牺牲，没有任何强权能压迫的早已建立起的和谐，对完美的追求，对理想力量的寻找。而这些正是这个世界的最有力的保护者。"[1]

童年经验对于一个人的未来举足轻重。"童年的印象会持续很久，并储存起来逐渐成为成人的一部分。"[2] 儿童们通过爱情所感受到的上述这些维系这个世界良性发展的大道理，将对他们的未来，对这个世界的未来，都拥有不可低估的意义。

儿童文学的成人性最终目标便是让儿童逐渐成为一个成熟的个体。如果说让儿童了解成人世界的阴暗和残缺，以及成人生活的方方面面，是儿童社会化必不可少的训练，那么让儿童成为一个独立个体则是儿童主体化的必然结果。而一个已经社会化和主体化的人就是一个大人了。儿童文学对于儿童主体性的培育，我在《生活启蒙》一书中已有具体阐述，在此不再赘述。[3] 总的说来，儿童文学旨在让儿童最终成为自己，同时让儿童也意识到他人也是一个独立的个体。《西拉斯与黑马》《了不起的 M.C. 希金斯》《弗兰琪的故事》《安妮日记》等儿童文学作品中的主人公，虽然在作品末尾都还没有年满18岁，但他们

---

[1] 阿扎尔. 书，儿童与成人 [M]. 梅思繁，译. 长沙：湖南少年儿童出版社，2014：208.
[2] 史密斯. 欢欣岁月 [M]. 梅思繁，译. 长沙：湖南少年儿童出版社，2014：8.
[3] 张公善. 生活启蒙：国际安徒生奖获奖作家导读 [M]. 芜湖：安徽师范大学出版社，2015：18.

其实在精神上都已长大成人。

二、儿童文学的成人性（二）：成人视角

如果说儿童视角的儿童文学成人性强调的是，让儿童未来成为一个什么样的人，那么成人视角的儿童文学成人性则强调，在儿童身边的成人应该成为一个什么样的大人。实际上此处所论即是儿童文学之于成人的意义。长期以来，儿童文学之于成人的意义不被公众重视，一些保守的观念难逃其责，尤其是"儿童文学是成人写给儿童看的文学"这种观念，很容易导致一个后果：成人不把儿童文学当回事，乃至不看儿童文学。这既对儿童文学不公，也对成人不利。实际上，儿童文学不仅仅是教育儿童的文学，也应该是教育成人的文学，或者是成人借以自我教育的文学。

就目前而言，儿童文学的作者绝大多数仍是成人作者。"成年作者比儿童接受者更有经验，词汇量更大，认知水平也更高。作者在对儿童言说的同时，也禁不住在向成人共同读者言说。"这意味着，在成人创作的儿童文学中，成人也会有意无意地越过儿童读者，向成人共同读者分享经验。近年来同时对儿童与成人言说的儿童文学越来越多，这些文本被称作"交叉文本"。[①] 笔者曾从读者视角将儿童文学之于成人的意义界定为"重建生活"，具体而言，儿童文学可以为成人提供一种审美出游方式，提供教育宝典，以及重建生活的智慧，等等。[②] 此处，我们再从儿童文学中的成人角色出发来探讨儿童文学之于成人的意义。成人是儿童的未来。因此儿童文学中的主要成人角色往往担当儿童的榜样或是启蒙者。从成人与儿童的关系着眼，儿童文学中的成人（尤其具备榜样力量的成人）理应是一个充满童心的大人，一个呵护身边儿童健康成长的大人，一个有担当有使命的大人。成人视角的儿童文学的成人性，首先意味着让成人拥有一颗童真之心。这是儿童文学对于成人的最大馈赠。相较于成人文学，成人在儿童文学那里更能获得童心。这不仅是因为其中的儿童角色的天真无邪，更是缘于其中的成人角色往往是儿童化的成人。虽然儿童文学作品中的成人角色千差万别，但总有些成人依然童心烂漫，和身边的儿童一起分享着生活的无限乐趣。

成人拥有童心，意味着成人不断从现实回归童年，进而在现实生活中注入

[①] 尼古拉耶娃. 儿童文学的美学研究［M］. 何卫青，译. 北京：中国少年儿童出版社，2021：288.

[②] 张公善. 生活启蒙：国际安徒生奖获奖作家导读［M］. 芜湖：安徽师范大学出版社，2015：23.

一些儿童性（诗性、非功利性）。虽然不再是童年之人，但却葆有一份童真之心。在此意义上，儿童文学也是引领成人皈依童真的文学。成人也要向儿童学习，而不仅仅是高高在上的权威。在儿童文学史上，成人与儿童之间的关系在作品中的呈现方式的变化很能说明问题。

随着"儿童的被发现"，世界开始一分为二：一是儿童世界，一是成人世界。现代儿童文学的两大特征便是强调儿童的身份特征以及儿童对成人世界权威的反抗。① "童年应是一个自主的、不受任何人（成年人）权威约束的世界。"② 在此阶段，儿童文学作品中的主角清一色是儿童，成人永远是次要角色，而且往往是被反抗的角色。这一状况一直到1970年左右才有了根本性的变化。何以如此呢？1968年的学生运动使得儿童文学的政治色彩变浓。由此，儿童文学在20世纪70年代出现了新的自主要求。既然所有的社会政治问题都会涉及儿童，儿童文学就有必要将其置入其中。试图保护儿童远离政治，也就剥夺了儿童某些最基本的权利。因此，"对儿童来说只要他们还未属于另一个不同的'来世'，而是属于当今世界依然是成人世界的'现世'时，他们就应当获得独立和自由发展的机会。新的自主需求倾向于儿童和成人之间的权利平等原则，强调的是相似性而不是差异性"③。20世纪80年代出现的儿童政治文学被认为是后现代儿童文学的开端，在此儿童与成人共享着同一个世界。成人世界向儿童开放，也可谓是儿童文学成人性的体现。儿童走向成人世界，是否也意味着成人转而向儿童学习的契机呢？是否意味着儿童与成人之间由相互对立走向相互学习呢？遗憾的是，儿童文学的这种成人化倾向被有些论者视为"儿童文学的终结"。④ 然而，如果立足于成人性的维度，我们便可以认为儿童走向成人世界是儿童文学自诞生以来的一次重新出发，是走向更成熟的儿童文学的标志性事件。

上述对欧美儿童文学中成人与儿童关系的扫描所透露出来的倾向，即儿童主人公介入成人世界，成人不再高高在上而往往也是被教育者，同时成人生活成为儿童文学的一道风景线，等等，这些在中国儿童文学发展史中也同样表现

---

① 贝奇，朱利亚. 西方儿童史下卷：自18世纪迄今 [M]. 卞晓平，申华明，译. 北京：商务印书馆，2016：473.
② 贝奇，朱利亚. 西方儿童史下卷：自18世纪迄今 [M]. 卞晓平，申华明，译. 北京：商务印书馆，2016：491.
③ 贝奇，朱利亚. 西方儿童史下卷：自18世纪迄今 [M]. 卞晓平，申华明，译. 北京：商务印书馆，2016：493.
④ 贝奇，朱利亚. 西方儿童史下卷：自18世纪迄今 [M]. 卞晓平，申华明，译. 北京：商务印书馆，2016：473.

了出来。中国儿童文学公认诞生于五四时期。其在诞生之初就形成了两种潮流：一个是以周作人为代表，强调儿童文学的趣味性、游戏性；一个是以郑振铎等人为代表，强调儿童文学的教育性，以及有助于改造民族精神的工具性。前者可谓纯粹的儿童中心主义，后者虽然始终以儿童为本位，但却强势渗透着成人的各种观念。近百年中国儿童文学发展史显示，后一潮流一直占据主导地位。在这种视儿童文学乃教育儿童的文学的观念的主导下，儿童文学作品中的儿童与成人之间的关系比较单一：要么有一个次要的大人角色，关键时候出现以担当身边儿童角色的启蒙老师；要么没有成人角色，但隐含作者往往承担着教育儿童的使命。儿童永远是儿童文学中的主角，但却永远是被教育者。孙幼军的童话可以作为典型。这种状态一直持续到20世纪90年代才得以根本性扭转。其中曹文轩《草房子》（1997）可以作为儿童文学转型的标志之作。在《草房子》中，不仅成人角色形象鲜明，而且也触及爱情题材，更有甚者，儿童人物在一定程度上也影响或教育了其中的成人角色。试想一下，秦大奶奶和桑乔的转变，与他们身边的孩子密不可分。在书中，大人和孩子都在追求体面的生活，但大人往往死要面子活受罪，而小孩子则更加本真，敢爱敢恨。

　　儿童的世界从来不缺少成人。成人也理应成为儿童文学的主要人物，而不仅仅充当儿童人物的配角。杰出乃至伟大的儿童文学作品中，儿童与成人平等相处，良性互动。成人唯有放下架子，将自己视作儿童一样的人类成员，并且还能以儿童为镜，反思自己的生活，儿童文学才有望真正走向成人世界。这将意味着儿童文学实际上是儿童与成人共同成长的文学。成长将不仅仅属于儿童，也属于成人。对儿童而言，成长意味着社会化和主体化。而对于成人而言，成长则意味着改变自我，走向更加和谐的新生活。

　　儿童文学的成人性，就成人而言还意味着让成人成为一名呵护身边儿童的人。此时成人拥有双重角色，既是一位拥有童心的人，又是一位拥有责任心的人。拥有童心的成人就会自动站在儿童立场去呵护儿童，而拥有责任心的成人又会放眼儿童未来，以一种更为开放和温柔的心态去对待身边的儿童。这样的成人才能谈得上是儿童真正的良师益友，而不是古板的一味灌输大道理的高高在上者。

　　长期以来，儿童文学作为成人教育儿童的载体而存在。儿童文学的教育功能往往又被落实到作品中的成人角色或成人化的动物身上，更有甚者，会落实到一句句教训（有时候呈现为一句句哲理）。这些成人角色可谓是儿童的生活启蒙者。《小王子》中的狐狸可谓典型。狐狸是小王子的人生导师，他告诫小王子：爱的真谛是要对驯养的对象负责任，真正重要的东西是眼睛看不见的，要用心去体会，等等。狐狸和小王子朝夕相处的时候，不失时机地将这些大道理传达给小王子。可谓言传身教，因而没有丝毫灌输的意味。儿童文学中作为启蒙者的成人，更多的是作为故事的讲述者或者作为儿童事件的旁观者（评点者）出现的。即便作品中没有成人，作者本人便往往充当一个隐含的成人教育者角色，其在讲述的同时，也在不动声色地向作品中的儿童乃至作品外的儿童读者，传达生活大道。如果儿童文学作品中那些成人角色或叙述者说的一些睿智话语能够被儿童读者铭记在心，就很可能会走进其日常生活，乃至影响其未来生活。总的来说，成人作为启蒙者（教育者），最佳的启蒙方式是春风化雨，是言传身教，是简洁有力。

儿童文学中还有些不太被注意的成人角色，他们往往只是儿童人物的伴随者或者偶尔出现的配角。他们没有多少富有哲理的话语，他们最可贵的东西就是以孩子的立场与孩子相处。他们只会用行动表示对孩子的爱意，只会用行动来呵护孩子的身心健康。在此可以举几个例子。艾斯的《在森林里》是备受松居直推崇的一本绘本。绘本通篇都是小男孩在森林里与想象的动物们做游戏，直到结尾小男孩的父亲才开始出现。他是来喊小男孩回家的。当他意识到孩子在想象中和动物们说话。他并没有拆穿这个幻想世界，相反却加以保护。他对孩子说："我们该回家了。也许它们会一直等着你，下次再来一起玩。"松居直认为能说出这样的话的，才称得上是真正的大人，因为这句话使得森林里愉快的幻想世界完整地保留在了小男孩的心里。[①] 我也曾从这位父亲那里受到过启发，在儿子小时候和他一起享受圣诞老人的故事，并在每一个圣诞节，都会暗暗扮演圣诞老人，在孩子熟睡时将礼物送到他的床前。拉伊森的《我是跑马场的老板》是一部充满温情的儿童小说。智障男孩虽然被拾荒老人欺骗，花了几块钱"买"得跑马场，但他身边的大人都没有揭穿其虚假的老板身份。真正的老板也没有强行驱逐小男孩，而是花数倍的钱又"买"回了跑马场。此外，在巴西作家德瓦斯康塞洛斯的传记小说《我亲爱的甜橙树》中也有一个善于用行动呵护小男孩泽泽的成人角色——老葡。当泽泽来向他道别打算自杀时，老葡不仅用温和的话语抚慰泽泽，更重要的是找借口邀请泽泽星期六陪他一起去钓鱼，而且还在当天暗中"监视"泽泽，以免他做傻事。

儿童身心健康成长是儿童教育的核心，而其中最为重要的便是生命安全教育。可以说生命安全是儿童教育的一条红线。凡是危及儿童生命安全的事情都必须被制止。儿童文学中的成人角色也应该担当生命安全教育的重任。戴恩·

[①] 松居直. 打开绘本之眼［M］. 林静，译. 丁虹译校. 海口：南海出版公司，2013：28.

鲍尔的儿童小说《出事的那一天》是生命教育的经典作品。不过，其中的成人角色是作为反面人物出现的。任性冲动的汤尼来找乔，邀请他一起骑车去攀岩。温和谨慎的乔觉得有危险，但碍于情面不好拒绝，就希望父亲能够阻止他们出行。没想到乔的父亲竟然答应了，还"天真"地让乔发誓以人格保证一定要注意安全。结果半路上汤尼不顾危险下河游泳，溺水而死。乔的父亲在这件事中是负有责任的。他只想着让孩子们累一天回来就安稳了，却没有充分意识到路途中的不安全因素。他让小孩子以人格起誓本身就是一种幼稚行为。对于小孩子来说，他们尚无能力保护自己，这样的誓言也形同虚设，毫无意义。奇斯洛夫斯基的系列短片《十诫》的第一集中也有一个幼稚的父亲。天寒地冻，小男孩巴伯向父亲请求去池塘滑冰。身为数学家的父亲凡事通过运算来做决定。他在电脑上计算了一通，认为池塘的冰的厚度足以滑冰，于是答应了孩子的请求。最终巴伯在冰薄的地方踩碎了冰溺水而亡。上述两位监管不力的父亲告诫我们：小孩子可以幼稚，大人却绝对不能在关键时刻言行幼稚，否则可能招致灾难。

儿童文学的成人性，就成人而言，还意味着作品的理想成人角色是一个有担当有使命的大人，是一个可以召唤儿童将来也要成为的那种大人。这样的大人也可谓是儿童文学之于儿童的终极使命。唯有成人能成就自己，才更能为身边的儿童做出表率。在现实生活中也是如此。一个家庭中，父母如果不务正业游手好闲，很可能对其孩子产生不良影响。相反，如果父母都能兢兢业业，那么自然会对孩子产生耳濡目染的正面作用。一个很好的例子就是日本作家黑柳彻子。她之所以能写出《窗边的小豆豆》这样温暖人心的作品，与她童年的家人以及在巴学园里结识的小林校长密不可分。在这本书中，我们能够读到黑柳彻子是多么喜欢小林校长的所作所为，以至于她竟然和校长拉钩，约定长大后一定要到巴学园来当老师。在书的后记中，黑柳彻子还爆了一个料，直到其满20岁，母亲才告诉她转学巴学园的真正原因，那就是她被先前的学校退学。黑柳彻子于1984年被联合国儿童基金会任命为"亲善大使"，可谓实至名归。她虽然没有成为巴学园的老师，但却和小林校长一样，成了一个温暖了无数人的大人。

成人希望儿童成为什么样的人，首先自己就应该成为什么样的人，至少是表现出追求成为这样的人。儿童文学的成人性，无论从儿童视角还是从成人视角，最终目标都一样，即让儿童和大人都成为有使命有担当的人。

三、儿童文学成人性与儿童性的关系

儿童文学既然是文学，就应该适用所有人，当然包括成人；儿童文学既然是儿童文学，就必然与儿童密切相关，尤其适合儿童。儿童文学的读者既可以是成人也可以是儿童。从双重视角而言，儿童文学可被界定为关注儿童健康成长，同时又能引领成人回归童心的文学。儿童文学不仅仅关注阅读者的当下生活，更放眼其未来成为什么样的人。就儿童读者而言，儿童文学呵护其当下健康成长，且有助于其未来成为一个大人。就成人读者来说，儿童文学可以在当下唤醒童年让其回归童心，同时也有助于其成为更好的大人。

儿童文学与成人文学的区别就在于其各自前面的定语的限制。"儿童文学"中的"儿童"以及"成人文学"中的"成人"，都不能仅仅理解成对读者的限制，而应该被视作作品所聚焦的群体。儿童文学聚焦儿童生活，成人文学聚焦成人生活。正如儿童生活离不开成人，成人生活也往往离不开儿童。对于同时拥有儿童和成人角色的文学作品，成人文学和儿童文学的侧重点是不同的。儿童文学儿童性至上，成人文学则以成人性为主导。分开而言，即便拥有儿童人物，成人文学也不必迁就儿童读者。沈从文的《萧萧》中的萧萧和小丈夫同时成长。这部小说虽然有小孩子的角色，但却不是儿童文学。方方的《风景》，虽然视角是一个死去的婴儿视角，但也不是儿童文学。儿童文学始终要把儿童性放在第一位，始终要把儿童的成长作为核心。

在世界儿童文学史上，儿童文学的禁地不断被开垦。现在我们完全可以说，成人文学中出现的任何现象（诸如性、吸毒、同性恋、暴力等等），都可以在优秀的儿童文学作品中发现其踪影。不过，儿童文学中的成人因素，有别于其在成人文学中的表现。通过研读国际安徒生获奖作家的作品以及其他世界著名的儿童文学作品，我们概括出三个区别：一是儿童视角中的成人生活，因为受制于儿童的知识储备和生活经验，往往表现出幼稚可笑乃至有趣好玩的面貌；二是成人视角（成人主人公的视角或成人作者的视角）的成人生活，则较为全面呈现出现实生活的本来面目，暴露出其阴暗复杂乃至残酷的一面，但由于要顾及儿童读者，所以不会过于渲染，只会表现得简洁、客观，往往都是点到为止一笔带过；三是从作品的总体艺术形式而言，儿童文学中的成人性的呈现方式必然是被过滤的、被刻意施以温柔之光的，乃至打上童趣的印记。接下来，我们选取儿童文学中的几个最典型的成人性元素，看看其是如何表现出来的。

血腥暴力常常被认为不适合儿童文学，但从民间童话到现代儿童小说，它们从未缺席。忽视血腥暴力，不利于真实再现现实，而过于血腥暴力，也不利于儿童成长。我们来看第一部文人整理的民间童话集《佩罗童话》是如何表现血腥暴力的。佩罗的暴力叙事的最大特征便是缩短其过程，三言两语完结。《穿靴子的猫》中猫爷施妙计让妖魔变成了小耗子。佩罗写道："猫爷一见耗子，说时迟那时快，扑上去一爪子按住，一口就吞了下去。"① 《小红帽》的结尾写小红帽和躺在床上假装成外婆的大灰狼的对话很能营造一种心理紧张感。从手臂写到牙齿。大灰狼终于原形毕露。佩罗写道："'外婆，你的牙齿好长啊！''牙齿长就是要吃你呀！'大灰狼说着，就扑向小红帽，将她吃掉了。"② 《林中睡美人》中的那位太后是食人魔，她在被膳食总管一再欺骗后决定报复。她下令将大量癞蛤蟆和蝮蛇、水蛇等各种毒蛇放到一个大桶里，然后准备将王后和她的孩子以及膳食总管夫妇和女仆通通扔进大桶。幸好国王驾到。太后见状气急败坏。作者写道："就一头扎进大桶里，片刻间就被她下令放桶里的那些毒物给吞食了。"③ 《蓝胡子》是这样写蓝胡子之死的："两名骑手紧追不舍，未待他踏上楼前台阶，两把长剑就刺穿了他的胸膛，蓝胡子当场毙命。"④ 《小拇指》中食人妖误杀其七个女儿的场景也是简单得不能再简单："喊里喀喳，把七个女儿全宰了。"⑤ 以上我列举了佩罗童话中最血腥暴力的场景。如果我们回想一下成人文学（比如余华《文城》、莫言《檀香刑》）中的暴力血腥场景，佩罗上述血腥场景就显得小巫见大巫了。

  再来看看一部现代儿童小说中的暴力描写。《草房子》曾经因为其中桑乔对桑桑的打骂而招致批评。⑥ 小说中的确不止一次写桑乔打骂桑桑。我们来看最厉害的一次。那是在桑桑撕掉他的那些充满荣誉感的笔记本的奖章页之后。作者写道："桑乔把桑桑关在屋里，抽断了两根树枝，直抽得桑桑尖厉地喊叫。后来，桑乔又用脚踢他，直将他一脚踢到床肚里。桑桑龟缩在黑暗的角落里哭着，但越哭声音越小——他已经没有力气哭了，也哭不出声来了。"⑦ 这段暴打场景描写的确有些感染力，但是否过了头，以至于不能给儿童阅读呢？很显然不是。这段描写并没有带来恐怖感。用来打人的是树枝而不是棍棒。用脚踢也没有过度描写踢得多暴力，只是"一脚踢到床肚里"。这是典型的童话式的暴力写法。从桑乔的形象塑造来说，这段描写非常有必要，既表现他的内心是如何在乎荣

---

① 佩罗. 佩罗童话 [M]. 李玉民，译. 北京：北京理工大学出版社，2020：7.
② 佩罗. 佩罗童话 [M]. 李玉民，译. 北京：北京理工大学出版社，2020：18.
③ 佩罗. 佩罗童话 [M]. 李玉民，译. 北京：北京理工大学出版社，2020：36.
④ 佩罗. 佩罗童话 [M]. 李玉民，译. 北京：北京理工大学出版社，2020：46.
⑤ 佩罗. 佩罗童话 [M]. 李玉民，译. 北京：北京理工大学出版社，2020：77.
⑥ 《新京报》2018 年 7 月 28 日刊载了一篇质疑《草房子》的文章，标题就有一种敌视的态度：《为什么我不希望我的孩子读曹文轩?》。该批评者依据自己孩子读此书时因为桑乔打骂桑桑而产生怨恨桑乔的阅读感受，想到了以后自己的女儿还要被学校强制阅读《草房子》，竟然感到"脊背发凉"。
⑦ 曹文轩. 草房子 [M]. 北京：天天出版社，2011：263.

誉感，又有助于表现其随后的转变。可以说，桑桑生病促使桑乔看清了自己的"嘴脸"。平时对孩子不管不问，一出现问题，一发生有损于自己面子的事情，就对孩子拳打脚踢。这不就是中国式家长的典型作风吗？

除了血腥暴力，儿童文学中最受争议的便是爱情与性。就世界儿童文学整体而言，很多经典作品都涉及儿童之间存在相互爱恋之情。拿荣获国际安徒生奖的作家的作品来说，耳熟能详的就有佩特森《通往特雷比西亚的桥》、蒿根《保守秘密》、汉弥尔顿《了不起的 M. C. 希金斯》、钱伯斯《少年盟约》、格里佩《约瑟芬娜》三部曲等等。如果说爱情之于成人是一种很严肃的情感事业，关系着将来的小家庭的建构，那么，儿童之间的爱恋更多的是一种游戏，可谓是童年"过家家"游戏在现实中的延伸，因而更具审美性，更具有精神爱恋的维度。儿童文学书写男孩女孩之间的爱恋，会过滤掉成人爱情中的肉欲成分，而更多地专注于儿童彼此交往所带来的精神享受和思想升华。在此，《通往特雷比西亚的桥》可做注脚。该小说不仅写了五年级小男生杰西与新转学来的女孩莱斯莉之间存在相互爱慕的纯真之情，还写了杰西与音乐老师埃德蒙兹小姐之间的相互好感的忘年之情。作者这样写小男孩对埃德蒙兹小姐的爱：

> 埃德蒙兹小姐是他心中的小秘密。他喜欢埃德蒙兹小姐。不是艾丽和布兰在电话里嘀嘀咕咕的那种傻兮兮的情啊爱啊的，他的情感是真实深切，让他无法说出口，甚至都不能多想。埃德蒙兹小姐有一头乌黑飘逸的长发，还有一双深蓝色的眼睛。她弹起吉他来就像一个职业吉他手。她的嗓音柔和荡漾，听得杰西心中泛起涟漪。老天，她实在是太美好！对了，她喜欢他。[1]

这段叙述，从小男孩的视角告诉读者，杰西与埃德蒙兹小姐彼此喜欢。最主要是透露出杰西将他对埃德蒙兹小姐的爱与他的姐姐（艾丽和布兰）的谈情说爱区别开来。他爱的是美。他是被埃德蒙兹小姐的美好形象所打动。同样地，小女孩莱斯莉在他心中的形象也是极其美好。莱斯莉对他而言是一个与众不同的存在，她鹤立鸡群，充满幻想，知识丰富，又有勇气。他们在小树林共同建造了一个神秘的国度：特雷比西亚王国。他们就是特雷比西亚的国王和王后。从学校到双方家庭，大家都知道杰西和莱斯莉之间非同寻常的友谊。杰西的父母甚至对他们的交往也发起愁来，不知如何是好。可是杰西自己呢，他从不担

---

[1] 佩特森. 通往特雷比西亚的桥 [M]. 陈静抒, 译. 天津：新蕾出版社，2014：13-14.

心。作者写道:"长这么大以来,他还是第一回每天早晨起来都对这一天充满了期待。莱斯莉不仅仅是他的朋友,还是另一个他自己,更有趣的一个自己——是他通往特雷比西亚和所有外界的通道。"他深深知道,"特雷比西亚是他们的秘密,这是一件好事",因为每次当他朝那树林走去,"他的身体里就涌动起一股暖流",当他站到那片神秘的土地,"他就觉得自己仿佛变得高大、强壮、聪明了起来"。① 每每他们置身于特雷比西亚王国,他们就仿佛在演戏,在幻想的世界里尽情遨游。小说重点描述这份情谊给双方带来的影响和改变,自始至终都没有写二人之间的任何亲热行为。

纯洁而美好的爱恋会让人更加热爱生活。对杰西如此,对莱斯莉亦然。小说中对莱斯莉一家的描述充满了不少空白。莱斯莉曾对杰西说父母是因为太迷恋成功和金钱才从城市中心搬来农场居住。实际情况可能并非如此简单。这些都可能是莱斯莉父母对女儿说的托词。真正的原因可能是因为莱斯莉。就像当初黑柳彻子被退学后,其母亲找借口让她转学一样。我们可以从小说中窥见一些蛛丝马迹。莱斯莉父母并没有像杰西父母那样对他们之间的交往表现出担忧,相反却很放心。莱斯莉的父亲比尔在女儿不幸遇难后对杰西说的话更能说明问题。小说写道:"'她爱你。你知道的。'从比尔的声音里杰西听出来他哭了,'有一次她告诉我要不是因为你……'他的声音变得支离破碎。'谢谢你。'过了一会儿,他说,'谢谢你,你是她这么好的朋友。'"② 虽然我们不能从莱斯莉父亲的话语中断定莱斯莉是一个问题女孩,但足以肯定的是:莱斯莉在与杰西交往之后,变得更加积极起来。这就是比尔要谢谢杰西的最大原因。

《通往特雷比西亚的桥》这个经典作品透露出儿童文学中的儿童之间爱恋的书写道:尽量过滤肉欲成分,进而专注于书写这种爱恋的精神特质,以及它给男女主人公带来的美好变化。然而爱情与性又密切相关。儿童文学中的青春文学(或少年文学)就时常出现"性"的描写。这主要是因为性是身体发育阶段的儿童的一个重要话题。儿童文学中的"性"描写,如果处理得当,不但有利于人物形象塑造,还可以给儿童读者以健康的"性教育"。

无独有偶,《我亲爱的甜橙树》中5岁男孩泽泽因为唱一首从大人那里学来的带有色情意味的歌曲而被父亲毒打。泽泽好心好意想给父亲唱一首歌,来安慰父亲,因为他没有找到工作很难过。于是他轻声唱道:"我想要一个裸体女

---

① 佩特森. 通往特雷比西亚的桥 [M]. 陈静抒, 译. 天津: 新蕾出版社, 2014: 53.
② 佩特森. 通往特雷比西亚的桥 [M]. 陈静抒, 译. 天津: 新蕾出版社, 2014: 135.

郎，光溜溜身体的裸体女郎……"① 父亲本来就很沮丧，一听到泽泽对着自己唱黄色歌曲，就打了他一耳光。父亲警告性地对泽泽说"唱啊，继续唱。"泽泽不明就里，就继续唱，于是就一而再再而三地挨耳光。很显然，泽泽是冤枉的。他并不知道所唱歌曲中的性意味，只是照大人唱的那样唱而已。上述两例可以作为儿童文学中小孩子眼中的"性"描写个案。这些性的内容，对于小孩子来说，并没有成人所想象的那样可怕。他们只是觉得好玩或者好奇而已。

总的来说，儿童文学中的性描写在青春文学中出现频率较多，而罕见于聚焦童年时期的儿童文学。儿童文学中的性描写和前述血腥暴力描写异曲同工，都不会铺开来写。这样做的目的都是为了不至于对儿童读者造成恐怖或引诱的效果。这些都是儿童文学成人性迁就于儿童性的体现。

结论

虽然儿童文学创作者和研究者都竭力想维护儿童文学的纯粹的儿童性。但是随着社会的发展尤其是互联网的发展，随着儿童文学自身的不断变革，我们又不得不面临一个新的时代的到来。这个时代也就是卢肯斯、史密斯等人所谓的"儿童文学越来越趋同于成人文学"的时代。② 在此意义上，我们提出儿童文学的"成人性"，可谓正当其时。

我们强调儿童文学的成人性，并非否定儿童文学的儿童性，而是对儿童性的拓展，即将儿童性从当下本己性扩展至未来发展性。儿童文学的成人性永远都是在儿童性统领之下的成人性。儿童文学的成人性可谓发展的儿童性。儿童文学中的成人性绝非新生事物，它一直伴随着儿童文学的发展，只不过传统儿童文学的观念一味彰显儿童性，而忽视或抵制成人性。与其视而不见，不如将成人性郑重提出来，不如聚焦成人性对于儿童成长的意义。

认可儿童文学中的成人性元素，有助于我们救弊儿童文学中的儿童中心主义，让儿童文学理直气壮地走向成人。坚持儿童本位论，并不意味走向儿童中心主义。儿童本位并不否认成人性，因为儿童和成人都是人，都分享有普遍的人性，因为儿童必然要长大成人。

认可儿童文学的成人性还有助于让儿童文学更加成熟。众所周知，儿童文学有两个老大难问题：一是过于强调成人视角的居高临下的教育性，一是过于

---

① 德瓦斯康塞洛斯. 我亲爱的甜橙树 [M]. 蔚玲，译. 北京：天天出版社，2010：189.
② 卢肯斯，史密斯，考甫尔. 儿童文学经典手册 [M]. 李娜，译. 北京：商务印书馆，2019：42.

强调儿童视角以期保护儿童,却实际上可能低估了儿童能力的幼稚性。前者让儿童文学弥漫着说教气息,面目可憎;后者让儿童文学变得浅薄可笑。儿童文学的成人性可谓一箭双雕,它既能以儿童视角适当涵纳成人世界,使得儿童文学变得不那么幼稚,变得丰富多彩,又能以成人视角善待儿童生活,使得儿童文学的教育性变得更加智慧更加灵活。由此,儿童文学将不再是大众眼里的小儿科,而将以更加独立的成熟姿态呈现在我们面前。儿童文学有望与成人文学并驾齐驱。我们将真正迎来儿童文学和成人文学相互借鉴相互促进的良性互动时代。儿童文学将成为最有挑战性的文学类别,在某种意义上也是最具难度的文学类别,因为它兼备儿童性与成人性,是真正意义上男女老少都应该阅读的文学。

后　记

2015年，我在皖江学院第一次讲授儿童文学时，因为备课的需要，翻阅了流行的诸多儿童文学教材，发现这些教材大同小异。由此萌生一个愿望：有朝一日，自己来写一本儿童文学教材。

2016年7月28日，我在故乡老屋草拟了一个《儿童文学界革命》宣言：

中国儿童文学公认发端于五四新文化运动，以儿童的被发现为标志，于今已近百年。如今仿效百年前梁启超三界革命，提出儿童文学界革命，并非哗众取宠，也绝非局限一国。当今世界已进入大数据时代，网络化、全球化已对世界政治经济文化产生巨大影响。儿童文学界理当应对时代潮流，革除发展瓶颈，具体说来在以下四方面革故鼎新：

（1）创作：儿童文学理应重视儿童自己的创作，而非总以成人创作为主导。"儿童文学儿童作"的时代正在到来。

（2）作品：儿童文学必须突破民族性与教育性的束缚，从民族性走向世界性，从教育灌输走向情感陶冶。以儿童性为核心，突出以乐趣为主导并让乐趣培育优良品质的评价标准。

（3）阅读：必须革除儿童文学乃小儿科的偏见，让全民重视儿童文学阅读。必须确立"儿童文学是所有人的文学"的观念，而绝非儿童读者为主导。

（4）评鉴：必须打破话语霸权，鼓励众说纷纭。把评鉴儿童文学的话语权还给儿童，还给所有关注儿童成长的大人，而非屈指可数的几位"大咖"。"人人成为儿童文学专家"的时代也有望到来！

儿童是世界的未来。每个人都从儿童长大，成为父母，而后又开始养育儿童。儿童文学界革命最终希望唤醒全民的儿童文学意识，自觉以儿童文学抵制压抑想象力和创造力的应试教育，促进儿童身心健康和谐成长，顺利进入并适应成人社会的风风雨雨。

这一宣言预示着我以后的儿童文学研究的大致方向。

2017年9月15日至2018年1月15日，我为了在安徽师范大学文学院开设儿童文学选修课做好充足准备，去台东大学儿童文学研究所访学了四个月。我认真聆听了儿文所老师所有的核心课程。同时利用儿文所以及台东大学图书馆的丰富藏书，我浏览了国内外流行的所有儿童文学教材。我发现国内外儿童文学教材仿佛两条道路两个体系。外国儿童文学教材几乎都忽视中国儿童文学，而中国儿童文学教材也无视西方儿童文学发展的纵向历史，过于侧重共时的编排。这就导致中文儿童文学教材有与世界儿童文学教材脱钩倾向。

四个月的访学，确立我自己的儿童文学研究主题：儿童文学与生活启蒙。此外，我还大致建构了一个自己的儿童文学课程的讲课内容框架。这也是《儿童文学教育》章节结构的雏形。我遵循的原则是"三合一"：中西结合、理论与作品结合、历史与逻辑结合。

2018年春，我第一次在安徽师范大学文学院按照自己的思路讲授儿童文学。一边上课，一边不断完善自己的儿童文学框架结构和内容。2018年8月18日，在长沙举办的第14届亚洲儿童文学大会上，我利用短短的8分钟，做了题为《泛化儿童文学VS泛化儿童文学阅读》的主题演讲，明确表达了儿童文学所面临的尴尬局面，同时提出以儿童文学的"成人性"来弥补长期以来主导儿童文学的"儿童性"所带来的一些偏颇。我最后强调指出：儿童文学是成"人"文学，协助儿童成为一个真正的有自主意识的人的文学，儿童文学也适合没有成人的大人们。我们需要儿童文学来保养"儿童性"，也需要儿童文学来培育"成人性"。也许我是个新面孔，我的发言好像引起了一丝波纹。浙江师范大学的韦苇老师竟然写字条托工作人员找我。韩国的一位老师在酒席上夸赞我的演讲并希望我一定要参加下一届在韩国的亚洲儿童文学大会。2019年11月8—10日，在浙江金华参加由中国儿童文学研究会、浙江师范大学联合主办的"原创图画书的理论建构和批评标准学术研讨会"，我的主题报告《重新审视图画书的意义》，探讨了图画书之于儿童和成人的不同意义，从图画书的视角继续宣扬我的儿童文学总主题：生活启蒙。会议期间，朱自强老师希望我能参与他组织的一项外国儿童文学理论经典翻译计划。我当时有些为难，表示正在集中精力努力打造一本自己的儿童文学教材。朱老师当场大力赞同。他说他也有一本自己的儿童文学教材，并指出儿童文学教材理应个性化和多元化。

前辈的鼓励以及同行的认可，这些都更加坚定了我的儿童文学之路。2020年，《儿童文学教育》课程获批安徽省质量工程线上课程建设项目。我继续完善框架结构，根据课程课时设置重新分配了上课内容。2022年春，因为录制课程微视频需要讲稿，我决定将讲了四个轮回的课程内容完整地写出来，而不仅仅是一些纲要。整整半年时间，除了上课，我哪儿也不去，静下心来，将2015年讲授儿童文学以来的所思所想，以尽量精简的文字写进讲稿。当我向同学们展示《儿童文学教育》初稿时，心情非常激动。我笑着对他们说：你们见证了我的儿童文学教材的诞生。我希望同学们分享我的喜悦，同时也传达一个信念：只要你想做一件事，只要你努力，就可能会实现。2015年心中萌发的一个愿望，终于在2022年春夏之交开出了花。

《儿童文学教育》的出版，标志着我个人儿童文学观念体系的初步形成，也是"生活诗学"核心观念在儿童文学领域的实践总结。此书的出版，离不开诸多师友的指导和协助。首先要感谢台东大学的诸位老师们。游珮芸老师的绘本及动漫课程，王友辉老师的儿童戏剧发展研究课程，杜明城老师的文学社会学课程，葛容均老师的西洋儿童文学史课程，黄雅淳老师的儿童文学经典作品与理论选读课程，都让我受益匪浅。蓝剑虹老师的课，我虽然没听，但他临别所赠《许多孩子，许多月亮》一书却让我看到了不一样的童心魅力。尤其要感谢林文宝先生，我们总是亲切地喊他"阿宝老师"。阿宝老师不仅领我饱览了台东的美景，还带我吃遍了台东的美食。不仅如此，他是真正的儿童文学的大家，让我领略到了儿童文学的非凡之美。本书稿杀青后，我第一时间把电子稿发给阿宝老师。没过几天，他邀我微信通话。他首先肯定了书稿中的一些有见地的观点，同时也逐章给我提出完善的建议。阿宝老师在电话里足足说了半个多小时。让我倍感温暖。他的很多中肯的意见，让我豁然开朗。

此书的出版，更是离不开安徽师范大学文学院的大力支持。项念东院长国外访学回来时给我带了两本最具重量级的儿童文学参考书。饶宏泉院长对于省质量工程的建设非常关心，热情给予政策支持，并鼓励我申报国家级精品课程。李伟院长着眼于学院高峰学科建设，给予本书最大的资金支持。

此书的出版，更离不开2015年以来我的儿童文学课堂的学生们。正是你们在课堂上的精彩演讲以及与我的对话交流，极大地丰富了本课程的内容。儿童文学课堂是让我最快乐的课堂。你们是与我一起分享快乐时光的人。

最后，希望读到此书的朋友们也能分享到我的快乐，也衷心希望你们多多批评指正，把你们的意见和建议发给我：active71@sina.com。让我们一起把儿童文学事业坚持到底！

2023-09-08
于芜湖龙窝湖畔